대장장이 성자

어느 변방 시인의 기억 창고

푸른사상
산문선

33

대장장이 성자

초판 1쇄 · 2020년 11월 12일
초판 2쇄 · 2021년 6월 10일

지은이 · 권서각
펴낸이 · 한봉숙
펴낸곳 · 푸른사상사

주간 · 맹문재 | 편집 · 지순이 | 교정 · 김수란
등록 · 1999년 7월 8일 제2-2876호
주소 · 경기도 파주시 회동길(서패동) 337-16
대표전화 · 031) 955-9111(2) | 팩시밀리 · 031) 955-9114
이메일 · prun21c@hanmail.net
홈페이지 · http://www.prun21c.com

ⓒ 권서각, 2020

ISBN 979-11-308-1717-0   03810

값 16,000원

푸른사상
산문선

33

대장장이
성자

어느 변방 시인의 기억 창고

권서각 산문집

● 작가의 말

　말은 나면 제주로 보내고 사람은 나면 서울로 보내야 한다는 옛
말은 지금도 유효합니다. 정치 · 경제 · 교육 · 문화 등 거의 모든 것
이 서울 중심입니다. 필자가 태어나서 지금도 살고 있는 경상북도
북부 지역은 우리나라의 변방에 속합니다. 변방에서 나서 아직도 이
곳에 살고 있습니다. 글쓰기를 하는 사람들 가운데 서울에 살다가
지역으로 삶의 터전을 옮긴 분들은 많지만 변방에서 나서 변방에 살
고 있는 사람은 많지 않습니다.

　사람들이 살아가는 모습을 문화라고 한다면 시대에 따라 지역에
따라 문화의 양상은 다른 모습으로 나타납니다. 필자가 살아온 시
대와 지역에서의 사람 사는 이야기는 그 나름대로의 문화적 특성이
라는 의미를 지닌다는 생각입니다. 변방에서 겪은 이야기가 산문집
『그르이 우에니꺼?』로 상재된 바 있습니다.

　재미있고 의미 있다는 몇몇 독자들의 응원에 힘입어 그때 못다
한 이야기를 이어서 썼습니다. 이 글은 『그르이 우에니꺼?』의 연장
선상에 있습니다. 세월이 더 흐르면 사라져버릴 이야기들을 오래되

고 낡은 기억 창고에서 꺼내어 기록으로 남깁니다. 이 변방서사가 한 시대를 살피고 기억하는 데 조그만 보탬이 되기를 소망합니다.

책이 잘 읽히지 않는 시대에, 변방 시인의 원고를 기꺼이 출판해 주신 푸른사상사에 깊이 감사드립니다.

2020년 9월

권서각

● **차례**

작가의 말 4

● **차례**

제3부   어디쯤 가고 있을까

차례

제1부

눈길

우문현답

그가 소백산 자락에 집을 짓고 산 것도 수십 년이 넘었다. 서울에 노모와 아내와 아들이 있지만 그는 스스로 산사람이 되었다. 여느 산사람이 그러하듯 그는 수염을 기르고 꽁지머리를 하고 무채색의 옷을 입는다. 외딴집에 오래 살다 보니 피부색도 모습도 산을 닮아서 그가 산인지 산이 그인지 알 수 없을 지경이 되었다.

나는 가끔 그의 산막을 방문한다. 나뿐만 아니라 이른바 강호 뻐꾸기라 불리는 우리 친구들이 그의 주된 손님이다. 강호 뻐꾸기라 함은 소백산 아래 변방에서 예술 언저리에 서성이는 지인들이 스스로를 부르는 지칭이다. 대개 수염을 기르거나 꽁지머리를 하거나 모자를 쓰거나 생활한복을 입거나 그 풍모가 특이하다. 그의 집에 갈 때는 라면 박스나 막걸리 박스를 가지고 간다. 그러면 그는 고춧가루가 거의 없는 짠지를 작게 잘라 접시에 담아서 내온다. 그의 마당에는 몇 명이 앉아서 쉴 만한 너럭바위가 있어 우리는 바위에 앉아 막걸리 잔을 기울인다. 우리가 막걸리를 가지고 가는 이유는 그가 막걸리밖에는 마시지 않기 때문이다.

"형, 왜 막걸리만 마시지?"

"소, 소주 마시던 친구들 다, 다 죽었어."

이게 준이 형의 대답이다. 그러면서 형은 죽은 이의 이름을 나열했다. 모두 내가 모르는 이름들이었다. 그는 말을 더듬는다. 노래할 때만 제외하고 말을 할 때는 항상 더듬는다. 막걸리도 꿀꺽꿀꺽 마시는 법이 없다. 우리 친구 동여가 빚은 조그만 막사발 찻잔에 한 잔을 부으면 거의 열 차례에 걸쳐서 나누어 마신다. 그의 말에 따르면 막걸리 한 병을 한나절에 걸쳐서 마신 적이 있다고 했다. 취하지 않고 그냥 술의 향을 즐긴다고 함이 옳을 것이다.

그도 처음부터 산사람이 된 것이 아니었다. 무슨 연유인지는 모르지만 서울을 떠나 소백산에 혼자 살게 되었다. 하루 종일 있어도 사람 구경을 할 수 없었다. 대화 상대가 없으니 말할 필요가 없었다. 말없이 오래 살다 보니 말을 잊었다. 그러다가 강호 뻐꾸기들이 그의 집을 찾으면서부터 말을 하려니 말이 잘 나오지 않더라는 것이다. 어찌어찌해서 실어증은 치유가 되었지만 말의 첫마디를 더듬는 증상은 상처가 나은 뒤에 남은 흔적처럼 아직 남아 있다.

그의 벽에는 훈장처럼 액자가 하나 걸려 있다. 육군 소위 임관증서다. 대개 ROTC 장교로 임관되면 중위로 제대를 하는데 그는 소위로 제대를 했다. 왜 소위냐고 물으면 그는

"음, 음, 음."

한 다음에 뭐라고 말을 하는데 도무지 무슨 말인지 알 수가 없다. 그

냥 무슨 사연이 있겠지 하고 말았다. 그게 그리 중요한 것이 아니기 때문이다. 그는 말보다 음, 음을 자주 하는 편이다. 언젠가 그의 노모가 서울에서 내려와 함께 닭을 잡아먹을 때였다. 그는 음식을 먹을 때도 아주 조금씩 천천히 먹는다. 닭고기 한 쪽을 젓가락으로 집어 들고 조금 베어 먹고는 또 음, 음, 한다. 먹는 양보다 음, 음이 더 많았다. 그의 모친이 말했다.

"얘는 뭐 먹을 때 꼭 죽는 소리를 해."

사랑하는 아들이 복스럽게 먹기를 바라는 어머니의 마음에서 하시는 말씀이다. 호모사피엔스가 호모사피엔스인 까닭은 호모로퀜스이기 때문이다. 사람이 생각을 하는 동물인 까닭은 언어를 사용하기 때문인데, 언어는 호모사피엔스만이 사용할 줄 안다. 그런데 준이 형은 그 호모사피엔스만의 특권을 거의 누리지 못하고 있는 셈이다. 사실 누리지 못한다는 것은 나만의 생각이고 오만인지 모른다.

인간이 아닌 다른 동물들이 의사소통을 하는 것은 신호에 의해서다. 가령 위험하다, 배가 고프다, 짝짓기 하고 싶다 등의 의사를 감탄사인 울음소리 하나로 표현한다. 감탄사에는 문법체계가 없다. 그래서 동물의 소리를 말이라 하지 않고 그냥 소리라 한다. 새의 소리를 새소리라 하고 개의 소리를 개소리라 한다.

생각하건대 인간의 언어 가운데 가장 순수한 언어는 감탄사다. 복잡한 문법체계가 없기에 뜻이 복잡하지 않다. 혹세무민하거나 누구를 속일 때의 말은 문법체계가 복잡하고 말이 길다. 감탄사만으로는 혹세무민을 할 수도 사기를 칠 수도 없다. 감탄사는 순수하고 순결한 언어다. 형의 음, 음도 속세의 잡다한 것을 초월한 순수한 언어라 할 수 있다. 그래서 우리는 그를 도인으로 대우해도 좋을 것이다. 대체로 형의 과묵함이 이와 같았다.

준이 형이 1·4후퇴 때 빅토리아호를 타고 남으로 왔다는 것을 알게 된 것도 영화 〈국제시장〉이 나오고 나서였다. 국제시장 이야기를 하던 중에 그가 말했다.

"내, 내가 비, 빅토리아호를 타고 왔잖아."

준이 형은 원산에서 태어나서 초등학교 1학년 때 아버지, 어머니와 함께 빅토리아호를 타고 부산항에 도착했다고 한다. 서울에 살다가 일찍 부친을 여의고 홀어머니 밑에서 자랐다. 형의 모친은 원산여고를 졸업한 신여성으로 외아들인 형의 교육에 남다른 열성이 있었다. 모든 것을 북에 두고 왔기에 아무것도 가진 것 없는 상황에서 대학 교육까지 시킨 것으로 미루어 형에 대한 어머니의 사랑을 짐작할 만하다.

형이 소백산 자락에 자리를 잡은 후 형의 가족은 여름방학이나 겨울방학에 들러서 며칠간 함께 지내기도 했다. 우리 뻐꾸기들이 형의 집에 들르는 횟수보다 가족들이 방문하는 횟수가 적으니 형은 가족을 떠나 혼자 사는 산사람이라 함이 옳을 것이다. 우연히 형의 산막에 들르면 형의 모친이 와 계실 때가 있다. 그런데 모친은 아들과 대화하는 시간보다 우리와 대화하는 시간이 더 많다. 대화의 주된 내용은 아들에 대한 흉보기다. 아들에 대한 기대와 염려를 버리지 못하시기 때문이다.

그런 모친이 90이 넘어 드디어 형의 산막으로 합류하였다. 이 모자간의 관계를 이해하기는 그리 쉽지 않은 과제임이 틀림없다. 형의 주변에는 형처럼 엄마와 사는 사람들이 몇 있다. 철공소 하는 철이, 노래방 하는 기남이, 굴삭기 운전하는 삭기가 그들이다. 그들은 이 그룹을 '엄마와 함께 사는 사람들의 모임'의 약칭으로 '엄사모'라 불렀다. 엄사모 남자들의 특징은 그들의 어머니가 모두 극성스럽다는 것이다. 그 극성이 생을 마감할 때까지 절대 멈추지 않으리라는 것을 그들도 알고 있다. 그 극성스러움이 자식에 대한 사랑이라는 것도 알고 있다. 문제는 그 사랑의 방법이 모두 지나친 간섭의 형태로 나타난다는 것이다. 자식들은 평범하게 자유롭게 살고 싶은데 어머니들은 자기 자식의 하는 일이 하나같이 마음에 차지 않는다는 것이다. 이들 또한 어머니의 그런 마음을 알고 어머니에 대한 사랑이 각별하다. 이 딜레마로 인해 엄사모는 서로의 아픔을 공유하며 남 다른 유대를 맺고 있다.

이들 어머니들도 서로 잘 아는 사이다. 교회나 경로당에서 만나면 어머니들은 자식들의 흉보기로 긴 수다의 시간을 갖는다. 엄사모 회원들도 모이면 어머니에게서 어떻게 당했는가에 대해 정보를 교환하고 그 형태가 너무나 흡사함에 동병상련의 아픔을 함께 나눈다. 엄사모의 어머니들은 같은 연세의 어머니들보다 기력이 좋으시고 대체로 장수하신다. 이들은 나름대로 어머니가 더 오래 살아 계시게 할 비장의 방도가 있다. 그 방도는 아들에 대한 걱정으로 쉬이 눈을 감지 못하게 하여 어머니의 장수를 도모한다는 것이다. 엄마가 긴장해야 건강이 유지된다는 것이다. 엄사모다운 발상이다.

우리가 형의 집을 찾을 때는 바쁜 일상, 복잡한 세사에 심신이 지쳤을 때가 많다. 준이 형이 자리 잡은 곳은 사람 사는 곳에서 멀리 떨어졌을 뿐 아니라 풍광이 빼어난 곳이다. 이것만으로도 세속에서 벗어난 정취를 느낄 수 있지만, 그보다 형이 도인이라 해도 모자람이 없는 도량을 지닌 사람이기 때문이다. 우리가 형의 집을 찾는 것은 녹록지 않은 세속으로부터 벗어나 그윽한 심산의 정취를 만날 수 있고 자연을 닮은 형이 거기 있기 때문이다.

형의 집은 대문이 없다. 오는 사람 막지 않고 가는 사람 잡지 않는다는 불가에 떠도는 격언을 그대로 실천하는 사람이 형이다. 사람이 오는 기척이 나면 텃밭을 매던 호미를 던지고 부엌으로 가서 예의 고춧가루 적게 묻은 짠지 보시기와 동여가 빚은 술잔을 들고 나온다. 더운 날에는 개울가에, 덥거나 춥지 않으면 마당의 너럭바위에 앉아 막걸리를 마시며 무언의 대화를 나눈다. 형이 음, 음 하면 나도 따라서 음, 음 한다. 가끔 형이 어? 하면 아, 하고 대답하기도 한다. 기분이 좋으면 형 스스로 아? 했다가 어, 한다. 자문자답이다. 냇가에 호젓이 앉아 형과 함께하는 시간만은 세속의 잡다함으로부터 벗어날 수 있는 시간이다.

우리 친구들은 어떤 핑계를 만들어 준이 형 집에 모여 이른바 파티라는 것을 하기도 한다. 파티라고 해야 염소 한 마리 잡고 막걸리 몇 말 받아놓고 마시며 노래하며 노는 것이지만 굳이 파티라고 부르는 것은 서양 사람들이 야회복을 갖추어 입고 실내악 연주에 맞추어 춤추며 즐기는 사교 모임 못지않은 우리 나름의 소중한 모임이기 때문이다. 파티에 쓰이는 희생은 주로 형이 기른 염소다. 누가 어떤 명분을 내걸고 염소 한 마리를 잡겠다고 하면 다른 뻐꾸기들이 염소를 요리하고 막걸리를 준비하여 음식을 마련한다.

　염소 요리의 총감독은 소설 쓰는 최공이 주로 담당한다. 그는 미식가여서 손질한 염소 고기를 양념에 재우는 일을 담당한다. 고급 포도주와 월계수 잎을 넣어 양념하여 재운 고기는 미슐랭에 오른 요리사의 작품 못지않다. 최공은 이 작업만은 절대 다른 사람에게 맡기지 않는다. 날이 밝으면 수염을 기른, 모자를 쓴, 혹은 꽁지머리를 한 강호 뻐꾸기들이 속속 산으로 모인다.

　불을 피우고 석쇠에 양념이 잘 된 염소 고기를 올리면 온 계곡에 고기 굽는 향이 퍼지고 뻐꾸기들의 술잔도 바쁘게 오고 간다. 취흥이 오르면 대금 부는 항소가 대금산조를 연주한다. 소리는 계곡에 메아리가 되어 숲을 어루만진다. 그야말로 숲속의 음악회가 자연스럽게 펼쳐진다. 평생 기타를 껴안고 살아서 기타와 한 몸이 되어버린 원해는 기타를 꺼내어 들고 클래식부터 시작해서 뽕짝 반주까지를 넘나든다. 원해의 〈이별의 부산정거장〉 전주곡이 간드러지게 넘어간다.

　준이 형은 말은 더듬지만 노래할 때는 결코 더듬지 않는다. 그의 십팔번 래퍼토리는 〈빛과 그림자〉, 〈초우〉 등 패티 김의 노래와 〈엘레나가 된 순이〉라는 아주 오래된 탱고 리듬의 유행가다. 양념 잘하는 최공도 흥이 오르면 나름대로의 멋을 부린 창법으로 〈모란 동백〉을 부른다. 엄사모 회원 삭기도 흰 바지를 입고 나타나서 교회 합창단에서 갈고 닦은 테너로 〈오, 솔레 미오〉를 열창한다. 이쯤이면 파티라는 이름을 붙여도 손색이 없을 것이다. 정신과 의사 승기

가 학위를 받던 날도, 내가 10년 만에 학위를 받던 날도 염소를 희생
으로 한 파티가 있었다.

　자주 열리던 파티가 중단이 된 것은 준이 형이 이웃집으로부터
손해배상 청구소송을 당하고부터였다. 산중 생활은 거의 자급자족
이기에 많은 생활비가 필요한 것은 아니지만 집을 수리할 자재를 산
다거나 전기료와 전화료를 내거나 할 때는 돈이 필요하기도 했다.
그래서 염소 몇 마리를 기르고 있었다. 그 염소가 유일한 이웃집 밭
으로 들어가 어린 사과나무의 껍질을 갉아 먹은 것이다. 그 광경을
사과밭 주인이 사진을 찍어 1억 원을 배상하라고 소송을 낸 것이다.
　사실 이웃 과수원은 젓가락만 한 나무를 심은 지 얼마 되지도 않
아서 손가락 크기 정도로 자란 상태였다. 염소 잘못보다 나무를 돌
보지 않은 주인의 잘못이 더 큰 상황이었다. 수십 년 산에만 살던 그
에게 1억이라는 숫자와 소송이라는 무시무시한 단어는 청천벽력 같
은 것이었다. 사람들과 멀어지기 위해 산에 들어와서 오직 마음 비우
는 일에만 열심이었던 형에게 이 일은 청천벽력 같은 충격이었다. 아
무리 도사에 가까운 형이지만 세속의 야박함은 그의 도력으로도 감
당이 되지 않는 상황이었다. 난생처음 검찰청에 다녀온 어느 날 형이
벌벌 떨리는 목소리로 전화를 걸어서 저간의 사정을 알게 되었다.
　"도사가 왜 이렇게 쫄았어?"
　"거, 검찰에는 처, 첨이거든."
　사과밭 주인의 계산은 형의 염소가 사과밭을 몽땅 훼손했으니 몇
년간 들어간 농자재와 농약 값, 그리고 앞으로 생산될 사과의 양을

계산하면 1억이 넘는다는 것이었다. 형을 따르는 벗들이 이를 해결하기 위해 변호사를 선임하여 형을 돕기로 했다. 그래도 형의 가슴은 진정되지 않았다. 선임된 변호사는 나의 지인이었다. 어느 날 밤 변호사에게서 전화가 왔다.

"선생님, 그분 왜 그렇게 겁이 많으세요? 별것 아닌 것을 가지고 너무 불안해하니 선생님과 가까이 지내는 분이라니 좀 안심시켜주세요."

보지 않아도 형이 얼마나 겁을 먹었는지 알 만했다. 사건이 해결되고 나중에 변호사에게 들은 말이다. 법원에서는 재판하지 않고 조정을 권했다. 판사가 원고에게 5백만 원 배상하는 안을 내자마자 준이 형은 얼른 '예'라고 대답하더라는 것이다. 변호사는 1~2백만 원이면 될 것을 형이 얼른 대답하는 바람에 5백씩이나 주게 되었다고 말했다. 조정이 끝나면 다시는 법원에 가지 않아도 되니 얼른 대답한 것이다. 대개 형이 법을 무서워함이 이러했다. 이후로 형과 언쟁이 생길 때면

"형, 자꾸 그러면 고소할 거야."

이러면 그때 일이 생각나 겸연쩍게 웃곤 한다.

이 일로 형은 염소 기르기를 포기했다. 수익사업의 종목이 바뀌었다. 염소 기르기에서 송이 따기로 생업이 바뀐 것이다. 소백산은 예로부터 산나물과 송이버섯이 유명하다. 산나물과 송이버섯은 그 맛과 향이 뛰어나 조선시대에는 임금께 진상을 했다니 그 명성만큼이나 품질이 좋다. 송이는 한가위 무렵 한 달가량 난다. 준이 형은

송이를 따면 뻐꾸기들을 불러 모아 파티를 열곤 했다. 수입원이 끊어졌으니 파티를 위한 송이 따기가 직업이 된 것이다. 한가위 무렵 한 달가량 송이를 따서 1년 생활비로 쓴다. 1년에 한 달 정도 일하고 나머지 시간은 온전히 쉬는 시간이니 오히려 더 잘된 일이라고 여겼다.

송이는 귀물이라서 아무 눈에나 쉬 보이는 것이 아니다. 소나무가 있는 땅에서 나는데 떨어진 솔잎 밑에 있다. 솔잎을 들추어야 그 모습을 드러내는데, 초보자는 아무리 살펴도 솔잎만 보이고 송이는 보이지 않는다. 초보자는 송이가 있는 곳을 밟고서도 송이를 찾지 못한다. 생김새는 삿갓을 쓴 사람 같기도 하고 성난 남성의 일물 같기도 하다. 이 지역 사람들은 어떤 일을 할 때 일이 서툰 사람을 조롱하여 조또 모르고 송이 따러 간다고 한다.

송이는 해마다 생산되는 것이 아니다. 온도와 습도가 맞아야 송이가 나지 그렇지 못하면 송이 구경도 못 하는 해도 있다. 더구나 인공 재배가 불가하기 때문에 그 생산을 하늘에 의지하는 수밖에 없다. 그러니 값이 비쌀 수밖에 없는 귀물이다. 준이 형은 좀처럼 시내에 내려오지 않는다. 송이를 따서 주머니에 돈이 생길 때가 형이 하산할 때다.

형의 외출을 우리는 하산이라고 한다. 형의 하산은 그 복장이 요란하다. 주로 친구들이 외국 여행을 하면서 선물로 사준 것들을 착용하는데 영국제 중절모에 미제 청바지, 이태리제 가죽 재킷 등을 착용한다. 패션이 수시로 바뀌기도 하지만 옷장에 오래 보관했던 흔적은 지울 수 없다. 거기에 친구가 손으로 가죽공예를 해준 가방을 어깨에 걸친다. 가방을 걸쳤다는 것은 돈이 있다는 증거다. 한가위가 지나고 요란한 차림을 한 형이 하산을 했다.

"올해는 송이 좀 땄수?"

"가, 가방을 보면 몰라? 태어나서 올해 가장 큰돈을 벌었어. 내 크게 한잔 살게."

빛바랜 콧수염 사이로 흰 이를 드러내며 형은 밝게 웃었다. 보통 사람들이 말하는 큰돈과 형의 큰돈은 단위가 다르다. 몇십만 원도 형에게는 큰돈이다. 짐작건대 보통 사람들의 한 달 월급 정도 벌었으리라. 형은 돈이 없을 때는 돈이라는 단어를 입에 올리지 않고 오직 돈이 있을 때만 돈이라는 단어를 쓴다.

젊어서 들어온 소백산에서 그의 청춘도 빛이 바래어 거의 할배가 되었다. 어느 날 무심히 텔레비전을 켜니 형이 화면에 나왔다. 〈나는 자연인이다〉라는 프로그램이었다. 리포터가 형의 집을 찾아 산중 생활을 소개하는 프로그램이다. 리포터가 송이를 따러 산에 오른 형을 따라 함께 산에 올랐다. 드론이 공중에서 아름다운 계곡을 조망한다. 장면이 바뀌어 산 중턱에 나란히 앉은 형과 리포터를 카메라가 잡는다. 나란히 앉아 쉬면서 리포터가 형에게 물었다.

"이렇게 아름다운 경치를 보면 무슨 생각을 하세요?"

형이 대답했다.

"아, 아, 아무 생각이 없지 뭐."

참으로 우문현답이다.

장날

변방 사람들이 가끔 쓰는 말 가운데 '장에 갔다 왔다.'는 말이 있다. 어떤 일을 해서 이득을 보지도 손해를 보지도 않고 하나마나 한 결과를 초래했을 때 쓰는 말이다. 시골 사람들은 장날이 되면 특별히 거래할 일이 없어도 으레 장에 가곤 했다. 단조로운 농사일에서 유일하게 단조로움에서 벗어나게 해주는 날이 장날이다. 장날이면 이 마을 저 마을에서 온 장꾼들과 멀리서 온 상사꾼들로 하여 시끌벅적 축제가 열리곤 했다. 5일장 중에도 매달 2일, 7일에 장이 서는 곳은 인근에서 가장 큰 장이다.

내 고향 순흥도 2일, 7일에 장이 서는 곳이다. 단종 임금 복위 운동을 하다가 도륙된 사건이 일어나기 전의 순흥은 도호부였다. 수양대군은 어린 조카 단종을 몰아내고 자기가 임금이 되었다. 당시 순흥 부사는 유배 와 있던 금성대군과 모의하여 영월에 귀양 간 단종을 복위시키기로 했다. 이 모의는 밀고자에 의해 거사 직전에 한양에 알려지고 순흥에는 관군이 덮쳐 피바람이 불었다. 죽은 이들의 피가 순흥을 거쳐 흐르는 죽계수를 붉게 물들였다 한다. 그때 폐부가 된 후 순흥은 몰락한 지역이 되어 지금은 순흥면이 되었다.

순흥은 지리적으로 고대 도시의 여건을 온전히 갖춘 곳이다. 소백산에서 발원한 죽계수를 끼고 제법 넓은 들이 소백산 자락에 펼쳐진 곳이다. 큰 산에 안겨 있어 외부의 침입으로부터 안전하고 기름진 들이 있어 살기 좋은 입지 조건을 두루 갖추었다. 순흥부를 중심으로 북으로는 신라시대 화엄사상의 중심 사찰인 부석사가 있고 순흥에는 우리나라 최초의 사액서원인 소수서원이 있다. 불교문화와 유교문화를 대표하는 유적이 지금도 남아 있어 순흥의 옛 영화를 말해줄 뿐이다.

노인들의 말을 빌리면 옛날의 순흥은 기와집이 즐비하여 기와집 처마 밑으로 걸어가면 삼십 리를 비를 맞지 않고 갈 수 있었다 하고, 참나무 숯불에 이밥을 먹은 곳이라고도 했다. 어린 시절 명절이 다가오면 어머니는 놋그릇을 닦았다. 멍석을 펴고 그 위에 놋그릇을 꺼내놓는다. 기와 조각을 가루를 내어 지푸라기에 묻혀서 닦았다. 어머니는 놋그릇을 닦을 때 개울에 가서 기와 조각을 주워 오라 하셨다. 개울에는 기와 조각이 지천으로 있었다. 이로 미루어 노인들의 말이 거짓이 아님을 짐작할 수 있었다.

순흥면사무소는 여느 면과는 달리 고풍스런 기와집이었다. 봉서루라는 누각을 옮겨와서 사무소 건물로 사용했기 때문이었다. 사무소 건물과 깨어진 기왓장, 그리고 2일, 7일 장날만이 순흥의 옛 흥성함을 말해주고 있었다. 지금은 그 5일장마저 사라지고 없지만 어린 시절의 나에게 순흥 장날은 각별한 추억으로 남아 있다.

장날이면 나는 어머니 치마꼬리를 잡고 장에 따라가기를 좋아했다. 장날에는 시골 마을에서는 볼 수 없는 것들을 볼 수 있기 때문이었다. 시골 마을의 볼거리는 논과 밭과 산과 개울물뿐이었기 때문이다. 난전에 펴놓은 물건들은 종류도 다양하고 색도 화려했다. 어머니는 옷감이랑 양잿물이랑 성냥, 생선, 멸치, 동동구리무, 참빗, 고무줄 등의 장보기를 한 다음 마지막으로 책을 펼쳐놓은 난전으로 갔다. 난전에 펼쳐놓은 책은 알록달록한, 지금 생각하면 조잡하기 그지없는 표지 위에 '고대소설'이란 장르 표시가 적혀 있었다. 춘향전, 유충렬전, 권익중전, 옥루몽, 옥단춘전 같은 제목의 소설류였다. 어머니는 한글을 겨우 배워 더듬더듬 읽는 소설 읽기에 재미를 붙였다. 어머니는 아마 그것이 작가의 상상력에 의한 허구가 아니라 사실로 알고 읽으셨던 것 같다. 소설책의 마지막 장에는 '이 소설을 다 읽은 다음에는 ○○전을 읽으시오'라고 적혀 있었다. 출판사의 판매 전략으로 그렇게 적어놓았지만 어머니는 반드시 그 책을 사오곤 하였다. 나는 어머니와 함께 그 소설들을 읽으며 이야기의 재미에 빠져들곤 했다.

장날 이발소 앞에는 뻥튀기 아저씨가 자리를 잡았다. 아저씨는 내 또래의 조그만 여자아이를 늘 데리고 다녔다. 뻥튀기 아저씨의 딸이라고 했다. 대포같이 생긴 뻥튀기 기계 주위에는 아이들이 붐볐다. 뻥! 하고 강냉이가 튀겨지면 밖으로 튕겨 나온 뻥튀기 낟알을 주워 먹을 수 있기 때문이었다. 뻥튀기 아저씨와 그의 딸은 옷이고 얼굴이 온통 연기에 까맣게 그을려 몰골이 말이 아니었다. 깡통에 기름기가 많은 소나무 조각인 관솔에 불을 피워 기계에 열을 가하기 때문에 그을음이 가실 날이 없었다. 강냉이가 다 익었을 때 쇠꼬챙이를 끼워 당기면 뻥! 소리가 요란하다. 뻥 소리가 나기 전에 반드시 "소리 나니데이!" 하고 예고를 해야 한다. 그런데 아저씨는 목소리도 작고 혀가 짧아 예고할 때는 늘

"도디 나니데이~"

라고밖에 할 수 없었다. 그 소리가 끝나자 뻥! 하는 소리가 온 장터를 울렸다. 이웃 이발소 아저씨가 면도를 하다가 놀라서 손님의 턱에 상처를 내고 말았다. 이발소 아저씨가 뻥튀기 아저씨에게 항의를 했다.

"소리 난다고 말을 해야지 말이야. 깜짝 놀랐잖아!"

뻥튀기 아저씨는 난감해하다가 정색을 하고 짧은 혀로 소리를 높여 외쳤다.

"도디 난다 그이깨네!"

통역을 하자면 '소리 난다고 그러니까.'이다. 구경하던 장꾼들이 모두 웃고 면도칼에 벤 사람도 따라 웃고 순흥장은 시끌벅적하고 흥에 겨웠다.

오후가 되면 흥성스럽던 장도 파장이 되어 하나둘 장꾼이 돌아가고 몇몇 술꾼들만 남는다. 술꾼들도 거나해지면 집으로 돌아간다. 지게를 지고 돌아가는 장꾼의 지겟가지에는 짚으로 엮은 꽁치 몇 마리가 매달려 있다. 꽁치는 이 장 저 장 다니다 여기까지 온 놈이라 창자가 거의 터졌다. 술 취한 주인 따라 흔들리는 지게에 매달린 꽁치도 내장을 드러낸 채 함께 흔들리며 마을로 돌아가면 흥성스런 장날도 파하고 만다.

　　세월이 지나 머리가 조금은 굵어진 어느 날 버스를 타고 집으로 돌아오는 길이었다. 그때는 버스라 하지 않고 오가다라 불렀다. 오가다가 무슨 뜻인지 몰랐지만 지금 생각하니 아마 대형(大型)이라는 일본말에서 온 듯하다. 망할 놈의 일제 잔재를 뜻도 모르고 쓰던 시절이었다. 비록 비포장 길이었지만 오가다 타는 기분은 신선했다. 소달구지와는 비교가 되지 않았다. 오르막을 오르다가 내리막을 내려갈 때는 하늘을 나는 느낌이었다. 난생처음 느끼는 아찔함은 신기했다. 내 옆에 뻥튀기 아저씨의 까만 딸이 앉았다. 그 딸이 내게 말했다.

　　"어떤 아저씨가 나보고 김지미 닮았다고 하던데, 맞나?"

　　김지미, 그때 한국 최고의 여배우가 김지미였다. 모든 영화에 주연을 혼자 할 때였다. 김지미는 아름다운 여자의 대명사였다. 햇볕과 연기에 그을어 까만 소녀는 김지미와는 너무나 거리가 멀었다. 아마 어떤 싱거운 아저씨가 조롱으로 한 말을 이 소녀는 그대로 믿는 것 같았다. 나는 난감하여 겨우 입을 열었다.

　　"몰라, 나는 김지미가 누군지 몰라."

　　이 소녀는 내게 말고도 여러 사람에게 나에게 했던 질문을 했던 모양이다. 아이들은 이 소녀를 보면 김지미라고 부르며 키득거렸다. 순흥장에는 장날마다 뻥튀기 아저씨와 그의 착한 딸인 김지미가 나타났다.

　　순흥장에는 또 다른 명물이 있었다. 이름은 알 수 없지만 어른이나 아이나 그를 당나구라 불렀다. 당나구는 당나귀의 변방 말이다.

그는 키가 크고 얼굴이 길죽하며 어질게 생겼다. 특징이 있다면 귀가 남들보다 크며 위로 쫑긋하게 올라갔다. 얼핏 보면 군자의 상호를 가지고 있어 함부로 범접하기 어려운 위엄이 있었다. 그런 그를 아이나 어른이나 함부로 대하는 것에는 그만한 이유가 있었다.

그는 특별히 하는 일이 없었다. 굳이 하는 일이 있다면 독일 소설 『좀머 씨 이야기』에 나오는 좀머 씨처럼 하루 종일 걷는 것이 그의 일이다. 좀머 씨는 지칠 때까지 걷다가 지치면 깊은 잠을 자고, 깨면 다시 걷는다. 당나구는 좀머 씨처럼 그렇게 열심히 걷는 것은 아니었지만, 선량한 눈으로 먼 산을 보며 성큼성큼 걷 는 모습 외에 우리는 그의 다른 모습을 따로 볼 수가 없었다. 그의 걸음은 유유자적했으며 그의 얼굴은 선량했다. 그를 처음 보는 사람이었다면 아마 그가 시인이라고 여겼을 것이다.

면사무소 아저씨들은 가끔 그를 보면 당나구! 하고 불렀다. 그리고 공문을 주며

"당나구, 이거 영주군청에 갖다 주게."

하면 당나구는 빙그레 웃으며 잠시도 지체하지 않고 30리를 걸어서 군청으로 가는 것이었다. 면서기가 당나구에게 공문 배달을 시키는 것은 우편으로 보내는 것보다 정확하고 빠르기 때문이다. 그는 그 심부름을 한 치의 어긋남도 없이 수행했다. 나는 그가 왜 당나구라 불리는지 궁금했다. 사실 나는 그때까지 당나귀를 한 번도 본 적이 없기 때문이었다. 다만 장날 손님과 장사꾼 사이에 흥정하는 말 가운데 당나귀라는 말을 들어서 짐작할 뿐이었다. 장터에는 당연히 흥정이라는 것이 있었다. 손님은 장사꾼이 부르는 가격에서 얼마라도

깎아야 속지 않는다고 여겼다. 그래서 장사꾼은 미리 높은 값을 부르고 조금씩 깎아주어 손님을 섭섭하지 않게 하는데, 이것이 흥정이었다. 손님 가운데는 흥정이 유독 심한 사람이 있게 마련이다. 그 때 장사꾼이 하는 말이 있다.

"당나구 귀 빼고 좆 빼면 남는 게 머 있니껴?"

이로 미루어 당나귀는 귀가 크고 양물이 큰 짐승이라 짐작할 따름이었다. 나는 당나구에 대해 몇 가지 궁금한 것이 있었다. 아이들이 당나구라 부르고 반말을 해도 그는 왜 화를 내지 않을까? 아이들이 당나구라 부를 때 슬프지는 않을까? 그는 왜 걷기만 할까? 당나귀는 귀와 그것이 크다는데 당나구의 그것도 클까? 그러면 당나구가 걸을 때 그것도 흔들릴까? 혹시 걷기에 너무 무겁지는 않을까? 그런 생각을 하며 우리가 자라는 동안 당나구도 장터에서 자취를 감추었다. 아마 지금도 그는 시인처럼 유유자적 이름 모를 마을에서, 혹은 하늘나라 어딘가에서 걸어가고 있을 것이다.

어릴 때 내 꿈은 면서기가 되는 것이었다. 어머니의 바람이 그러했기 때문이다. 내가 살던 고장에는 두 종류의 사람이 살고 있었다. 그것은 양복을 입은 사람과 한복을 입은 사람이었다. 한복을 입은 사람은 농민이었다. 들에서 농사를 지으니 햇볕에 얼굴을 그을려야 하고 흙과 더불어 사니 흰 바지저고리에 늘 흙이 묻어 불결했다. 그것은 농토가 많은 농부나 가난한 농부나 마찬가지였다. 농부들의 삶은 일 년 내내 땀 흘리는 고달픈 나날이었다. 그에 비해 양복 입은 사람은 그늘에서 서류를 만지며 일하기에 얼굴이 희고 깨끗했다. 양복을 입은 사람은 면서기나 학교 선생님뿐이었다. 어머니는 가끔 이렇게 말씀하셨다.

"니는 농사짓지 말고 그늘에서 붓 놀리는 일을 해라."

어머니도 장터에 가서 면서기를 보기는 한 모양이었다. 선생님은 공부를 많이 해야 하니까 되기 어려울 거 같고 면서기쯤은 어찌하면 될 것 같기도 했다. 초등학교에서 3·1절 기념식을 할 때 보면 면서기는 선생님들과 대등하게 대화를 나누기도 했다. 면서기에게는 농촌에서 맡을 수 없는 향긋한 화장품 냄새도 났다. 면서기가 마을 이장님 댁에 오는 날이면 이장님 댁에서는 닭을 잡는다, 술을 받아 온다, 대접이 융숭했다. 사내로 태어나서 한 번 면서기가 되어 양복을 입고 사는 것도 괜찮은 일이라 여겼다.

순흥면에 면장이 새로 부임해 오셨다. 부면장은 면장을 대접하기 위해 장터에서 이름난 맛집인 암소 갈빗집에 면장을 모시고 갔다. 숯불을 피워 석쇠에 소고기를 굽는 집이었다. 면서기들이 식사를 마치고 이를 쑤시며 식당을 나오는 모습을 장터 사람들은 부러운 눈으로 바라보았다. 그만큼 소고기는 아무나 먹을 수 없는 귀한 음식이었다. 부면장은 고기를 먹을 줄 아는 사람이었다. 소고기는 익을수록 질기고 돼지고기는 제대로 익어야 부드럽다는 것도 아는 사람이었다. 반면 면장은 바닷가 쪽에서 온 사람이라 소고기에 대해서 잘 모르는 사람이었다. 부면장은 말하자면 웰던보다 미디움이나 레어를 즐겼다. 반면 면장은 완전히 익은 웰던을 좋아했다. 항간에는 소고기는 불김만 스쳐도 먹는다는 말이 있었다.

면장이 석쇠 위의 고기가 익기를 기다리는 동안 부면장은 핏기가 있는 고기를 젓가락으로 집어 날름 먹는 것이었다. 면장이 점찍어두고 익으면 먹으려고 벼르던 것도 부면장이 얼른 먹어치우는 것이다. 부면장이 배불리 먹는 동안 면장은 한 점도 먹지 못했다. 식사가 끝났다. 부면장은 아아, 잘 먹었다 하며 게트림을 하고 자리에서 일어섰다. 면장은 주린 배를 움켜쥐고 일어서서 음식점을 나서며 한 마디 했다.

"부면장! 니는 고기도 잘 먹으니 니가 면장 해라!"

이 이야기는 갈빗집 심부름하는 아이의 입을 타고 온 장터에 퍼졌다. 순흥에는 아직도 참나무 숯불에 한우를 굽는 맛집이 있다. 어느 날 나의 은사님 내외분이 오셨다. 대학의 총장님으로 계시는 분이셨다. 이분들을 모시고 순흥에 있는 맛집에서 식사를 대접했다. 식사를 하다가 문득 부면장 이야기가 생각나서 이분들께 해드렸다. 두 분이 박장대소하시며 고기 맛보다 이야기를 더 좋아하셨다.

그 후에 사모님을 뵌 적이 있었다.

"서각 선생, 나 서각 선생 때문에 몬살겠다."

"왜 그러세요?"

"이 양반이 무슨 일만 있으면 나 보고 니 면장 해라, 니 면장 해라, 하고 소리 질러서 몬살겠다."

순흥 청다리

　　　　　　원고를 청탁하는 편집자는 원고 끝에 늘 약력이라는 걸 적어달라고 한다. 나는 그때마다 경북 영주 출생이라고 하지 않고 경북 순흥 출생이라고 적는다. 무슨 의도가 있는 것은 아니지만 나도 모르게 그렇게 적는 자신을 발견했다. 영주는 시이고 순흥은 면이지만 순흥이라는 지명에 은근한 이끌림이 있었던 것 같다.

　근대화 이전에는 교통과 관계없이 물 좋고 들 넓은 곳에 관아가 있었고 지역의 중심지가 되었다. 순흥은 소백산 아래 고을로 참나무 장작에 쌀밥을 먹는 곳으로 알려진 자연적 입지조건이 좋은 곳이었다. 조선 초기까지 부사가 있는 도호부였다가 금성대군의 단종 복위 운동 사건으로 세조가 이 고을을 도륙내어 폐부가 되었다고 전해진다.

　구한말에 이곳을 여행한 이사벨라 버드 비숍은『한국과 그 이웃 나라들』에서 영주, 풍기, 순흥 가운데 순흥의 가구 수가 가장 많았다고 기록했으니 순흥은 소백산 아래서는 가장 큰 고을이었다. 2일과

7일에 5일장이 섰던 것으로 미루어도 알 수 있는 일이었다. 눈을 들면 언제라도 너른 들판을 볼 수 있고 눈을 더 높이 들면 언제라도 소백산의 비로봉, 연화봉, 국망봉의 신령스런 봉우리를 볼 수 있었다. 큰 산 아래 평평한 들이 펼쳐져 있고 야트막한 산자락에 기댄 마을은 소백산의 너른 품에 안긴 듯하다. 순흥이라고 발음하면 늘 소백산의 품에 안긴 익숙한 풍경이 펼쳐진다.

내 유년에는 마을에서 밥은 굶지 않았다. 우리 민중 대다수가 보릿고개와 배고픔을 겪을 때 배고프지 않은 것이 얼마나 큰 축복이었던가를 생각하면 내 어린 시절 동무들에게 늘 빚진 게 있다는 마음을 떨칠 수 없다. 밥술을 뜨게 된 것은 할아버지께서 글은 읽었으나 과거가 폐지되었기에 호구지책으로 『동의보감』을 읽어 시골 한약방으로 생계를 도운 까닭이었다.

나의 위로 형이 둘 나자마자 죽었다. 겨우 건진 게 나였으니 할아버지, 할머니는 나를 잃지 않으려고 애지중지 키우셨던 것 같다. 나는 그런 어른들의 기대에 부응하지 못하고 약골로 태어났다. 밥도 잘 먹지 않고 말도 별로 없고 그림같이 앉아 있기만 했다. 재롱도 부릴 줄 모르고 그냥 없는 아이 같았다. 기껏 하는 짓이라고는 사랑방으로 가라고 하면 사랑방으로 가서 어른들 사이에 가만히 앉아 있고 안방으로 가라고 하면 다시 안방에 와서 바느질하는 어머니 곁에 가만히 앉아 있었다. 하얀 저고리를 입은, 켄트지에 연필로 그린 것 같은 아이였다.

나는 밥을 잘 먹지 않아서 어른들의 애를 태웠다. 할머니는 나를 업고 뒤에 밥그릇을 감추고 이웃집에 자주 가셨다. 남의 밥이라고 하면 조금 먹었기 때문이라 하셨다. 잘 먹지 못하는 버릇은 중학교 때까지 이어졌다. 점심시간에 도시락 뚜껑을 열면 밥 냄새와 멸치볶음 냄새를 견딜 수 없어 다시 뚜껑을 닫고 운동장 가 나무 그늘 아래서 시간을 보내곤 했다. 잘 먹지 않아도 키는 조금씩 자랐는데 늘 말라깽이였다. 팔이 가늘어 여름이면 반팔 옷을 입는 것이 부끄러웠다.

어른들이 애지중지하니 마을 사람들에게도 나는 특별한 아이였다. 초등학교 100주년 기념행사 때였다. 초등학교에서의 유년의 추억을 공유한 늙은 졸업생들이 경향 각지에서 모여들었다. 나는 100년사 책 만드는 일의 편집책임을 맡아 참석했는데, 뒷집에 살던 나보다 한 살 위인 친구를 만났다. 군에 갈 때 마지막 술잔을 나누고 할배가 되어서 처음 만났다. 그는 어릴 때부터 나보다 튼튼하고 컸다. 초등학교 시절 그와 같이 학교에 가기 위해 그의 집에 가면 장군 같은 그의 어머니가 고추 다는 저울을 나의 허리끈에 걸고 한 손으로 나를 달았다. 나는 대롱대롱 저울에 매달려 친구 어머니의 목소리를 들었다.

"몇 근이로?"

친구에 비해 너무나 약한 내가 신기해서 장난으로 그리했지만 나는 내가 가볍다는 것이 몹시 부끄러웠다. 서울에서 회사 사장이 된 그 친구와 기억도 가물가물한 어린 시절 이야기를 나누었다. 서로의 기억은 달랐지만 또 같은 기억도 많았다. 나는 장마철에 황토물이 내려오는 마을 앞 죽계천을 건너다가 죽을 뻔했던 기억이 있다.

둘이서 손을 잡고 개울을 건너다가 내가 급류에 휩쓸려 넘어졌다. 머리가 물에 잠기자 죽을 것만 같았다. 누런 물속은 아무것도 보이지 않았고 거센 물살 때문에 바닥에 발을 붙일 수 없었다. 처음 보는 이상한 세상이었다. 이대로 죽는 줄 알았다. 그런데 그 친구가 내 손을 놓지 않아 나는 살 수 있었다. 이 이야기를 하자 친구가 말했다.

"그게 바로 나다."

"……? 고맙다, 친구야."

친구는 개울을 건널 때 내가 물에 휩쓸리자 내 손목을 놓지 않으려고 죽을힘을 다했다고 했다. 마을에서 귀하게 여기는 아이인데 만약 손목을 놓으면 큰일이라는 생각에 죽어도 손을 놓으면 안 된다는 생각뿐이었다고 했다. 몸이 약해서 마을에서 귀하게 여기는 아이라는 이유로 나는 살아남을 수 있었다.

우리 마을 처녀들은 검정 치마에 흰 저고리를 입었다. 머리는 뒤로 길게 땋아 내리고 끝에는 자주색 댕기를 달기도 했다. 진달래 피는 봄날이었다. 변방에서는 진달래라 하지 않고 참꽃이라 불렀다. 처녀들은 바구니를 들고 산에 나물 뜯으러 가면서 나도 같이 가자고 했다. 나는 큰애기들의 모습이 보기에 좋았다. 막 피어나는 꽃처럼 큰애기들은 피부도 곱고 아름다웠다. 큰애기들은 나물을 뜯으며 나에게 이야기를 해주었다.

참꽃이 피면 참꽃 그늘 아래 문둥이가 온단다. 꽃 속에 숨어 있다가 아이가 오면 잡아서 간을 꺼내 먹는단다. 니 같은 아이의 간을 먹으면 문둥병이 낫기 때문이란다. 니를 데리고 오는 게 아닌데 괜히 데리고 왔다. 니 혼자 집에 갈 수 있나? 니는 이제 고만 내려가라. 나는 어쩔 줄 몰라 큰애기만 바라보고 있었다. 그때 한 처녀가 갑자기 소리를 질렀다.

"참꽃 문디 온다아!"

그리고 그야말로 말만 한 처녀들은 둥그런 바구니를 이고 치마를 휘날리며 등성이를 넘는 것이었다. 검정 치마 흰 저고리, 댕기 달린 머리꼬리, 그런 영상이 활동 사진처럼 나타났다 사라졌다. 나는 혼자 남아 아득해졌다. 그리고 입을 크게 벌리고 아앙 울었다. 한참을 울고 있는데 눈물 속에 큰애기들 모습이 보였다. 그들은 킬킬거리며 웃었다. 그 시절은 별 오락이 없어서인지 아이를 놀리는 것도 오락의 하나였으리라.

나는 울보였다. 어머니는 늘 말씀하셨다.

"사나이가 눈물이 가차우면 못쓰느니라."

조그만 일에도 눈물을 글썽이는 아이였다. 마을 사람들은 내가 지나가면 불러서 이런저런 말로 나를 울리곤 했다. 울릴 거리가 없으면 그냥 나를 보고 자 운다 운다, 했다. 그러면 나는 정말 울곤 했다. 사람들은 내가 지나가면

"자는 운다 운다 하면 운대이."

하고 수군거리곤 했다.

내가 밥을 먹지 않으면 고모와 종고모들은

"니 밥 안 먹으면 순흥 청다리 밑에 데려다 준다."

고 했다. 순흥 청다리는 우리 마을에서 5리쯤 떨어진 곳에 있었다.
소수서원 옆을 흐르는 죽계수를 건너는 다리다.

자꾸 밥 안 먹고 할매 속 썩이면 청다리 밑에 니 엄마한테 데려다
줄란다. 저 정지에 밥하는 엄마는 친엄마가 아니다. 니는 청다리 밑
에서 주워 왔다. 니를 낳아준 친엄마는 지금 청다리 밑에서 적(변방
에서는 전을 적이라 했다)을 구워 팔고 있다. 다리 밑에서 솥뚜껑을 뒤
집어놓고 불을 때서 적을 굽다가 치마에 불이 붙어 아랫도리가 다
타부렀다. 얼굴에도 불이 붙어 입도 삐딱하게 돌아갔다. 아랫도리
대신에 나무 접시를 깎아서 달고 다닌다. 그래서 걸을 때마다 달각
달각 소리가 난다. 니 엄마한테 갈래? 엄마가 반가워할 거다. 니가
가면 반가워서 막 뛰어올 게다. 그러면 달각달각 나무 접시 소리가
나고 삐딱한 입으로 인제 오나, 하고 안아줄 게다.

나는 무서워하지는 않았다. 이 무서운 이야기를 하는 어른들은
이야기의 내용과는 다르게 싱글싱글 웃으며 이야기를 했기 때문이
다. 그래도 나는 이야기 끝에 입을 실룩거리며 눈에는 눈물이 고였
다. 그러면 어른들은 야가 또 운다 하시며 웃으시곤 하셨다.

'너는 순흥 청다리 밑에서 주워 왔다.'는 이야기는 내 또래의 아이
들은 거의 모두 한 번쯤은 들은 이야기일 것이다. 아이들에게 어른
이 하는 이야기니까 동화로 분류함이 옳을 것이다. 대개 동화는 꿈
과 환상으로 이루어진 이야기일 것이라고 여기지만 사실은 그렇지
않은 것도 많이 있다. 우리나라 전래 동화에는 도깨비나 마녀가 등
장하는 무서운 것이 많다. 나처럼 어른들의 기대에 부응하지 못하는

아이들을 무서움으로 위협하여 어른들의 기대에 부응하는 아이로 잘 자라게 하려는 어른들의 소망이 담겨서일 게다.

내 유년이 위협만 당했던 것만은 아니다. 우리 집은 넉넉하지는 못했지만 일하는 아저씨가 있었다. 할아버지와 아버지는 유학 경전을 읽는 것 외에 농사일을 하시지 못했기 때문이다. 내 어린 시절 몇 분의 일하는 사람이 우리 집을 거쳐 가셨다. 내가 기억하는 첫 번째 일하는 사람은 처음으로 무등을 태워주었다. 그는 나를 무등을 태워 감나무가 있는 고샅길을 걸었다. 머리에는 감나무 가지가 닿고 내려다보는 길은 아득하였다. 태어나서 처음으로 하늘과 가장 가까운 곳에까지 간 것은 그의 덕분이었다.

초봄에는 30리 떨어진 소백산까지 가서 나무를 해 오기도 했는데 그의 나뭇짐에는 나를 위한 선물이 실려 있었다. 가장 탐스러운 진달래꽃 한 다발이 있을 때도 있었고 달고 시원한 물이 흐르는, 야산에는 없는 큼직한 송기가 몇 줄기 있기도 했다. 어느 여름 야산에 나무하러 가는 그를 따라갔다. 빗방울이 듣더니 이내 소나기가 내리기 시작했다. 그는 낫으로 오리나무를 잘라 기둥을 세우고 잎이 달린 오리나무 가지로 지붕을 얹어 뚝딱 조그만 집을 만들었다. 우리는 그 초록색 집에서 비를 피했다. 온통 초록인 세상에서 초록색 집에 앉아서 빗물이 초록을 적시는 광경을 바라보고 있었다. 나는 풀무치가 되고 싶었다. 참으로 아늑했다.

나에게 초록의 집을 지어준 그는 밥도 잘 먹지 않고 몸도 약하고 울기 잘 하는 나를 보호해주고 싶었을 것이다. 그의 따뜻한 마음이 빗물처럼 스며들었다. 나에게 청다리 밑으로 데려다 준다고 위협하

여 나를 울게 한 분들이나 나를 귀하게 생각해준 사람들이나 모두
나를 키워준 분들이다. 이제 그 시절로 돌아갈 수 없어서 고맙다는
말도 전할 길이 아득하다.

고기 먹어

　　　　　부득이의 아버지는 목욕을 좋아하는 분이었다. 해
방이 되자 그는 일본에서 귀국했다. 땅뙈기 하나 없이 가난한 시골
마을 가난한 집안에서 태어났기에 일제 때 많은 젊은이들이 그러했
듯이 막연히 일본에 가면 돈을 벌 거라는 생각에 일본으로 갔다. 일
본에서도 변변하게 살지 못했던 그는 해방이 되자 곧 고향 마을로
돌아왔다. 일본에 가기 전이나 갔다 와서나 가난하기는 마찬가지였
다. 일본에서 얻은 것이 있다면 그것은 목욕을 자주 하는 습관이었
다. 그분의 목욕에 대한 집념은 우리의 상상을 초월할 정도였다.

　도회지에도 목욕탕이 귀하던 시절인데 시골에 목욕 시설이 있을
리가 없었다. 그럼에도 그는 부지런히 목욕을 해서 마을에서 가장
깨끗한 남자가 되었다. 목욕 시설이 있을 리 없는 시골 마을에서 그
의 목욕 장소는 주로 마을 앞 개울이었다. 그것도 날이 어두워져야
가능한 것이었다. 추운 겨울에는 어떻게 하는지 알 수 없는 일이었
지만 그는 늘 깨끗했다. 이로 보아 그의 목욕에 대한 성실함을 짐작

할 수 있었다.

그는 늘 깨끗했지만 깨끗한 만큼 가난했다. 시골 마을에서 농토가 없으면 가난을 면하기 어렵다. 그래서 그는 남의 농사일에 품을 팔거나 공사판에 가서 막노동을 하여 생계를 이었다. 그의 하는 일은 언제나 시원치 않아 일터에서는 모두가 꺼리는 바였다. 일은 신통치 못하게 하면서 새참을 먹을 때는 활기에 넘치므로 동료 일꾼들은 그를 매우 못마땅하게 여겼다.

다카기 마사오가 새마을운동을 주창하던 시절이었다. 새마을운동이라는 것이 초가지붕을 걷어내고 슬레이트 지붕이나 시멘트 기와지붕으로 바꾸는 일, 또는 마을 길을 넓히는 일 따위였다. 시멘트 몇 포대를 정부에서 나누어주고 일은 마을 사람들에게 하게 했다. 일제강점기의 부역과 같은 방식이었다. 짐작건대 자기가 시찰할 때 우리의 농촌이 서구의 마을처럼 보시기에 좋게 하기 위함이었을 것이다. 새마을운동이 대단한 것처럼 지금도 새마을기가 펄럭이고 있지만 그 새마을 사업 이후로 농촌을 떠나는 가구가 더 많았다.

새마을 사업으로 마을 앞 개여울을 건너는 시멘트 교량을 건설하는 공사판에서였다. 이장이 고기와 술을 한턱내는 날이었다. 모처럼 고기를 먹은 그가 매우 흡족하여 다리 난간에 걸터앉았다. 다리를 달랑달랑 그네처럼 흔들며 이렇게 말했다.

"고기 맛은 옛날과 변함이 없네."

이 말에 공사판 인부들이 모두 크게 웃었다. 이후로 그를 보면 그의 친구들은 고기 맛은 옛날과 변함이 없네, 하고 농을 하기를 즐겨하였다. 이것이 굳어져서 그는 '고기 맛은 옛날과 변함이 없네'라는 긴 별명을 얻게 되었다.

예로부터 우리는 곡물과 채소를 주식으로 하는 농경민족이었다. 그러므로 고기는 높은 신분의 사람이나 먹을 수 있는 귀한 음식이었다. 백성들은 혼사나 장례 같은 큰일이 있어야 고기 맛을 볼 수 있었다. 평시에는 꿈도 꾸지 못할 음식이 고기다. 한 가지 더 있기는 하다. 초등학교 운동회 날이다. 초등학교 가을 운동회는 학생들이 청군과 백군으로 나뉘어 달리기 등을 겨루는 날이지만 어른들도 함께 즐기는 날이기도 하다. 운동장 하늘에는 만국기가 펄럭이고 운동장 가로는 국밥을 끓이는 가마솥이 걸린다. 돼지고기에 무와 대파를 넣고 끓여 붉은 기름이 둥둥 뜨는 돼지국밥이다. 솥에서는 김이 나고 구수한 냄새가 운동장 가득 퍼진다. 지금도 비계 몇 점 둥둥 뜨는 그 돼지고기 국밥이 그리울 때가 있다.

특히 경상도 내륙 지방에서는 생선과 고기를 통틀어 그냥 고기라 불렀다. 고등어, 갈치, 문어, 닭고기, 돼지고기, 소고기를 모두 그냥 고기라 한다. 멸치도 고기 축에 든다. 무엇이 발달한 지역에는 그 언어도 세분화되지만 무엇이 귀하면 그 언어도 분화하지 못한다. 쌀이 주식인 우리에게는 쌀에 대한 어휘가 다양하다. 그러나 고기와 빵을 주식으로 하는 미국 사람들은 모, 벼, 쌀, 밥을 모두 통틀어 라이스(rice)라 한다. 경상도 내륙에서 생선까지 고기라 부르는 것은 그만큼 고기가 귀했음을 말해준다.

게다가 이 지역은 체면을 중시하는 선비의 후예가 많은 고장이다. 검소하고 소박하게 사는 것을 미덕으로 여기는 전통이 남아 있다. 고기는 제사상에나 올리는 음식으로 여겼기에 평소 고기를 먹는 일을 불경스럽게 여기기까지 했다. 고기라는 말을 입에 올리는 것조차 천박하게 여기는 문화가 잔재하고 있는 곳이다. 그런 분위기에서 가난한 그가 대놓고 고기 맛을 들먹였으니 웃음거리가 되었던 것이다.

그는 부부 금슬이 좋아 흥부만큼은 아니어도 여러 명의 자녀를 두었다. 아비의 벌이는 신통치 못한데 먹을 입은 여럿이니 아이들은 늘 배가 고팠다. 배가 고플 뿐만 아니라 입성도 남루하여 깡통만 차지 않았을 뿐이지 걸인에 방불했다.

시골 아이들에게 가장 좋은 날이 마을에 큰일이 있는 날이다. 큰일이라 함은 장례, 소상, 대상의 삼년상을 비롯하여 혼례와 환갑잔치 등을 가리키는 말이다. 어느 집에 큰일이 있으면 마을 사람들은 모두 그 집에 모여 북적인다. 그야말로 큰일을 치르는 것이다. 남정네들은 돼지를 잡고 아낙네들은 부엌일에 참여한다. 온 마을 사람들의 식사도 자연히 큰일 집에서 해결한다. 아이들이 큰일을 좋아하는 가장 큰 이유는 어른들이 잡은 돼지의 오줌통에 바람을 넣어 축구를 할 수 있다는 것과 고기를 맛볼 수 있다는 것이었다.

늘 밥과 나물 반찬만 먹던 아이들에게 고기 맛은 환상적이었다. 요즘 사람들은 돼지비계는 모두 꺼려하지만 그때의 돼지비계 맛은 정말 훌륭했다. 꼬치에 꿰어 제사에 쓴 직사각형의 돼지고기 한 점을 양념간장에 살짝 찍어 씹는 맛이란 몸이 떨릴 정도로 감동적이었다. 지금도 변방 사람들이 돼지고기 수육이나 문어숙회를 초고추장에 찍지 않고 양념간장에 찍어야 제맛을 느낄 수 있는 것은 그 시절의 기억 때문일 것이다.

'고기 맛은 옛날과 변함이 없네'라는 긴 별명을 가진 그의 아들 가운데 내 친구 부득이가 있다. 눈이 크고 몸이 여위어 장수잠자리라 불리기도 하고 방아깨비라 불리기도 하는 아이였다. 부득이가 동네 잔칫날 어쩌다가 돼지비계 한 점을 얻었다. 그의 여동생 생각이 났던 모양이다. 때가 까맣게 묻은 손으로 엄지와 검지 사이에 돼지 털이 듬성듬성 박힌 돼지비계 한 점을 들고 여동생 미수를 찾았다. 앞니가 빠져 미수라고 부르기 어려웠던 모양이다.

"미슈야!"

"미슈야!"

애절하게 동생을 찾아 헤매다가 잔치마당 아이들 틈에서 미수를 발견했다. 부득이는 앞니 빠진 입을 벌려 웃으며 돼지비계를 미수에게 내밀었다.

"미슈야! 고기 먹어!"

그의 아버지가 고기 맛은 옛날과 변함이 없다는 명언으로 마을에서 유명해진 뒤를 이어 그의 아들 부득이는 '미슈야, 고기 먹어'로 대를 이어 명언을 남기게 되었다. 그 후로 부득이는 이름보다 '미슈야, 고기 먹어'라는 별명으로 불리게 되었다.

전 국민의 9할이 농민이었고 대부분이 가난하던 시절이었기에 가난은 그리 부끄러운 일이 아니었다. 아버지의 무능함으로 흥부의 아이들처럼 남루하게 자랐지만 부득이의 형제자매는 모두 들풀처럼 잘 자랐다. 사내아이는 착하고 계집아이는 예뻤다.

가난한 시골 아이들이 모두 그러했듯이 부득이는 가출을 해서 도회지 공장에 다니고 있었다. 나는 다행히 적빈은 면한 집에 태어나서 아버지가 소를 팔아 등록금을 마련해주었으므로 도시에서 대학에 다니고 있었다.

도시에서도 고기 귀하기는 마찬가지였다. 부잣집 아이들 몇을 제외하면 대부분의 학생들은 가난했다. 동아리 친구들과 중국집에서 짜장면을 시켰다. 그 가운데 돼지고기 조각이 유난히 도드라지게 보이는 그릇이 있었다. 서로 그 그릇을 차지하려고 경쟁이 치열하였다. 누군가 제안했다. 지금까지 가장 오랫동안 고기를 먹지 못한 사람이 먹기로 하자. 얼마나 오래 고기를 먹지 못했는가에 대해 발표를 하기로 했다. 나는 할아버지 제사 때 먹고 못 먹었다. 나는 생일날 먹고 못 먹었다. 나는 돌 때 고기 보고 지금 처음 본다. 나는 아버지 재혼할 때 먹고 처음이다. 각자 발표가 끝난 다음 한 녀석이 고개를 숙이고 있다가 천천히 고개를 들며 말했다.

"나는 뱃속에 풀이 나려고 해."

그날 우리 모두는 그에게 졌다고 말하고 장원을 줄 수밖에 없었다. 돼지고기가 도드라진 그 짜장면 그릇은 배에서 풀이 나려 한다는 그 친구의 몫이 되었다.

어느 날 하숙집으로 공장에 다니는 고향 친구 부득이에게서 전화가 걸려왔다. 고향 까마귀만 봐도 반가운 것이 객지 생활이라 나는 반가운 마음으로 부득이를 만났다. 가까이 사는 고향 친구들에게 모두 연락하여 부득이의 비좁은 자취방에 모였다. 작은 향우회가 열린 것이다. 가게에서 라면과 통조림과 소주를 사서 상이 차려졌다. 상은 부득이와 같이 공장에 다니는 부득이의 여자 친구가 차렸다.

그때 나는 어디선가 들은 듯한 말을 다시 들을 수 있었다. 부득이가 꽁치 통조림의 꽁치 한 점을 젓가락으로 집어 그의 여자 친구 라면 그릇에 올려주며 말했다.

"자기야, 고기 먹어."

자리를 함께했던 고향 친구들의 눈이 일제히 부득이에 쏠렸다. 그리고 모두 웃음을 참느라 안간힘을 쓰는 눈치였다. 모두 그의 옛 별명 '미슈야, 고기 먹어'가 떠올랐으리라. 아아, '미슈야, 고기 먹어'가 '자기야, 고기 먹어'로 바뀌었구나 하는 생각이 불현듯 떠올랐다. 그날 이후로 부득이는 우리 고향 친구들로부터 '미슈야, 고기 먹어'에서 '자기야, 고기 먹어'라는, 보다 진보적 별명을 얻었다. 흥부의 아이들 같은 부득이의 형제자매는 학교는 제대로 다니지 못했지만, 사내아이들은 성실해서 도회지에 나가 기술을 배워 잘 살게 되었고, 여자아이들은 예뻐서 시집을 잘 가서 모두 잘 살게 되었다.

말년에 부득의 아비는 자식들 모두 도회로 날려 보내고 아내와 둘이서 살고 있었다. 아이들이 모두 자리를 잡아 효도를 할 만큼 되었을 때 어느 겨울, 부득의 아버지, '고기 맛은 옛날과 변함이 없네' 씨가 집으로 돌아오지 않았다. 며칠 후 그의 시신이 개울에서 동사체로 발견되었다. 마을 사람들은 그가 개울의 얼음을 깨고 목욕을 하다가 얼어 죽은 거라 했다. 이로써 고기가 귀하던 시절 고기 발언으로 명성을 얻었으며 평생 목욕으로 가장 깨끗한 삶을 살았던 가문의 가장이 일생을 마친 것이다.

젊은 시절 일본에 다녀온 후로 생을 마감할 때까지 그는 목욕하는 버릇을 굳게 지켰던 것이다. 그의 죽음을 두고 마을에 말이 떠돌았다. 어떤 이는 일본에서 배운 것을 그렇게 오랜 세월 굳게 지켰으니 대단한 친일파라 했다. 어떤 이는, 헤엄 잘 치면 물에 빠져 죽고, 나무에 잘 올라가면 나무에 떨어져 죽는다더니, 옛말 하나 그른 거 없다 했다. 기록자는 적는다. 산천은 그대로인데 이제 그런 말을 할 사람조차 없음을 애석해하노라.

위득이

　　　　　어린 시절 변방의 아이들은 거의 모두가 가난했고 거의 모두가 불결했다. 요즘은 시골 아이와 서울 아이를 구별하기 어렵지만 어린 시절에는 확연히 구별되었다. 흰색과 검은색의 대비가 또렷했다. 서울에서 전학 온 아이는 하얀 얼굴이 도드라지게 마련이었다. 시골에서는 깨끗한 것이 오히려 흉이 되기도 했다. 모두가 까만데 한 아이만 흰색이면 놀림감이 되기 마련이다. 서울내기 다마네기 맛 좋은 고래고기, 하며 가락을 붙여서 노래하며 이유 없이 놀렸다. 우리 모두는 얼굴이 까맣고 손에도 때가 까맣게 묻어 있었다. 그 가운데도 점득이는 유난이 불결해서 별명이 굴뚝족제비였다. 솔가지로 군불을 땔 땐 굴뚝에 들어갔다 나온 족제비처럼 까맣기 때문에 붙여진 별명이다. 지금부터 그 점득이 이야기를 하려 한다.

　어린 아이들은 방바닥에 똥을 누기도 하고 마당에 앉아 똥을 누기도 했다. 골목길을 가다 보면 울타리 너머로 아이가 마당에 엉덩이를 까고 앉아 똥 누는 풍경을 어렵지 않게 볼 수 있었다. 아이가 똥을 누면 어른들은 개를 불렀다.

"워리, 워리!"

시골의 개 이름은 모두가 '워리'였다. 때로 '도꾸'도 있고 '메리'도 있었지만 그런 개는 이상하게 생긴 개들이고 못 먹는 개였다. 흔히 집집마다 있는 누런 개는 모두 '워리'였다. '도꾸'는 아무리 생각해도 이상한 이름이다. 아마 영어 Dog의 일본어식 발음이 아닌가 생각되는데 '도꾸'의 뜻이 '개'이니까 개에게 개라는 이름을 붙인 꼴이다. 마치 사람을 보고 사람아, 라고 부르는 것과 다르지 않다.

흔히 똥개라고 부르는 개의 이름이 모두 '워리'였다. 워리는 부르면 금방 나타나서 아이가 눈 똥을 맛있게 핥아 먹고 기분이 좋으면 부드러운 혀를 내밀어 아이의 엉덩이까지 깨끗하게 해주는 참으로 고마운 개였다. 그런데 똥개는 여름 복날까지밖에 살지 못하는 운명을 타고났다. 개는 아이들의 노란 똥을 보고 입맛을 다시지만, 어른들은 워리를 보면 입맛을 다신다. 그러다가 복날이 되면 개울로 데리고 간다. 갈 때는 개와 같이 가지만 돌아올 때는 개는 보이지 않고 사람들만 돌아온다.

그런데 마을에 이상한 소문이 돌기 시작했다. 개가 점득이 고추를 따 먹었다는 것이다. 점득이네는 가난해서 개밥을 충분히 주지 못했기 때문에 개가 점득이가 눈 똥을 먹다가 양이 차지 않아서 점득이 고추까지 따 먹었다는 것이다. 그래서 사람들이 점득이는 고추가 없다고도 하고 어떤 이는 반만 남았다고도 했다.

우리가 학교에 다닐 무렵 우리는 모두 점득이 고추가 궁금했다. 그렇다고 점득이에게 고추를 보여달라고 할 수도 없는 노릇이었다.

여름이면 아이들은 개울에 가서 물놀이를 한다. 마을 앞으로 개울이 흘렀는데 작은 개울이었지만 물이 제법 깊은 곳이 있었다. 시간만 나면 발가벗고 물에 들어가 개헤엄도 치고 가재도 잡으며 놀았다. 개헤엄은 고개를 빳빳이 세우고 두 발로 번갈아 물장구를 치며 손으로는 물을 끌어당기는 원초적 형태의 수영법이다. 그 모습이 마치 물에 빠진 개와 같기 때문에 개헤엄이다. 오래전 올림픽 수영경기 자유형에 출전한 아프리카 선수가 개헤엄을 쳐서 진정한 자유형의 원형을 보여줌으로써 세계인을 즐겁게 한 일이 있었는데, 텔레비전에서 그 장면을 보면서 나는 어린 시절을 생각했다. 그 선수의 모습이 어린 시절 우리들의 모습과 같았기 때문이다.

물속에 들어갔다가 귀에 물이 들어가면 햇볕에 뜨겁게 단 돌을 귀에 대고 불알을 탈랑거리고 뜀을 뛰기도 했다. 그러면 귓속의 물이 빠진다고 했다. 멱 감기가 끝나면 바위에 몸을 누이고 물기를 말리기도 했다. 우리는 점득이의 고추를 보고 싶었지만 점득이는 우리와 함께 물에 가지 않았다. 그래서 우리 가운데 점득이 고추를 본 사람은 아무도 없었다. 우리들이 모여서 나누는 이야기 가운데 중요한 항목이 점득이는 고추가 있을까 없을까였다. 점득이는 자연 우리와 어울리는 일이 점점 줄어들었다.

아이들은 늘 배가 고팠다. 그래서 서리라는 것을 자주 하였다. 서리는 아이들이 무리 지어 남의 과일이나 농작물을 몰래 훔쳐서 먹는 것을 이르는 말이다. 서리에는 닭서리, 콩서리, 밀서리, 참외서리 등이 있다. 지역 말로 서리를 '싸리'라 하기도 했다. 요새 남의 농작물에 손을 대면 죄가 되지만 그때는 서리를 하다 들키면 농장 주인에게 호되게 꾸중을 듣는 것으로 사건이 무마되곤 했다.

서리 가운데 밀서리가 가장 흔한 것이었다. 갓 익은 밀의 모가지를 잘라서, 모닥불을 피우고 그 위에 밀 이삭을 올려 굽는다. 알맞게 익으면 이삭을 손바닥으로 비비면 껍질이 벗겨지고 노릇하게 익은 밀알이 남는다. 그걸 입에 넣고 씹으면 고소한 맛이 난다. 밀서리를 한 다음은 아이들의 손과 입이 모두 까맣게 되어 누가 서리를 했는지 금방 알려지게 된다. 아이들이 주둥이를 까맣게 해서 다녀도 어른들은 빙긋이 웃기만 할 뿐이다. 가끔 보리서리도 하는데 보리는 쌀보리와 겉보리가 있다. 보리서리를 할 때는 쌀보리로 해야 한다. 겉보리는 불에 구워도 껍질이 벗겨지지 않아 먹을 수 없다.

점득이가 굴뚝족제비 외에 또 다른 별명을 얻는 사건이 발생했다. 우리와 어울리기를 싫어하는 점득이는 늘 혼자 다니는 일이 많았다. 학교 갔다 오는 길에 배가 고파서 혼자서 남의 밭의 보리를 꺾어 보리서리를 했다는 것이다. 보리가 익어갈 무렵 밭주인이 나타나 먹지도 못하고 도망을 쳤다. 도망치는 것을 이웃마을 아이들이 보았다. 점득이가 보리서리 했던 자리에 가보니 쌀보리가 아니고 겉보리였다. 그 마을 아이들이 우리에게 점득이 보리서리 미수 사건을 이야기 해주었다. 그렇지 않아도 심심한 아이들은 뭐 장난칠 거리가 없나 하고 목말라 있던 차에 점득이 소식은 보기 드문 이야깃거리였다. 우리는 다 같이 점득이의 보리서리 미수 사건을 겉으로는 슬퍼하며 속으로는 재미있어했다. 그리고 그를 부를 때 굴뚝족제비 대신에 '겉보리 싸리 해놓고 못 먹고 간 놈'이란 긴 이름으로 불렀다.

참외도 서리의 대상이 되었다. 비슷한 외지만 오이는 서리의 대상이 되지 못했다. 오이는 반찬거리이지 간식거리가 아니었기 때문이다. 단맛이 귀하던 시절 참외는 아이들이 가장 먹고 싶어 하는 과일이었다. 참외 농사를 짓는 집이 드문 시절이었기 때문이다. 줄무늬가 있는 개구리참외라는 것이 있었는데 그 단맛을 잊을 수가 없다.

겉보리서리 해놓고 못 먹고 간 놈이 얼마 뒤에 또 하나의 사고를 치고 말았다. 이웃집의 오이를 따 먹다가 들켜 먹지도 못하고 혼쭐만 났다는 것이다. 그냥 오이 하나 따 먹는다고 혼내지는 않는데 점득이는 오이 중에서도 씨통을 땄다는 것이다. 농부들은 오이 중에 가장 실한 놈은 따지 않고 누렇게 될 때까지 그냥 두는데 그것을 씨통이라 한다. 누렇게 익은 오이 속에서 씨가 여무는데 그 씨를 받아두었다가 그것으로 다음 해에 파종을 한다. 그 오이가 위씨통이다. 위씨통은 맛이 없어 먹을 수도 없다. 점득이가 그걸 땄으니 주인이 혼을 내는 것은 당연한 일이다. 지역 말로 오이를 '위'라고 하는데 그 후로 점득이는 '위씨통 따 먹다가 들킨 놈'이라는 긴 이름을 다시 얻게 되었다. 급하게 부를 일이 있을 때는 점득이 대신에 '위득'이라 불렀다. 점득이의 이름은 '굴뚝족제비'에서 '겉보리싸리 해놓고 못 먹고 간 놈'에서 다시 '위씨통 따 먹다가 들킨 놈'으로 진화하다가 '위득이'에서 진화를 멈추었다.

세월이 많이 흘렀다. 우리는 모두 20대 청년이 되었다. 마을에 남아 농사짓는 친구도 더러 있지만 대부분 객지로 떠났다. 설이나 추석이 되면 모두 고향을 찾는다. 고향 친구들이 만나면 대부분의 대화는 어린 시절 추억담으로 이루어지게 마련이다. 어느 해 추석에 가출한 뒤에 소식이 없던 위득이가 고급 승용차를 타고 마을에 나타났다. 마을 사람들이 모두 놀랐다. 대학을 나와 좋은 직장에 다니는 친구도 자가용을 타지 못하던 시절 긴 별명만 잔뜩 달고 다니던 위득이가 까만 자가용을 타고 나타났으니 친구들도 모두 깜짝! 놀랐다. 까만 양복을 차려입은 모습이 영락없는 청년 사업가였다. 명절이 되면 또래 아이들은 너른 사랑에 모인다. 그런데 다른 친구들 모두 객지에서 겪은 일, 어린 시절 이야기로 이야기꽃을 피우는데 위득이는 그냥 듣기만 했다. 누가 말을 걸어도 위득이는 그냥 웃기만 했다.

나는 장난치기를 즐기지 않았기에 어린 시절 위득이에게 비교적 못된 짓을 하지는 않았다. 점득이란 본명 대신에 위득이라 부른 것밖에 그에게 빚진 게 별로 없다. 그래서 다른 친구들보다는 위득이와 가깝게 지내는 편이었다. 그날 친구들과의 자리가 파한 다음 위득이는 나와 한잔 더 하자고 했다. 그와 둘이서 술잔을 마주하고 앉았다. 술잔이 몇 차례 오고가자 위득이가 먼저 입을 열었다.

"내가 좋은 차를 타고 와서 니 놀랬제?"

"그래, 놀랬다. 돈 마이 벌었나?"

"돈은 무슨……."

위득이는 한숨을 쉬며 술잔을 쭉 비웠다. 그리고 너한테만 말한다면서, 비밀이라면서, 서울에서의 일을 이야기했다.

니도 알다시피 내가 배운 게 있나 빽이 있나. 농사지어봐야 고생만 하고 먹고살기도 어렵고. 그래 서울로 안 갔나. 술집에 웨이터로 들어갔다. 깨끗한 옷 입고 농사보다 힘도 덜 들고, 굴뚝족제비도 면하고, 술집이니까 아가씨도 많고, 거기서 총각 딱지도 뗐다. 그런데 니도 알다시피 내 고추가 개한테 물렸잖나. 그래서 모양이 좀 특이하다. 한 가시나하고 잔 일이 있다. 이년이 그걸 소문을 내서 말이다, 날마다 다른 년들이 만나자고 하는 거야. 만나자면 만나주었지, 뭐. 남자가 열 계집 마다하나? 어느 날 여사장에게 불려갔다. 그녀와도 만났지. 그 일이 있고 나서부터 다른 애들에게는 내 근처에 접근 금지 명령을 내린 거야. 사실상 그녀의 남자가 된 꼴이지. 그리고 웨이터에서 부사장이 되었다. 이거 말이야.

"이 이야기는 너만 알고 있어."

위득이는 위협하듯 말했다.

"그래, 위득아. 니 이야기 난 못 들은 거야."

그렇게 말했지만 들은 건 들은 거였다. 임금님 귀는 당나귀 귀라는 사실을 알게 된 복두장이가 이 비밀을 말하면 죽어버리겠다는 임금님 때문에 말하고 싶어도 말하지 못해 병이 났다고 하지 않는가? 나도 복두장이처럼 병이 날 것만 같았다. 혹시 취중에 누구에게 위득이 이야기를 할지도 모른다는 걱정이 늘 노심초사하게 했다. 그리고 이 이야기는 말이야 너만 알고 있어, 하고 스스로에게 주술을 걸었다. 그래도 누구에겐가 말할지도 모른다는 걱정이 자꾸만 불안하게 한다. 위득이 이야기를 하고 싶어 입이 근질거려도 내가 만약 위득이 이야기를 하면 가엾은 위득이를 더 가엾게 하는 꼴이 되기 때문이다. 개는 사람과 친하지만 과묵하여 남의 말을 전하는 일이 없는데 내가 이 이야기를 입 밖에 내면 나는 개보다 못한 놈이 될지도 모른다. 사람들은 내가 다이어트를 한 걸로 알지만 사실은 위득이 때문이다. 아니, 개 때문이다.

내 친구 위득이는 개로 인하여 좋은 승용차를 얻었고 나는 개로 인하여 복두장이 병을 얻었다. 내일은 개고기 집에 가서 소주 배불리 먹고 모두 잊을 생각이다.

대학을 갈챘불라

지금은 머슴이란 말이 비유적인 표현으로만 쓰인다. 가령 청문회에 나온 재벌총수에게 국회의원이 질의할 때 재벌총수가 머슴이라는 말을 쓰는 것을 들은 적이 있다. 한 의원이 비리 사실에 대해 총수의 부하에게서 들은 말을 증거로 제시했다. 그러자 총수는 대뜸

"주인이 알지 머슴이 뭘 압니까?"

하고 대답했다. 경영자가 아닌 회사원을 머슴에 비유한 말이다. 일제로부터 해방이 된 후에도 주인 혼자서 농사를 감당할 수 없는 집에는 머슴을 두었다. 상머슴은 일 년 새경이 쌀 열두 가마니였다. 쌀이 물가의 기준이 되던 시절이니까 그렇게 적은 연봉은 아니었다.

상머슴 대길이는 기골이 장대하고 힘이 장사이고 순진한 사람이었다. 한 가지 흠이 있다면 글 읽기를 싫어한다는 것이다. 글자만 보면 골머리가 아팠다. 그렇지만 아무도 그것을 눈치채는 사람은 없는

것 같았다. 대신에 농사일에는 자신이 있었다. 머슴은 주인이 말하기 전에 농사의 절기를 알아 때에 맞는 일을 미리 준비하고 들일을 할 줄 알아야 한다. 낮에는 들일을 하고 밤에는 새끼를 꼬거나 가마니를 짜는 일을 해야 하고, 겨울에는 산에 올라 땔나무를 해야 하니 잠시라도 쉴 틈이 없다. 대길이는 머슴의 임무에 부족함이 없는 사람이었다.

요즘은 천금을 준다고 해도 그만큼 일할 사람을 구하기 어려울 것이다. 대길이가 그나마 힘든 머슴살이를 견딜 수 있는 것은 머슴에게 주어지는 몇 가지 특전이 있기 때문인지도 몰랐다. 사철 철 따라 주인집에서 새 옷을 지어준다. 여름에는 시원한 베로 지은 고의 적삼이요, 겨울에는 솜을 포근히 두어 지은 솜바지저고리를 입을 수 있다. 끼니마다 받는 밥상은 아무리 흉년이 들어도 쌀이 반 이상 섞인 고봉밥에 비린 생선 한 토막이 빠지지 않는 독상이었다. 주인 집 식구들보다 나으면 나았지 못하지 않은 밥상이었다. 농번기가 끝날 무렵이면 얼마의 노자를 주어 고향에 다녀오게도 했다.

머슴은 당당하게 임금을 받고 일하는 사람이었지만 주인이 하인 부르듯이 이름을 부르니까 웬만한 사람은 너도나도 대길이, 대길이, 하고 불렀다. 그래서 대길이는 다른 사람들과 말 나누는 시간보다 소하고 지내는 시간이 많았다. 사람보다 소하고 가까이 지내다 보니 사람보다 오히려 소하고 대화가 잘 통하게 되었다. 여름철 소가 한참 힘들 때는 소가 말했다.

"대길아, 힘들다."

그러면 대길이는 쇠죽을 끓일 때 콩을 한 바가지 넣어서 끓인다.

구수한 쇠죽 냄새가 처마 밑에 퍼지면 소도 기분이 좋고 대길이도 흐뭇하다. 소꼴을 베다가 뱀을 보면 잡아두었다가 소꼴과 섞어 작두로 썰어 소에게 준다. 이른바 대길이표 보양식이다. 뱀은 장날 약장사에게 가면 이름이 배암으로 바뀌고 자양강장제가 되기도 한다. 대길이가 보양식을 주면 소도 모처럼 고단백 식사로 영양 보충을 하고 힘을 낸다. 여물 먹는 소를 보고 대길이가 묻는다.

"맛있지?"

소가 입을 약간 벌리고 히죽이 웃는다. 대길이는 소가 웃는 모습을 좋아한다. 여자가 웃는 모습보다 좋다. 그래서 설 무렵 아이들이 설빔으로 색동옷을 짓고 남은 헝겊으로 소의 목둘레에 알록달록 장식을 해준다. 그러면 대길이는 소가 인사하는 말을 들을 수 있다.

"대길아, 고맙다."

다시 농사철이 되었다. 논에 물을 알맞게 대놓았다가 논이 알맞게 말랑말랑해졌을 때 소에 쟁기를 메워 논을 갈았다. 농사일 가운데 소에게나 대길이에게나 가장 힘든 일이 논을 가는 일이다. 한 번 시작하면 며칠 계속 소는 끌고 대길이는 쟁기 방향을 잡으며 논을 갈아야 한다. 이때가 소와 대길이의 갈등이 가장 심할 때다. 아무리 가까운 부부라고 할지라도 계속 함께 살다 보면 부부 싸움이라는 걸 하게 되는 것처럼 대길이와 소도 가끔은 싸운다.

"이랴! 가자!"

소가 갑자기 멈춰 서서 꼼짝을 않는다.

"왜 이래?"

대길이가 물었다.

"힘들다. 더는 못 끌겠다."

"아직 며칠을 더 갈아야 될지 모르는데 벌써 이래면 어쩌노?"

"저쪽 정자 좀 봐라."

소가 머리를 들어 가리키는 곳을 보았다. 그날 주인집에 손님으로 온 윤 초시 영감과 주인이 정자에 앉아 글을 읽으며 이야기를 나누고 있었다. 윤 초시는 대길이도 아는 사람이었다. 정말 과거에 급제해서 초시인지 먼 조상이 초시를 했는지, 아니면 돈 주고 산 초시인지 알 수 없지만 아무튼 모두 윤 초시라 부르니 그런 줄 안다. 그런데 대길이는 이분이 마음에 들지 않는다. 글 아는 것을 지나치게 자랑하는 경향이 있다. 날은 무르익은 봄날인데 꽃향기는 숨이 막힐 지경인데 누구는 정자에 앉아 신선놀음하고 누구는 죽어라 일만 한다고 생각하니 부아가 끓어 올랐다. 끌지 않겠다는 소를 채찍질하며 마침 정자 아래를 지날 때였다. 소가 또 시원스럽게 가지 않고 꼬장을 부렸다. 대길이의 말도 곱지 않았다. 아무리 착한 농부라도 소를 부릴 때는 비속어를 쓰게 마련이다. 평소에 점잖은 신사도 운전대를 잡으면 입이 험악해지는 것과 같은 이치다.

"이랴아, 가자. 이누무 소 새끼야!"

소가 말했다.

"욕 좀 고마해라. 내가 니보고 사람 새끼라면 좋겠나?"

"소 새끼를 소 새끼라 하지 개새끼라 하나?"

"대길아, 이제 더는 못 끌겠다. 이제 니가 끌어라, 내가 뒤에서 부릴게."

그러면서 소는 정말 대길이와 자리를 바꾸려고 뒤로 돌아섰다.

대길이는 다시 소 뒤로 가려 했다. 그러자니 대길이와 소는 뺑뺑이를 돌게 되었다. 대길이 항복을 했다.

"잘못했다. 고마해라!"

"니나 나나 같이 힘든 처지에 왜 성질을 부리고 지랄이야!"

생각하니 소의 말이 영판 그른 것은 아니었다. 내 팔자나 소 팔자나 그리 좋은 것은 못 되는구나. 대길이는 천천히 쟁기를 끄는 소를 소 타래기로 채찍질하며 나직이 말했다.

"이랴, 낄낄, 언놈은 팔자가 좋아 글만 읽고, 언놈은 하루 종일 씨바, 논만 가는구나."

정자에 앉은 윤 초시가 이 말을 들었다.

"대길아, 니 머라켔노?"

"그냥 소한테 하는 소릿시더."

"내 다 들었다. 니 맘 내가 안다. 내가 논 갈게. 니가 대신 여기 올라와서 글 읽어라!"

초시의 위엄 있는 말을 거역할 수 없었다. 대길은 소를 논에 세워 두고 윤 초시 명으로 하는 수 없이 정자에 올랐다. 주인은 빙그레 웃으며 말이 없었다. 윤 초시는 『대학(大學)』을 펴놓고 대길이에게 말했다. 니가 이걸 읽고 내가 논을 갈기로 하자. 자, 읽어라 했다. 글 싫어하여 천자문도 모르는 대길이가 『대학』을 알 리 만무했다. 윤 초시는

"대학지도(大學之道)는 재명명덕(在明明德)하고, 따라 해라."

"대학지도는 재명명덕하고."

"멍멍덕이 아니고 명명덕!

"멍멍덕!"

"대길아, 머리 이리 내밀어라."

윤 초시의 담뱃대가 대길이 머리에 딱 소리를 내었다. 틀릴 때마다 담뱃대로 대길이 머리통을 골프 치듯 했다. 또 한 구절 가르치고 묻고 모르면 때리고를 반복했다. 대길이 머리에서 혹부리가 나려고 했다.

"됐니더, 고마하소. 논 갈게요."

하는 수 없이 대길이는 논에 들어 쟁기를 잡았다. 윤 초시에 당한 것이 억울했다. 화가 나서 일을 하니 더 힘이 들었다. 오늘따라 수렁이 더 깊어 깊이 빠진 발을 빼내기 힘겨웠다. 거머리도 달라붙었다. 그런 마음도 몰라주고 소가 또 멈춰 섰다.

"이랴! 가자! 이누무 소!"

소가 움직이지 않았고 오줌만 쏼쏼 갈겼다. 오늘따라 소까지 대길이 마음을 몰라주었다. 소도 심술을 부렸다.

"대길아, 더 못 갈겠다. 이제부터 내가 쟁기 잡을 테니 니가 앞에서 끌어라!"

저도 나도 힘이 들기는 마찬가지인데 마냥 소에게 욕만 할 수 없었다. 대길이는 쟁기를 잡고 한참을 서 있더니 소에게 말했다.

"이랴! 이누무 소, 고마 대학을 갈쳇불라!"

'갈쳇불라'는 '가르칠까 보다'의 변방 말이다. 소도 대길이가 『대학』 배우다가 당하는 걸 보았기에 죽을힘을 다해 앞으로 나갔다. 중천의 해가 빙긋 웃고 있었다.

꼬치영감

고치영의 별명은 꼬치영감이었다. 고추를 변방 말로 꼬치라 한다. 고추와 아무런 관련이 없지만 이름의 발음이 꼬치를 연상시키기에 붙여진 별명이다. 초등학교를 졸업하고 헤어진 뒤 만나지 못하다가 최근에 우연히 만났다.

"너, 꼬치영감이지?"

"너, 새색시구나?"

어릴 때 친구를 부랄친구라 한다. 어린 시절 친구는 나이를 아무리 먹어도 만나면 어린이가 된다. 그도 어린 시절로 돌아가 나의 어린 시절 별명을 불렀다. 우리는 가끔 만나서 어린 시절 이야기를 했다. 기억이 일치하는 것도 있지만 서로 자기만 기억하는 것들이 더 많다. 그는 그의 별명이 이미 암시한 바대로 고추 장수가 되어 있었다. 언어에는 주술성이 있다. 염불을 반복하면 소원이 이루어지듯이 어린 시절부터 꼬치영감이라고 여럿이 여러 번 불렀으니 그는 고추 장수가 된 것이리라.

　꼬치영감은 초등학교를 졸업하자마자 부모님의 농사일을 도왔
다. 말하자면 농사로 잔뼈가 굵은 것이다. 아무리 농사를 지어도 살
림은 펴지지 않았다. 이곳은 고추 농사가 잘 되는 곳이라 고추 농사
를 하는 집이 많았다. 고춧값이 좋을 때는 제법 돈이 되기도 했지만
이듬해는 너도 나도 고추를 심어 아무리 농사가 잘 되어도 값이 떨
어져 소득이 없었다. 그래도 다음 해에는 고춧값이 좋으리라는 희망
으로 고추 농사를 짓는다.

　그러던 어느 날 꼬치영감은 이상한 현상을 발견했다. 고추 농사
짓는 사람의 살림은 펴지지 않는데 고추 장수는 형편이 나아지는 것
같았다. 그래서 자기도 고추 장수가 되기로 작정했다. 고추 장수는
트럭을 몰고 이 마을 저 마을로 다니며 고추를 사서 대도시로 가서
파는 일을 한다. 그래서 빚을 내어 트럭을 한 대 사서 마을로 다니며
고추를 사서 가락동 농산물 시장에 가서 팔았다. 그런데 남기는커녕
오히려 손해를 보고야 말았다.

　그래서 고추 장사로 성공한 늙은 고추 장수에게 어떻게 해야 고
추 장사를 잘 할 수 있느냐고 물었다. 그는 자기를 따라다니며 배우
면 된다고 했다. 그는 선배 고추 장수의 조수가 되어 일 년 동안 공
부를 했다. 그가 영감을 따라다니며 배운 것은 크게 두 가지였다. 하
나는 고추의 품질을 가리는 안목이었다. 고추도 보는 안목에 따라
백 가지가 넘는 품질의 차이가 있다. 농민들로부터 좋은 고추를 싼
값에 사서 고추의 품질에 맞는 제값을 받고 파는 것이 첫째다. 당시
에는 매스컴이 발달하지 않아 농민들은 고춧값이 어떻게 형성되어
유통되는지 알 길이 없었다. 고추 시세에 어두운 농민을 속여 싸게

사는 일이다. 둘째는 농민을 속이는 마술을 부리는 것이다. 마술사가 마술을 부리듯이 고추를 살 때 저울눈을 속이는 마술을 부린다. 그렇게 하지 않고는 돈을 벌 수 없는 것이 고추 장사였다.

농민들은 마른 고추를 포대에 담아 창고에 보관한다. 그리고 고춧값이 오르기를 기다린다. 고추 장수는 그런 농가를 방문해서 어수룩한 농민을 속여 싸게 사서 대도시 도매상에 판다. 고추 장수는 2인 1조다. 농가에 가기 전에 돼지고기 몇 근과 소주 몇 병을 산다. 약속한 농가에 가서 인사를 하고 친밀감을 표한다. 마당에 불을 피워 고기를 굽고 주인에게 소주를 권한다. 소주를 마시면서 고추 거래를 한다. 감언이설로 지금 파는 것이 가장 적절한 시기임을 강조한다. 만약 팔지 않으면 큰 손해를 볼 것처럼 겁을 주기도 한다. 얼근히 취한 주인이 거래를 허락하면 광의 고추 포대를 꺼내어 저울로 무게를 단다. 저울은 고추 장수가 가지고 간 막대저울이다. 이때 마술이 들어간다. 막대 저울 고리에 고추 포대를 꿰고 저울 위의 끈에 막대를 걸고 마주 서서 어깨에 메고 무게를 단다. 주인의 눈은 보통 저울 눈금만 뚫어지게 본다. 이때 저울 고리에 손을 대거나 고추 포대 아래에 발을 약간 대고 들면 보통 몇 근은 적게 달 수 있다. 술에 취한 주인은 이들의 마술을 눈치채지 못한다. 한 포대에 다섯 근 정도 속이는 것은 매우 쉽다.

덜 익은 고추를 말리면 흰색이 섞인 고추가 된다. 이것을 희나리라 한다. 표준어로는 희아리지만 변방 사람들은 희나리라 한다. 희나리는 정상적인 고추에 비해 반값도 되지 않는다. 이 희나리도 고추 장수는 산다. 도회의 도매상들은 이것을 사서 붉은색으로 물들여 정상 가격을 받고 팔기도 하기 때문이나. 고추 농사를 짓는 농가에는 희나리 한두 포대는 있게 마련이다. 농가에 온 고추 장수는 주인에게 묻는다.

"희나리 몇 포대 있니껴?"

"두 포대 있을걸."

그러면 고추 장사는 "보시더." 하고 광으로 들어간다. 그 순간 재빠른 동작으로 마술을 부린다. 희나리 포대의 고추를 꺼내어 정상 고추 포대를 풀고 그 위에 희나리 몇 줌을 넣어둔다. 그리고 광을 나오며

"희나리가 세 포대시더."

한다. 막상 저울에 달아 살 때는 정상 고추가 희나리로 둔갑을 한다. 정품을 희나리 값으로 샀으니 남는 장사다.

고추 장수가 저울을 속인다는 것은 알려진 비밀이다. 그래서 어떤 농가에서는 고추 장수가 오기 전에 미리 자기네 저울로 고추를 달아 둔다. 만약 고추 장수가 단 근대와 일치하지 않으면 따져서 바로잡기 위해서다. 고추 장수는 언제나 농민보다 한 수 위다. 저울 속이는 연습을 마술사가 마술 연습하는 것처럼 꾸준히 하면서 새로운 기술을 개발하기 때문에 농민은 도저히 고추 장수의 벽을 넘을 수없다. 고추 장수가 단 것을 아무리 다시 달아도 먼저 단 것과 일치하게 마술을 부리기 때문이다.

부단한 수련으로 마술을 터득한 꼬치영감이었지만 늘 성공한 것은 아니었다. 원숭이도 나무에서 떨어질 때가 있는 것과 같은 이치다. 어느 날은 지혜로운 며느리가 있는 집에서 오히려 95근 고추를

100근 값을 주고 산 적도 있다. 그날도 주인에게 술을 먹이고 고추를 다는데 고추 포대 아래로 발을 넣어 들었다. 부엌에서 밥을 짓던 젊은 며느리가 이걸 봤다.

"근대가 이상하이더. 나도 좀 보시더."

며느리가 나와서 저울 가까이 다가왔다. 며느리는 눈은 저울 눈금을 뚫어지게 바라보면서 앞치마를 고추 포대 위에 덮고 그 아래 손을 넣어 고추 포대를 지그시 눌렀다. 꼬치영감이 단 무게보다 다섯 근은 더 무거웠다. 며느리 얼굴은 보았지만 며느리가 손으로 눌렀으리라고는 꿈에도 생각하지 못했다. 똑똑한 며느리에게 완전히 당했다.

한 번은 죽을 고비를 넘긴 적도 있었다. 마을에서는 꽤나 똑똑하다고 소문난 농부였다. 고추 농사도 대량으로 지어 고추를 말리는 벌크라는 건조기도 있는 집이었다. 그도 장수가 오기 전에 미리 고추 무게를 달아서 적어놓았다. 그런데 고추 장수가 와서 무게를 다니 또 근대가 줄어들었다. 농부는 다시 달아보자고 했다. 이번에는 자기도 같이 달았다. 결과는 전과 같았다. 아무리 달아도 고추 장사가 단 무게와 일치하니까 농부는 그 원인을 알 수 없었다. 분명히 고추 장수가 속인 건 확실한데 어떻게 속였는지 알 수가 없으니 농부는 미칠 지경이었다. 한참 가만히 생각에 잠겨 있던 농부가 말했다.

"건조기 속에 고추가 더 있니더. 들어가 보소."

꼬치영감은 건조기 문을 열고 속으로 들어갔다. 이때 농부가 건조기 문을 닫아버렸다. 그리고 건조기 전원을 올리고 돌려버렸다.

팬 돌아가는 소리가 나고 뜨거운 바람이 나왔다. 꼬치영감은 건조기 속에서 죽는 소리를 냈다. 한참 뒤에 주인이 전원을 끄고 꺼내주었다. 실수로 벌크 스위치를 올렸니더, 미안하이더, 했다. 결국 속여서 싸게 사기는 했지만 그 대가가 너무 참혹했다.

"요새도 꼬치 장사 하는가?"

"하지."

"요새도 마술 부리는가?"

꼬치영감은 긴 한숨을 쉬며 말했다.

"옛날이야기지. 옛날에 그런 어두운 시절이 있었다는 얘기지. 세상이 어떤 세상인데."

지금도 고추 장사를 하지만 마술은 부리지 않는다는 것이다. 요새는 고춧값 정보를 수집하여 쌀 때 사서 창고에 보관했다가 값이 오르면 파는데 정보 수집이 중요하다고 했다. 대신 하나 잊지 않고 실천하는 것이 있다고 한다. 농민들의 신뢰를 얻어야 고추를 살 수 있으니 농민들에게 믿음을 주어야 한다는 것이다. 농가에 가면 농민들로부터 듣는 이야기가 있다는 것이다.

"지난번에 내 고추 사가서 마이 남았제?"

그러면 꼬치영감은 늘 이렇게 대답한다는 것이다.

"예, 꼬치가 좋아서 마이 남았니더. 고맙니더."

그 이유는 자기 고추 사가지고 가서 밑졌다고 하면 누가 자기에게 다시 팔겠느냐는 것이다. 밑져도 남아도 늘 '마이 남았니더.' 한다는 것이다.

술잔을 마주하며 이런저런 이야기를 하던 꼬치영감이 정색을 하고 말했다. 우리도 이제 환갑을 넘은 나이니까 서로 별명을 부르지 말자는 것이다. 자기는 어릴 때부터 꼬치영감이라는 소리를 가장 듣기 싫어했다는 것이다. 그의 목소리는 단호했고 어조는 간절했다.

"니, 인제부터 꼬치영감이라 하지 말그래이."

나는 그의 갑자기 진지해진 태도가 재미있어 장난기가 발동했다. 그의 자지러지는 모습을 다시 보고 싶었다. 그래서 진지하게 대답했다.

"그래, 알았다. 다시는 안 그럴게. 꼬치영감아!"

"……??"

눈길

　　　　　시내 고등학교에 다닐 때, 겨울방학에 시골집에서 지낼 때였다. 그 시절은 온 마을이 대체로 가난했다. 그런데 우리 집은 밥을 굶지는 않았다. 친구들은 모두 중학교도 못 가고 농사일을 하고 있는데 나는 어렵게나마 고등학교씩이나 다니니 그게 나의 마음을 편하지 못하게 했다. 아버지는 일하지 말고 공부나 열심히 하라고 했지만 마음 놓고 공부만 할 처지가 못 되었다. 할아버지는 궁하지 않게 사셨다. 그래서 아버지는 공맹(孔孟)만 읽으며 일이라고는 가끔 비 올 때 논물 보는 것이 전부셨다. 그러다가 가세가 기울어 아버지는 불혹이 넘어서 농사일을 하지 않으면 안 되었다. 일꾼을 둘 처지가 못 되었기 때문이었다. 아버지는 나보다도 일을 하실 줄 몰랐다.

　　방학 동안 나는 오전에는 산에 가서 땔나무 한 짐 해놓고 오후에는 공부하기로 했다. 그게 내가 스스로 정한 방학 계획이었다. 그때까지 나는 겉으로는 모범생이었다. 내면에서는 청소년기의 번민과

혼란이 소용돌이치고 있었지만 그것이 행동으로 나타나지는 않았다. 그래서 사람들은 내가 모범생인 줄 알았다. 가령 다른 친구들이 몰래 술도 마시고 담배도 피울 때 나는 그들과 어울리기는 했지만 술과 담배는 어른들이 하는 것이라고만 생각해서 아예 멀리했다.

겨울 아침 찬바람에 지게를 지고 산으로 갔다. 낫으로 마른 억새를 베고 갈퀴로 솔잎과 함께 끌어 모아 지게 위에 쌓는다. 짐을 단단하고 모양 있게 하기 위해서는 맨 아래에 솔가지나 작은 나뭇가지를 깔아야 한다. 나뭇짐의 모양으로 나무꾼의 수준을 알 수 있다. 나뭇짐이 까치집처럼 엉성하면 초보다. 그런 나뭇짐을 보면 어른들은 혀를 차면서 '빌어먹기 맞치맞다'고 하신다. '맞치맞다'는 '마침맞다'의 지역 말이다.

그런 나뭇짐을 지고는 집에까지 갈 수도 없다. 바람이 약간만 불어도 날아가고 만다. 짐의 모양이 갖추어져도 지게를 지고 일어서기가 어렵다. 힘으로 일어서는 것이 아니라 지겟작대기를 요령 있게 짚으며 무게 중심을 이용해서 일어나야 한다. 짐을 지고 걸으려면 전문 용어로 지게가 등에 붙어야 한다. 이것을 어른들은 '지게 귀신이 등에 붙는다.'고 했다. 아무리 힘이 좋아도 지게가 등에 붙지 않으면 짐을 진 채로 도랑에 처박히기 일쑤다. 그렇게 되면 그 자리에서 다시 짐을 만들어야 한다. 방학 내내 매일 나무를 했지만 지게는 등에 붙지 않았다.

밤새 눈이 내렸다. 온 마을이 눈으로 하얗게 덮였다. 나무하러 가지 않아도 되는 날이다. 나의 골방에서 창호지로 들어오는 빛을 멍

하니 바라보고 있었다. 나는 창호지 바른 문으로 걸러져 방에 들어오는 부드러운 빛을 좋아했다. 지금도 내가 집을 짓는다면 문은 유리창이 아닌 창호지로 하겠다는 생각을 한다. 눈이 내리면 사람들은 누군가를 그리워한다. 그러기에 김광균은 '머언 곳의 여인의 옷 벗는 소리'를 생각하고 '마음 허공에 등불을 켜고' 밤 깊어 뜰에 내리지 않았던가.

나는 그때까지 남녀칠세부동석(男女七歲不同席)의 교훈을 굳게 지키고 있었다. 그러나 내면에는 다른 친구들과 조금도 다르지 않았다. 오히려 이성에 대한 그리움이 더 강했을지도 모른다. 톨스토이의 나타샤를 꿈꾸기도 하고 에디트 피아프의 샹송을 들으며 이국의 여인을 꿈꾸기도 했다.

마당에서 초등학교 아이들 떠드는 소리가 들렸다. 그리고 나를 부르는 소리도 들리는 것 같았다. 문을 열었다. 한 아이가 누가 나를 찾아왔다고 했다. 어디 있느냐고 하니까 대문 밖 감나무 아래 있다고 했다. 나는 무릎과 엉덩이가 툭 튀어나온 헐렁한 바지 차림으로 왕자표 통고무신을 끌고 대문 밖으로 갔다.

감나무 아래 한 소녀가 고개를 숙인 채 눈을 밟고 있었다. 단발머리에 까만 오버코트를 입고 빨간 벙어리장갑을 끼고 서 있었다. 고개를 숙이고 있어서 누구인지 알 수 없었다. 여자 친구가 없었기에 여자 친구일 리도 없고, 친척 중에서도 여학생이 없었다. 누구일까? 그녀는 이미 그 자리에 오래 기다려서인지 그녀의 발자국으로 인하여 눈이 판판하게 다져져 있었다.

"누구……?"

"……."

그녀가 말을 하지 않는 것도 초조한 일이었지만 나의 몰골이 그녀와 비교되어 더욱 거북한 시간이 흐르고 있었다. 그녀는 전형적인 도회지의 세련된 여학생이었고, 나는 반은 나무꾼이요 반은 학생인 찌질한 촌놈이었다. 아이들은 신기한 듯 구경을 하는데 그녀는 누구인지 대답을 하지 않았다. 감나무 가지 위에 쌓인 눈이 몇 번 툭! 툭! 소리를 내며 떨어지고 난 뒤에야 그녀가 간신히 입을 열었다.

"저어, 박호순 선생님……."

그때서야 그 애가 누구인지 알 수 있을 것 같았다.

"너, 정희구나!"

그제야 그녀가 웃음 띤 얼굴을 들었다. 하얀 이가 가지런하게 반쯤 드러났다. 고백하건대 오랜 세월이 지난 다음에야 안 일이지만 나에게는 안면인식장애증이라는 병이 있었다. 어떤 사람과 만난 일, 그와 나눈 이야기, 그의 이름은 기억하지만 그의 얼굴은 잘 알지 못한다. 그때는 내가 그런 사람이라는 걸 알지 못했다.

시골 조그만 중학교에 여선생님이 오셨다. 홍일점 여선생님이었다. 햇볕에 검게 그은 시골 사람들만 보던 아이들의 눈에 여선생님은 천사와 같은 존재였다. 학교 뒤 작은 초가에 방을 얻어 사셨다. 교사 초임이라 아이들을 귀여워하셨다. 소월의 시를 외우게 하고 문예반을 만들어 글쓰기도 가르치셨다. 우리는 선생님 방에 모여 독서 토론도 하고 선생님이 해주신 밥도 먹었다. 선생님의 귀염을 받던 아이들 가운데 후배 정희가 있었다. 그러던 어느 날부터 정희가 보이지 않았다. 서울로 전학을 갔다는 것이다. 정희는 후배였고 별로 말을 나눈 기억도 없는 아이였다. 그보다 나는 여학생들과 가까이 지내는 것은 착한 학생의 행동이 아니라는 생각을 했는지도 모른다. 그때 조그만 정희가 여고생이 되어 나타난 것이다.

어머니가 차려준 개다리소반 밥상을 마주하고 정희와 밥을 먹었다. 남루한 시골 방 안의 풍경, 개다리소반 밥상 위의 투박한 그릇들, 그 그릇에 담긴 시골 음식들이 서울 소녀에겐 어울리지 않는다는 생각에 난 편하게 밥을 먹을 수가 없었다. 정희는 젓가락을 들어 밥알을 세듯이 밥을 먹었다. 먹는다기보다 먹는 시늉을 하는 것 같았다.

하오의 햇살이 창호지를 통해 토방 안에 풀어졌다. 정희는 저쪽 벽에 기대앉고 나는 맞은편 벽에 기대앉아 멀거니 바라보고 있었다. 정희는 중학교 1학년 때 서울로 전학을 가서 지금 고등학교 1학년이라고 했다. 시내에 있는 외가에 들렀다가 오빠 생각이 나서 찾아왔다는 것이다.

"지금도 글쓰기는 하세요?"

아마 그렇게 물은 것 같은데 나는 뭐라고 대답했는지 기억이 나지 않는다. 먼 곳에서 천사가 눈길을 걸어 내가 사는 곳에 찾아왔다는 생각만 했던 것 같다. 내 내면에서는 정희라는 소녀에 대한 정감이 노을처럼 붉게 물들었지만 그걸 들키지 않으려 긴장하고 있었던 것 같다. 내가 말을 하지 않으니 정희도 까만 눈으로 창호지에 어린 햇살을 바라보고 있었다. 침묵 사이로 시간이 흘러가고 있었다. 그 시간은 정희에게도 나에게도 힘겨운 시간이었다.

"이제 가봐야겠어요."

정희가 빨간 장갑을 끼며 몸을 일으켰다. 나도 엉덩이와 무릎이 튀어나온 바지 차림으로 엉거주춤 일어섰다.

"동구 밖까지 바래다줄게."

그랬던 것 같다. 고작 그런 말만 했던 것 같다. 정희와 나는 고샅을 걸었다. 마을 아이들이 구경난 것처럼 우리 뒤를 따랐다. 시골 마을에 남학생과 여학생이 함께 걷는다는 것은 구경거리였다. 아이들에게 가라고 했지만 아이들은 물러갔다가는 다시 몰려왔다. 놀이기구도 없고 장난감도 없는 마을에 우리는 아이들의 신기한 구경거리가 되었다. 하얀 눈길을 걷고 개울을 건너 동구 밖까지 다다랐다. 한참을 서 있다가 그녀가 장갑을 벗고 손을 내밀었다. 나무꾼의 거친 손에 선녀의 따스하고 부드러운 손이 느껴졌다.

"잘 가."

"오빠두요."

아이들은 아직도 그녀의 뒤를 졸개들처럼 따라가고 있었다. 나는 왔던 길을 천천히 돌아가며 굳이 뒤를 돌아보지 않았다. 전학을 가고 난 다음 잊고 있었던 정희가 여고생이 되어 멀리서 나를 찾아왔다는 것이 참 신기한 일이란 생각을 했다. 내가 그 애를 잊고 있던 동안 그 애의 마음 한곳에 내가 남아 있었다니 참 놀라운 일이었다. 그런 생각으로 눈길을 걸어 집으로 돌아왔다.

밖에서 아이들 재잘거리는 소리가 들렸다.

"얘들아, 그 여학생 잘 갔니?"

아이들이 자랑스럽게 대답했다.

"아니요. 아이들이요. 눈을 뭉쳐서 때려가지고요. 울면서 갔어요."

눈 내리는 날이면 아직도 아이늘 목소리가 들린다. 울면서 갔어
요. 울면서 갔어요. 그리고 눈을 감으면 가끔 까만 코트를 입고 하얀
눈길을 울면서 걸어가는 그 애가 보인다.

제 2부

코스모스는 언제 피는가

신체발부 수지부모

　　　　　　아버지는 전형적인 시골 선비셨다. 아버지를 이야기하면서 선비 앞에 불경스럽게도 시골이란 수식어를 붙이는 것은 가령 유학의 경전 해석이 한문 문장을 그대로 번역하는 수준을 넘지 못하셨기 때문이었다. 성현들의 말씀과 행적을 그대로 실천하는 것이 군자의 길이라는 믿음에 갇힌 분이라 생각했다. 가령 출필곡반필면(出必告反必面)을 금과옥조로 여기셔서 나에게도 그렇게 가르치셨다. 학교에 갈 때 간다고 고하고 학교에서 돌아오면 왔다고 고했다.

　한 번은 동무들과 개울에 멱 감으러 가면서 고하는 것을 잊은 적이 있다. 그때 아버지께 단 한 번 체벌을 받은 적이 있다. 그 체벌이라는 것이 머리도 아니고 목 뒤쪽을 한 대 쥐어박은 것이었는데 전혀 아프지 않았지만 기억에 남아 있는 것은 그것이 유일했기 때문이리라. 내 생애에서 아버지에게 받은 유일한 체벌 한 대였다. 나는 마을에서 다른 아이들이 하지 않는 출필곡반필면을 하는 유일한 아이였다. 선비 앞에 시골이란 수식어를 붙인 한 가지 이유를 더 보태자면 다른 사람은 모두 서양 옷 입는 시대에 아버지는 돌아가실 때까지 한복, 두루마기, 갓을 정장으로 알고 사신 분이었다. 내가 첫 봉급을 탔을 때 단 한 번 양복을 맞추어드린 적이 있다. 그 외에는 단 한 벌의 양복도 갖지 않으신 분이셨다.

일제 때 소학교를 나오시기는 했으나 할아버지가 그 이상의 신교육은 금하셨다. 왜놈의 학문을 배운다는 것은 스스로 오랑캐가 되려는 것과 같음이라 하시며 아버지의 향학열을 꺾으셨다. 그래서 당신 곁에 두시고 먹고사는 일과는 아무런 상관이 없는 사서삼경을 가르치셨다. 타고난 효자이신 아버지는 할아버지 말씀을 한 치도 어기지 않으신 분이었다. 아버지의 할아버지에 대한 효는 인근에 소문이 자자했다. 아버지는 시골에 사시면서도 농사일도 할 줄 모르셨다. 사서삼경 외는 일 외에는 거의 무능에 가까운 분이셨다. 아버지도 신학문에 대한 열망이 없었던 것은 아니라는 사실을 알게 된 것은 집 수리하다가 우연히 일본어로 된 강의록 몇 권을 발견하고서다. 와세다대학에서 발간한 통신강의록이었다.

항상 『논어』 구절을 읊으시며 도덕만 강조하시던 아버지가 젊은 시절 할아버지 몰래 통신강의록으로 신식 공부를 하셨다니 놀라운 일이라 여겼다. 그러나 할아버지의 명을 거역할 수 없으셔서 이내 포기하신 것으로 보인다. 나의 어린 시절은 아버지가 들려주시는 공자 맹자 말씀이 귀를 떠난 적이 없다. 아버지는 특히 암기력이 뛰어나셨다. 시간만 나면 원문을 외우시고 해석을 하시는 것이었다. 그 가운데 가장 강조하시는 구절이 신체발부(身體髮膚)는 수지부모(受之

父母)니 불감훼상(不敢毁傷)이 효지시야(孝之始也)다. 몸이며 얼굴이며 머리카락이며 피부는 부모에게서 물려받은 것이니 감히 상하지 않게 하는 것이 효도의 시작이라는 뜻이다. 어디에 가더라도 몸을 다치지 않게 하는 것이 나의 가장 큰 숙제였다.

나는 어쩌다가 장남이 되었다. 위로 형 둘이 태어나자마자 죽은 다음 태어났으므로 나를 살리려는 어른들의 정성이 지극했다. 불면 날아갈세라 쥐면 꺼질세라 애지중지 그 자체였다. 그렇지만 나는 어른들의 기대를 저버린 약골이었다. 아이 때 나는 말라깽이였다. 입이 짧아서 먹는 것을 싫어했다. 오죽했으면 유순하기 그지없는 어머니가 화를 내며 이런 대사를 하신 적이 있다.

"좀 처먹어라, 요놈아."

따라서 몸이 약할 수밖에 없었다. 그런 나의 과제가 몸을 상하지 않게 하는 것이었으니 감당하기 쉽지 않았다. 나는 여름이 두려웠다. 여름에는 짧은 소매의 옷을 입어야 했다. 그러면 여윈 팔이 그대로 드러나니 그것이 부끄러워 고통스러웠다. 너무나 부끄러움이 많아 별명이 암사내였다. 성별은 남자이지만 하는 짓은 계집아이를 닮았다. 조금만 부끄러워도 금세 얼굴이 빨개지고 몸 둘 바를 몰라 어쩔 줄 몰라 했다. 중학교 때는 점심을 굶었다. 어머니가 도시락을 싸주시지만 점심시간에 도시락 뚜껑을 열면 밥 냄새가 났다. 그 밥 냄새가 싫어 다시 뚜껑을 닫고 운동장에 가 나무 그늘에 앉아 시간을 보냈다.

점점 키가 자라고 사춘기를 지나면서부터 밥을 잘 먹게 되었다. 몸이 자라야 하니까 스스로 영양을 요구했기 때문일 것이다. 밥은 잘 먹게 되었지만 키만 클 뿐 여전히 말라깽이요 약골이었다. 다른 아이들은 태권도를 배우거나 집에 운동기구를 갖다놓고 운동을 하기도 했다. 샌드백을 달아놓고 치며 노는 아이도 있고 시멘트로 역기를 만들어 들기도 했다. 나는 운동을 좋아하지 않았다. 아버지가 강조하시는 몸을 상하지 않게 하려면 운동이라도 해야 했었다. 그때는 그 생각을 하지 못했다. 그저 착하게 살면서 남에게 해로운 짓을 하지 않으면 싸울 일도 없으리라 여겼다. 나는 싸워서 누굴 이길 자신이 거의 없었다.

초등학교 시절에는 고학년 아이들이 저학년 아이들을 불러놓고 싸움을 시키는 일이 있었다. 그때 자주 들은 말이 있다. 너 얘와 싸워 이길 수 있겠니? 이 말을 내가 사는 변방에서는 이렇게 물었다.

"니 야 이기나?"

이때 이긴다고 대답해야 남자답지 진다고 하는 일은 남자답지 못한 일이라 여겼다. 서로 이긴다고 하면 싸워보라고 했다. 머리가 굵은 아이들은 이렇게 싸움을 무료로 관람하곤 했다. 불구경과 싸움 구경이 구경 가운데 가장 재미있다는 것을 알았기 때문이다. 나는 싸움 구경이 재미있지 않고 무섭기만 했다. 놀이 시설도 없고 장난감도 없던 시절이었으니 몸을 가지고 노는 수밖에 없었으리라. 모래밭이나 잔디가 잘 자란 묘지에서 편을 갈라 레슬링을 하기도 했다. 고상받기라고 했다. 도저히 이길 수 없을 때 고상!이라고 하면 공격을 멈춘다. 고상이라는 말이 항복의 일본말이라는 걸 안 건 많은 세월이 지나서였다. 이런 무지막지한 어린이들의 놀이문화가 생긴 것도 일제강점기와 6·25전쟁을 거치면서 생긴 사회병리 현상이라는 것도 그때는 몰랐다.

　나는 이런 놀이문화가 견디기 힘들었다. 누구와 싸워도 이길 자신이 없어서였다. 더구나 약한 몸으로 싸우다가 몸을 상하게 하는 일은 아버지의 가르침을 어기는 일이기에 더욱 안 될 일이었다. 그렇다고 진다고 솔직하게 말하는 치욕도 견딜 수 없는 노릇이었다. 고상받기를 하다가 항복을 할 수도 없는 노릇이었다. 싸움을 시키거나 고상받기를 하려는 분위기가 조성되면 슬그머니 자리를 피하는 수밖에 없었다. 그래서 외톨이가 되어 하늘을 보거나 냇가에 앉아 흐르는 물을 보며 노는 수밖에 없었다. 지금도 혼자 잘 노는 것은 그때부터 만들어진 버릇일 것이다.

　중학교에 가서야 몸을 상하지 않게 하는 일이 얼마나 어려운 것인가를 차츰 알게 되었다. 그래서 몇 가지 궁리를 하게 되었다. 첫째, 싸움이 일어났을 때 삼십육계가 제일이라는 말을 금과옥조로 가슴에 새겼다. 둘째는 가진 것 다 주고 무조건 잘못했다고 납작 엎드린다. 셋째는 이러지도 저러지도 못하면 급소를 먼저 공격하고 도망치는 일이다.

　시골 조그만 중학교 교실에서였다. 나는 반장이었다. 입학할 때 장학금도 받고 범죄 사실이 없으니까 아이들이 나를 반장으로 뽑았다. 마음에 내키지 않지만 어쩔 수 없이 반장이 되어 기어들어가는 소리로 차렷, 경례도 하고 반장 노릇을 했다. 종례가 끝나면 청소를 하고 집에 가야 하는데 청소 당번 아이들이 도무지 청소를 하지 않았다. 어쩔 수 없이 혼자 청소를 했다. 그래도 아이들은 거들 생각을 하지 않았다. 청소를 마치고 만만한 아이에게 왜 청소를 하지 않느냐고 따졌다. 이 아이가 할 말이 없으니까 씨발이라고 욕을 하더니 주먹으로 공격을 하려 했다. 나도 모르게 선빵과 급소라는 단어가 머리를 스쳤다. 그 아이의 주먹이 내게 닿기 전에 내 주먹이 그 애의 코에 먼저 닿았다. 그 애의 코에서 피가 났다. 어릴 때 싸움은 코피가 나면 지는 것이다. 아이들이 모여들고 나는 그 애와 같은 마을에 사는 형들에게 교사 뒤편으로 끌려가서 몽둥이로 맞았다. 맞으면서도 아픈 줄 몰랐다. 다만 신체발부 수지부모만 생각했다. 제발 상처가 나지 않기만을 빌었다. 다행히 피도 나지 않고 상처도 바지 속에 나서 아버지에게 들키지 않을 수 있었다.

집 가까운 곳에 고등학교가 없어서 고등학교는 집과 떨어진 변방 시에서 다니게 되었다. 나는 음치이기도 하고 수치이도 했다. 노래를 하면 이상한 소리가 나고 수학은 중학교까지는 그럭저럭 했는데 고등학교 수학은 아무리 이해하려 해도 이해할 수가 없었다. 수학 참고서를 사러 서점에 갔다가 돌아오는 길이었다. 어두운 거리 담벼락에 몇 명의 소년들이 모여 있었다. 낌새가 조금 이상했지만 그냥 모른 체 지나치기로 했다. 그들과 가까워졌을 때 나를 부르는 소리가 들렸다. 그리고 순식간에 나를 둘러쌌다.

"너, 담배 있어?"

아버지로부터 받은 도덕 교육으로 무장된 내가 담배가 있을 리 없었다. 고등학교 시절 술과 담배를 할 줄 몰랐다.

"없는데요."

주눅이 잔뜩 든 목소리로 대답하자 욕설이 날아왔다.

"웃기지 마, 이 새캬."

머릿속은 복잡하게 움직이기 시작했다. 가만히 있으면 주머니 뒤짐을 당할 것이고 담배나 돈이 없으면 매를 맞을 것이 뻔했다. 신체발부 수지부모가 어김없이 떠올랐다. 다치지 않을 궁리를 하기 시작했다. 이들과 싸워서 다치지 않을 힘이 없었다. 포위되어 있으니 도망갈 통로도 없었다. 그중 가장 약하게 보이는 놈을 뚫고 나가기로 했다. 갑자기 한 놈을 밀치고 달리기 시작했다. 학교 담장을 따라 하수도 뚜껑이 길게 깔려 있었다. 하수도 뚜껑이 덮인 위를 달렸다. 몇 놈이 따라서 뛰기 시작했다. 갑자기 앞에 두 칸 정도의 뚜껑이 없는 하수도가 나타났다. 나는 갑자기 앉았다. 뒤를 따르던 놈 몇이 내 등을 넘어 하수도로 처박혔다. 나는 죽어라 달렸다. 내 생애에서 가장 빠른 속도로 달린 것이 그때가 아닌가 한다. 양주동 박사도 잠자는 머슴의 다리털을 뽑다가 머슴이 일어나 달려와서 담을 뛰어넘어 도망갔는데 그 높이가 3미터는 된다고 구라를 친 적이 있다. 그때 나의 달리기 속도는 운동회 때 달리던 것보다는 빨랐음이 확실하다. 나는 운동회 때 땅! 하면 늘 꼴찌였다. 한참을 달리다 보니 추격자가 보이지 않았다. 겨울이었는데도 땀이 온몸을 적셨고 수학1의 정석은 행방을 몰랐다. 다만 몸을 상하지 않게 한 것만을 다행으로 여길 따름이었다.

욕을 잘하는 사회 선생님이 부임해 오셨다. 욕을 자연스럽게 하였으므로 우리는 거북해하지 않았다. 욕쟁이 할매처럼 공인된 욕쟁이의 욕은 욕이 아니었다. 수업 중에 내가 욕쟁이 선생님께 걸렸다. 아이들이 소란스레 떠들었는데 엉뚱하게 내가 지목되어 앞으로 불려 나가게 되었다. 돌아서서 두 손으로 칠판을 짚으라고 했다. 선생은 몽둥이로 나의 엉덩이를 때렸다. 선생이 때리면 아파 죽는 시늉을 해야 덜 맞는 게 상식이다. 나는 어이가 없어 그런 생각을 할 겨를이 없었다. 세 대를 맞을 때까지 몸에 힘을 빼고 그냥 있었다. 순간 선생이 열을 받았다.

"이 새끼 봐라. 삐쩍 마른 게 꿈쩍도 않네."

하더니 시계를 풀고 윗옷을 벗더니 본격적으로 죽일 기세였다. 신체발부가 떠올랐다. 삼십육계가 떠올랐다. 교실 문을 열고 달리기 시작했다. 복도를 벗어나니 선생은 추격을 멈추었다. 삼십육계 덕분에 몸을 상하지 않게 할 수 있었다. 다음 그의 수업시간에 조마조마했지만 아무 일 없었다. 오해가 풀렸는지 그 일을 잊었는지는 지금도 알 수 없다.

스무 살 때 군대에 가기 위한 신체검사를 받기 위해 시내에 왔다. 초등학교 강당에서 무하마드 알리가 권투할 때 입는 트렁크와 유사한 줄무늬가 있는 팬티 차림으로 신체검사를 받았다. 어머니가 장날 난전에서 사주신 거였다. 다른 사람들은 모두 흰색의 삼각팬티였다. 나는 그런 차림으로 매우 부끄러워하며 신체검사를 받았다. 몸무게가 53킬로그램 정도 되었는데도 갑종 판정을 받았다. 비록 말라깽이였지만 갑이라니 을보다 기분이 나쁘지 않았다.

신체검사를 마치고 시골에서 온 친구들과 같이 버스 정류장을 향해 가는 길이었다. 시내 양아치들은 신체검사 받는 날이 대목이었다. 촌놈들이 무더기로 시내에 오는 날이기 때문이다. 나는 시내에서 고등학교라도 다녔으니 시내의 이런 물정을 알고 있었다. 허름한 대폿집 앞에서 양아치들이 우리를 불렀다. 가슴이 덜컹했다. 일 났구나 싶었다. 시골에서 농사짓던 친구들은 부르는 소리를 듣고 그리로 가려고 했다. 나는 가면 안 된다며 튀자고 했다. 친구들은 부르는데 어찌 도망을 가느냐며 촌놈의 순진함으로 그쪽을 향해 가고 있었다. 혼자라도 삼십육계를 놓고 싶었지만 친구들을 버리고 그냥 갈 수가 없었다.

양아치들은 우리를 대폿집 안으로 밀어 넣고 출입문에 의자로 바리케이드를 치는 것이었다. 우리는 갇혀서 그들이 시키는 대로 하는 수밖에 없었다. 그들은 우리 앞에 막걸리 한 사발씩을 따르고 숟가락으로 퍼서 먹으라는 것이다. 우리 촌놈들은 양아치들이 시키는 대로 숟가락으로 막걸리를 퍼서 국 먹듯이 했다. 그들은 저희들끼리 킥킥거리며 이 기이한 광경을 즐겼다. 이 굴욕의 공간에서 탈출할 방도가 생각나지 않았다. 돈을 빼앗기거나 폭행을 당하거나 아니면 두 가지 모두를 당할 처지였다. 암담하고 막막했다. 이 와중에도 신체발부 수지부모를 생각하며 다치는 일만은 없기를 간절히 빌었다.

숟가락으로 막걸리를 먹는 시늉을 하며 우리를 감시하는 양아치들을 곁눈질로 살펴보았다. 하늘이 무너져도 솟아날 구멍이 있다던 말이 빈말이 아니었다. 양아치 가운데 친구의 형이 보였다. 잘 아는 사이는 아니지만 몇 번 본 얼굴이었다. 나는 그에게로 간절한 눈빛을 보냈다. 그도 나를 보더니 놀라는 눈치였다. 나는 계속 구원의 레이저를 쏘았다.

난감해하던 그가 갑자기 나를 향해 다가왔다. 그리고 화난 어조로 말했다.

"야 인마! 니가 왜 여기 왔어?"

나는 겉으로는 죽을죄를 지었다는 시늉으로 머리를 숙이고 속으로는 안도의 한숨을 내쉬었다.

"내가 이런 데 오지 말라고 했지? 빨리 집에 가!"

친구 형은 아마 양아치 그룹에서 꽤 지위가 높은 것 같았다. 우리는 아무 죄도 짓지 않았지만 죄인처럼, 아무 은혜도 입은 바 없지만 감사한 마음으로 굴욕의 공간을 벗어났다. 이렇게 해서 나는 이번에도 나의 신체를 상하게 하는 불효를 저지르지 않을 수 있었다.

변방교육대학을 졸업하고 시골집에 머물면서 발령을 기다리는 중이었다. 내 모교의 가을 운동회 날이었다. 나는 초등학교 시절 운동회 날을 좋아하지 않았다. 달리기만 하면 늘 꼴찌를 면할 수 없었다. 1등은 공책 세 권, 2등은 두 권, 3등은 한 권을 주었는데 나는 한 번도 공책을 받아보지 못했다. 달리기가 끝나면 내가 이러려고 달리기를 하나 하는 자괴감이 들기도 했다. 그러나 운동장 가에서 가마솥에 끓이는 돼지국밥은 잊을 수 없다. 운동회 날이면 운동장 가에 가마솥을 걸고 국밥을 끓이는 사람들이 온다. 가마솥에 장작을 지피고 국을 끓이면 솥에는 시뻘건 국물이 끓고 그 위에 돼지비계가 둥둥 떠다니고 구수한 냄새가 퍼진다. 평소 먹을 수 없는 음식이기에 그거 한 그릇 먹는 일은 운동회의 가장 큰 보람이었다.

그 국밥 생각이 나서 운동회가 열리는 초등학교에 갔다. 시골집에서 학교까지는 5리 길이었다. 국밥을 맛있게 먹고 돌아오는 큰길가 가게 앞을 지나게 되었다. 젊은이들이 가게 앞 들마루에서 술을 마시고 있었다. 그냥 지나치려고 하는데 한 청년이 나를 불렀다. 손짓으로 들마루 쪽으로 오라는 신호를 보냈다. 그들은 나를 들마루에 앉게 하고 술을 따랐다. 몇 잔을 받아 마셨다. 인근 마을의 아이들이었으나 그들은 나를 알지 못했다. 객지에서 학교만 다녔으니 그랬을 것이다. 이제 가야겠다고 일어서려니 그들은 나를 보내주지 않았다. 술값을 내게 할 요량인 것 같았다. 돈이 없으니 술값을 낼 형편이 아니었다. 그냥 가면 폭력이 돌아올 것이 자명했다.

다시 떠오르는 생각이 신체발부 수지부모였다. 나는 그냥 일어서서 집을 향해 걸어갔다. 그들 몇 명이 나를 따라오며 잡으려 했다. 나는 삼십육계를 행하기로 했다. 집으로 가는 길은 넓은 길이 있었지만 외줄기 논둑길을 택했다. 길이 좁으니 자연 내가 선두에서 뛰고 그 뒤를 일렬로 그들이 따라왔다. 나는 걸음도 그리 빠르지 못했다. 거의 잡히려는 순간에 돌아섰다. 그리고 앞발을 들어 급소에 약간의 충격을 가했다. 한 사람이 논에 처박혔다. 또 달렸다. 또 잡히려 했다. 다시 돌아서서 발길질을 했다. 그도 논에 처박혔다. 그러기를 몇 번이었는지 기억에 없다. 나는 집으로 돌아와 대문을 잠그고 부모님께 누가 와도 대문을 열어주지 말기를 당부하고 깊은 잠이 들었지만 꿈속에서 계속 달리기만 했다. 아침에 일어나서야 비로소 달리기를 멈추었다. 어른들께 들으니 술 취한 젊은이들이 큰 돌을 들고 대문 앞에 앉아서 시위를 하다가 돌아갔다고 하셨다. 휴우. 신체발부는 수지부모니 불감훼상이 효지시야라는 가르침을 행했음에 적이 안도했다.

빛바랜 미소

집에서 가장 가까운 곳에 있는 시골 중학교 입학시험을 쳤다. 입학식 날 까만 교복을 입고 까만 모자를 쓰고 학교에 가니 수석 입학을 했다고 장학금을 주었다. 그때 쌀 한 가마니를 살 수 있는 돈이었다. 마을 사람들이 저 아이가 쌀 한 가마니를 벌었다고 신기해하기도 했다. 그 일로 나는 내가 공부를 잘하는 줄 알았다. 그런데 나는 공부를 좋아하지 않았다. 책을 읽거나 공상을 하는 시간이 공부하는 시간보다 훨씬 많았다.

조그만 시골 중학교에서 다른 친구들은 공부할 시간이 없었다. 학교에서 돌아오면 대개의 친구들은 농사일을 돕거나 산에 땔나무를 하러 가거나 소꼴을 뜨러 갔다. 나는 아버지가 일을 시키지 않았으므로 다른 아이들보다 그나마 책과 가까이하는 기회가 많았을 뿐이다.

학교 선생님들은 나를 서울의 세칭 명문 고등학교에 보내려고 상담도 해주시고 참고서도 사주시며 공부하기를 종용했다. 집에서는 아버지의 기대라는 짐을 견디기 힘겨웠다. 아버지는 조선조 유학의 전통에 고착된 분이었다. 말씀마다 『논어』 구절을 인용하여 교훈을 내리시는 분이었다. 그 교훈은 항상 길게 되풀이되는 것이었다. 한문 문장으로 한 번 하시고 우리말 풀이로 한 번 하시기 때문이었다. 공부를 잘하여 고시에 합격하는 것이 수신제가하여 입신양명하는 길이라는 것이 아버지의 믿음이었다. 『논어』의 가르침에서 조금이라도 어긋나면 꾸중을 들어야 했다.

아버지는 나의 방에 불시에 들어오셔서 내가 보는 책이 교과서나 참고서가 아니면 압수하여 이런 걸 왜 보느냐고 나무라셨다. 『데미안』이나 『삼국지』 같은 책을 보다가 아버지께 들켜서 꾸중을 들어야만 했다. 아이들은 일을 시키지 않는 나의 환경을 부러워했지만 나는 아버지와 선생님들의 기대라는 짐을 힘겨워하고 있었다.

내게는 마을에서 대화가 통하는 동무가 둘 있었다. 초등학교 졸업하고 서당에서 한문을 배우는 친구, 나중에 서울 고등학교로 유학간 친구가 그 둘이다. 날이 저물어도 집에 아이가 들어오지 않으면 우리 부모는 서로의 집으로 아이를 찾으러 갈 정도로 셋이 어울려 다녔다. 우리는 놀이보다는 주로 이야기를 많이 하는 친구였다.

서당에 다니는 친구는 참으로 성실했다. 서당에 다녀와서 소꼴을 베어야 했는데 반드시 소가 가장 좋아하는 바랭이풀을 베었다. 그러느라고 날이 저물도록 들을 헤매다가 완전히 날이 저물어야 돌아올 때가 많았다. 나는 그때 '마아저리 로올링즈'라는 미국의 소설가가 쓴 「내 어머니는 멘빌에 살고 계셔요」라는 단편을 읽고 있었다. 주인공인 여류작가가 집필하는 별장에 시중을 드는 '제리'라는 소년이 있었다. 작가는 이 아이와 같이 아궁이에 불을 지피며 사과나무 타는 불꽃이 가장 아름답다는 이야기를 나눈다. 제리는 느닷없이 자기의 어머니가 멘빌에 산다는 말을 한다. 나중에 안 일이지만 그 소년은 아버지, 어머니가 없는 고아였다는 이야기다.

작가는 그 소설에서 '성실'이라는 단어를 강조했다. 제리는 장작을 준비하라고 하면 장작을 고르게 쪼개서 비를 맞지 않는 곳에 쌓아두고 그 곁에 불쏘시개까지 준비한다는 것이다. 장작 패는 소리가 하도 고르고 일정해서 작가는 그 소리를 들으며 잠이 들 정도라고 했다. 작가는 그 '성실'이라는 어휘를 제리에게만 붙여주고 싶다고 했다. 나는 서당 다니는 나의 친구에게도 성실이라는 어휘를 붙여주고 싶었다.

중학교 졸업 무렵 우리 집 가세는 기울어 객지에서 학교에 다닐 만한 형편이 되지 못했다. 내 성적도 조그만 시골 중학교에서만 우수했지 서울에 유학을 갈 성적은 되지 못했다. 아버지는 우리 집에서 30리 떨어진 변방시에 있는 종합고등학교에 진학반이 생겼으니 그리로 가라고 하셨다. 그곳은 변방시에 가장 우수한 아이들 한 학급을 뽑아 진학 지도를 한다는 것이다. 아버지의 명으로 시험은 쳤지만 학교에 대한 흥미는 잃은 지 오래였다.

합격자를 발표한다는 날 나는 학교에 가지 않았다. 중학교 시절 나를 귀엽게 여긴 여자 선생님이 계셨다. 나의 이런 사정을 아시는 선생님께서 그 학교에 가신 모양이었다. 저물 무렵 그 선생님은 뽀

족구두를 신고 30리 눈길을 걸어 합격증을 찾아서 우리 집에 오셨다. 어머니가 밥상을 차려 오셨다. 개다리소반에 고봉밥과 시래기 국과 김치가 올라왔다. 선생님의 양장과 우리 집 밥상이 너무도 어울리지 않아 안절부절못하며 밥을 먹었다.

선생님의 고마운 뜻을 저버릴 수 없어 변방 종합고등학교 진학반 학생이 되었다. 이때부터 나의 어두운 고등학교 시절이 시작되었다. 뒤에 들은 이야기지만 입학 성적은 꽤 우수했던 모양이다. 그런데 나름 이 변방에서는 공부 좀 한다는 학생들이 모였으니 나는 공부 못하는 학생이 되었다. 중학교에서는 공부 잘하는 학생이었다가 고등학교에서는 갑자기 공부 못하는 아이가 된 것이다. 다른 친구들은 모두 팔뚝에 서울대라는 글자를 쓰고 머리에 수건을 동여매고 공부에 매진하는데 나는 늘 도서관에 처박혀 칸트니 니체니 하는 알지도 못할 책들만 읽고 있으니 성적이 잘 나올 리가 없었다. 나는 우리 반에서 말 없는 아이, 있는지 없는지 모르는 아이가 되었다.

친구들과 대화도 거의 없었다. 중학교부터 시작된 공상에 빠져서 전혀 인문계 고등학생답지 않은 나날을 보냈다. 그렇게 일 년을 보내고 겨울 방학을 맞이했다. 집에 오니 서울에 유학 갔던 친구가 졸업을 하고 와 있었다. 그는 나와 나이는 같지만 일찍 학교에 다녀서 고등학교를 졸업하고 재수를 한다고 했다. 나와 같이 절에 가보지 않겠느냐고 했다. 친구 따라 강남 간다고 그가 물색한 빈 절에 가게 되었다. 친구와 나는 양식과 책이 든 배낭을 메고 아무도 살지 않는 암자에 들어가서 그 겨울을 보냈다.

방학을 마치고 학교 수업이 시작되었다. 영어 시간이었다. 선생님께서 수업은 하지 않으시고 방학에 겪은 것을 이야기해보라고 하셨다. 영어 선생님은 얼굴이 해사하고 가냘픈 도시풍의 용모를 가지고 계셨다. 소문에 의하면 어떤 병을 얻어 도회에 살지 못하고 공기좋은 이 변방시로 요양차 지원해서 오신 거라 했다. 1번부터 차례로 앞에 나와서 발표를 하라는 것이다. 1번 친구가 나갔다.

"방학에 공부 좀 해야겠다고 계획을 세우고 열심히 했는데 계획대로 하지 못했습니다."

그러면서 뒤통수에 손이 올라가며 겸연쩍어했다. 채 1분이 되지 않았다. 2번이 앞에 나갔다. 1번과 크게 다르지 않았다. 그 다음도 단어 몇 개만 달랐을 뿐이지 거의 같은 내용이었다. 선생님이 매우 실망하는 기색이었다. 그때나 지금이나 인문계 고등학생의 생각을 지배하는 것은 공부와 대학 진학이었으니까 재미없는 이야기일 수밖에 없었다. 그렇게 지루한 발표가 이어지고 내 차례가 되었다. 선생님을 계속 실망스럽게 하는 것이 민망했다. 나는 앞에 나가 좀 길게 이야기해도 되느냐고 물었다. 선생님은 그렇게 하라고 했다. 나는 그 겨울 친구와 빈 암자에 갔던 이야기를 했다.

저는 친구와 함께 스님 없는 조그만 암자에 들어가서 겨울 방학을 보냈습니다. 먹을 것과 책 몇 권이 든 배낭을 메고 산길을 걸어서 암자에 도착했습니다. 지금은 스님이 없는 빈 암자지만 법당에 부처님을 모신 암자임에는 분명했습니다. 법당 옆방에 들어서니 오래전에 누가 살았던지 벽에 낡은 달력이 붙어 있었습니다. 달력 속의 아

95

가씨가 빛바랜 웃음으로 우리를 맞이했습니다. 오래 비워둔 곳이어서 우리는 청소를 시작했습니다. 법당 마룻바닥에 우리가 가지고 간 멸치 한 마리가 떨어져 부처님을 쏘아보고 있었습니다. 육식을 하지 않으시는 부처님께 송구하여 얼른 치웠습니다.

청소를 마친 우리는 뒷산에 올라가서 땔나무를 구해 와서 아궁이에 불을 지폈습니다. 그리고 저녁 준비를 했습니다. 가지고 간 먹을 거리라고는 쌀, 김치, 멸치, 고추장, 그리고 몇 가지의 밑반찬이 전부였습니다. 우리는 아궁이에 불을 피워 밥을 짓고 멸치와 고추장을 푼 김치찌개를 끓여 맛있게 밥을 먹었습니다. 그리고 각자의 책을 펴고 공부를 했습니다. 밥 먹고 나무하고 책 보고 밥 먹고 나무하고 책 보고 하는 똑같은 일상이 계속되었습니다.

밤이 깊으면 우리는 토론을 하기도 했습니다. 토론의 주제는 책의 내용도 포함되었지만 주로 철학적 문제였습니다. 의견이 일치할 때는 문제가 없었지만 일치하지 않으면 밤샘 토론을 하기도 했습니다. 그날의 주제는 사회 과목과 관련된 것이었습니다. 변화의 주체는 민중인가 엘리트 지도자인가였습니다. 나는 민중이라 하고 그는 지도자라 했습니다. 토론으로 끝장을 볼 수 없어서 레슬링으로 승부를 가르기로 했습니다. 아무도 없는 암자에서 우리는 부처님을 심판으로 모시고 밤새워 힘겨루기를 하였습니다. 서로가 지쳐서 쓰러진 채로 해가 중천에 올라올 때까지 자기도 했습니다.

공부는 많이 했느냐고요? 그 친구는 몰라도 저는 아무런 진척이 없었습니다. 저는 제가 음치인 줄은 알았지만 수치인 줄은 처음 알게 되었습니다. 가장 못하는 수학 교과서를 몇 번 읽었지만 이해할 수가 없었습니다. 수학을 할 수 없으니 좋은 대학은 갈 수 없겠지요. 대입 시험에는 과락이라는 것이 있습니다. 어느 한 과목이 부족하면 합격에서 제외됩니다. 그렇지만 아주 소득이 없는 것은 아닙니다. 사람들은 '하면 된다'고 하지만 저는 해도 안 되는 것도 있다는 것을 알게 되었습니다. 수학 교과서를 다 외웠지만 나는 수학 문제를 한 문제도 풀 수 없으니까요. 뭐 빠지게 하면 되는 사람도 있지만 뭐만 빠지고 되지 않는 사람도 있다는 것을 알았습니다.

그렇게 암자의 생활을 마감하고 돌아오는 날 다시 청소를 하고 짐을 꾸리고 방을 나섰습니다. 미래가 보이지 않는 암울함과 청춘의 갈망이 교차하는 착잡한 심정으로 산사를 떠나려는 순간 달력 속의 아가씨가 빛바랜 얼굴로 쓸쓸하게 웃어주었습니다. 청춘의 절망과 고뇌가 아직 남아 있는 그 암자를 뒤로하고 돌아오는 길 그녀의 빛바랜 미소가 나의 등에 어리었습니다. 친구들, 들어주어서 고맙습니다.

이야기를 마치자 친구들의 박수와 함성이 들렸다. 선생님도 분에 넘치는 칭찬을 해주었다. 고등학교 시절 내내 늘 어두운 나날이었지만 그 순간만은 잠시 반짝이는 아이였다는 기억이다. 그 후로 그 선생님은 나를 찌질이로 대하지 않고 특별한 학생으로 대해주시는 느낌이었다. 선생님도 오래 계시지 않고 먼 곳으로 가버리셨다. 지금은 이름도 모습도 희미한 선생님, 어디에 계시는지요.

파란 손가락

　　서울에 갔다가 변방시로 가기 위해 청량리역에서 열차를 탔다. 차는 만원이어서 앉을 자리가 없었다. 복도에 서서 갈 수밖에 없었다. 지금처럼 지정 좌석이 있는 것이 아니어서 미리 탄 사람은 앉고 늦게 탄 사람은 서서 갈 수밖에 없었다. 도중에 내리는 사람이 있거나 양보해주는 사람이 있으면 잠시 앉을 수도 있지만 그렇지 않으면 다섯 시간 이상 벌 받는 사람처럼 서서 올 수밖에 없다. 지금 생각하면 불가능한 일로 여겨지지만 그때는 그랬다. 모든 것이 부족하고 모두가 가난한 시절이었기에 그런 일은 당연한 것으로 여겨졌다.

　　열차의 의자도 묘하다. 둘이 앉으면 넉넉하고 셋이 앉으면 불편한 크기였다. 그런 의자가 마주 보고 있어서 대개 여섯 사람이 한 가족처럼 모여서 앉는 꼴이었다. 친하든 친하지 않든 다정한 것처럼 앉게 되어 있었다. 옆 사람과는 몸이 닿아야 하고 앞 사람과는 얼굴을 바라보아야 한다. 같은 자리에 앉은 사람이 선남선녀면 운이 좋다고 속으로 웃지만 예의 없이 시끄러운 아저씨나 불결한 사람과 같이 앉게 되면 몇 시간 동안 인내심을 발휘할 수밖에 없다.

그날도 좌석은 없었다. 어쩔 수 없이 복도의 적당한 공간에 서서 어두운 창밖을 내다보며 몇 시간 인내하리라 마음의 준비를 하는 수밖에 없었다. 나는 가방을 선반에 얹고 책 한 권을 꺼내 들고 복도에 서서 의자 옆구리에 몸을 의지한 채 버티기에 들어갔다. 책에 눈을 고정시키고 읽으려고 했지만 차가 흔들릴 때마다 시선은 문장에서 벗어나곤 했다.

얼마나 시간이 지난 즈음 누군가 내 옆구리에 톡톡 노크를 했다. 손길을 따라가니 내 옆의 자리에 앉은 젊은 여자였다. 마침 여섯 명이 앉은 자리에 다섯 명이 앉아 있었다. 자기 앞자리에 두 명의 남자가 앉아 있었다. 거기에 앉으라는 것이다. 나는 거기에 비집고 앉을 용기가 나지 않았다. 두 사람은 평균 이상의 부피를 지닌 중년들이었고 그들은 다리를 쩍 벌린 채 눈을 감고 편안한 자세로 등받이에 기대 있었기 때문이다.

내가 머뭇거리자 그녀는 아까 나에게 노크했던 것처럼 자기 앞에 앉은 남자의 팔에 톡톡 노크했다. 남자는 졸린 눈을 들어 못마땅한 것처럼 그녀를 보았다. 그녀는 남자에게 옆 공간을 내줄 것을 부탁했다. 그리고 나보고 앉으라고 했다. 그녀는 얼굴에 미소를 띠고 있었으므로 그들은 마지못해 몸을 웅크려 조그만 공간을 만들었다. 나도 그녀의 명령에 따라 거기에 비집고 앉았다. 당시 우리가 자주 쓰는 말에 '나이롱 양말에는 문수가 없다.'는 게 있었다. 그때는 나일론을 다들 나이롱이라 했다. 큰 발이든 작은 발이든 나일론 양말은 신축성이 있어서 모두에게 맞게 마련이라는 뜻이다. 외설적으로 쓰이던 말이었다. 나일론 양말은 버선이나 면 양말에 비해 신축성이 뛰어나고 질긴 신소재로 만든 것이었다. 그날 내가 경험한 바로는 삼등열차 의자도 문수가 없었다. 앉으니 자리가 생겼다. 나와 그녀는 마주 보고 앉게 되었다.

밤새 몇 시간을 서서 벌을 받아야 하는 나를 구원해준 천사와 마주 앉게 되었다. 도회풍의 예쁜 얼굴이었다. 뚱뚱한 중년에게 좁혀 앉을 것을 요구해도 들어줄 만큼 밝은 미소도 가졌다. 속으로 믿지도 않는 하느님을 나직이 불러보았다. 하느님 이렇게까지 은혜가 충만하시나이까.

나는 어릴 때부터 부끄럼쟁이였다. 조금만 부끄러워도 금세 얼굴이 빨개지는 부끄럼의 천재였다. 부끄럼으로 겨루면 윤동주에 결코 뒤지지 않을 것이다. 게다가 나는 변방교육대에 다니는 장래가 매우 보잘것없는 학생이었고, 촌놈에다 학비도 없어서 언제 그만둘지도 모르는 처지였기에 거의 늘 우울한 나날이었다. 밝음은 나의 선망이었다. 아무에게나 스스럼없이 밝은 표정으로 말을 걸고 노크를 하는 그녀의 행동은 어느 별에서 온 천사를 연상하게 했다.

새마을이나 무궁화 열차가 없던 시절이라 삼등열차는 역마다 섰다. 열차가 멈출 때마다 승객이 내리고 타기에 옆자리 동행이 바뀌곤 했다. 우리는 어느새 나란히 앉아 가게 되었다.

"어디까지 가세요?"

그녀가 물었다. 이 대사는 열차에서 가장 많이 들을 수 있는 것이었다. 행선지가 같으면 더욱 친밀하게 된다. 나도 그녀도 행선지가 변방시였기에 우리는 더 가까운 사이가 되었다.

"삶은 계란이요. 오징어 땅콩 있습니다."

홍익회라는 글자가 쓰인 제복을 입은 아저씨가 손수레를 끌고 지나면서 외치는 소리다. 내가 아는 홍익은 단군 할아버지가 널리 인간을 이롭게 한다는 뜻의 홍익인간(弘益人間)의 이념으로 고조선을 세우셨다는 데서 온 말인데 이 아저씨들도 먼 기차 여행에 지친 승객들에게 오징어와 땅콩 그리고 삶은 달걀로 널리 승객들을 이롭게 하셨다. 기차 여행에서 먹는 삶은 달걀 맛은 최고다. 다른 데서 먹으면 그 맛이 나지 않는다. 그것은 김밥이 소풍에서 그 진가를 드러내는 것과 같다 하겠다. 아무튼 홍익회 아저씨의 수레를 밀면서 외치는 소리는 달걀 맛만큼이나 반갑다. 그 소리에는 가락이 있어 나이든 사람의 추억 속에 아직도 유정하게 남아 있다. 우리는 삶은 달걀과 음료수를 나누어 먹으며 다정한 친구처럼 밤 기차의 정취를 즐기며 목적지에 도착했다. 중간에 탄 사람은 우리가 몇 년 사귄 친구인 줄 알았을 것이다. 그녀는 그만큼 붙임성이 있는 아가씨였다.

그녀는 변방시에서 다시 버스를 타고 C읍으로 가야 한다고 했다. 기차에서 내려서 그녀를 버스 타는 곳까지 바래다주고 버스가 떠날 때 손까지 흔들어주었다. 여기까지 읽은 독자는 매우 실망했을 것이다. 그때 나는 여자에 대해서는 거의 무지한 상태였다. 물론 모든 수컷이 그러하듯 나도 여자를 좋아했다. 내가 여자를 좋아한다는 것은 내 또래의 남자애들이 좋아하는 것과는 다른 점이 있었다. 여자를 좋아한다기보다 숭배한다고 하는 편이 더 적절했을 것이다.

어린 시절 나는 남자라는 사실을 부끄러워했다. 여자애들은 단발 머리를 했지만 남자애들은 스님처럼 머리를 깎았다. 일제의 잔재였 지만 그때는 그걸 몰랐다. 스님도 아닌데 스님 머리를 한다는 것이 이상했다. 남자들은 피부가 거칠지만 여자애들은 피부가 고왔다. 운 동회 때 여자애들은 양다리에 고무줄이 있는 빤스를 입었지만 남자 애들은 거시기가 드러날 정도로 고무줄이 없는 헐렁한 빤스를 입어 야 했다. 그래서 나는 여자가 되고 싶었다. 남자로 태어났다는 사실 이 부끄러웠다. 여자를 부러워하며 지낸 어린 시절이었다. 학교에 다니면서 여선생님을 처음 보았는데 그녀가 천사인 줄 알았다. 화장 실도 안 가는 정결한 존재로 여겼다. 그리고 내 몰골과 비교하며 늘 남자인 것이 부끄러웠다. 그랬다. 청년이 되어서도 모르는 여자에게 말을 건다는 것은 상상도 할 수 없는 일이었다.

그렇게 그녀를 보내고 며칠이 지났다. 학교로 편지 한 통이 왔다. 그녀의 편지였다. 주소를 가르쳐준 것도 아니었으니 학교로 보냈을 것이다. 전화는 부잣집에나 있는 거였기에 귀했고 대부분의 통신 수 단은 편지였다. 다시 서울로 가야 하는데 변방역에서 기차를 타야 하니까 모월 모일 모시에 기차역에서 만나자는 거였다. 수업을 빼먹 고 역에 갔다. 그녀가 환한 얼굴로 맞이했다. 기차 출발 시간까지는 시간이 넉넉했다. 우리는 밥도 먹고 차도 마시며 그 시간을 함께 보 냈다. 그녀에게는 부끄럼 많은 나에게도 말을 하게 하는 재주가 있 었다.

그녀는 서울에서 간호사로 일하고 있었다. C읍에는 외가가 있어

가끔 들른다는 것이다. 일찍이 부모를 여의어 외가에서 자랐기에 외삼촌 내외가 부모나 다름이 없다고 했다. 외가에 올 때 만날 수 있겠느냐고 물었다. 나는 얼떨결에 그러자고 했다. 정말 그녀는 서울에서 올 때 그리고 서울로 돌아갈 때마다 연락을 했다. 그때마다 우리는 변방역에서 만났다. 나는 주로 그녀의 말을 듣는 편이었고 나는 묻는 말에만 겨우 대답하는 그런 만남이 한동안 지속되었다. 우리들의 이야기는 친구 이상도 이하의 것도 아니었다. 그냥 오래 함께했던 친구가 나누는 대화와 다름이 없었다. 그녀로 하여 나도 꽤 많은 말을 한 것 같다. 제법 거짓말로 꾸며낸 이야기도 하게 되었다. 그녀는 재미있다고 까르르 웃음을 터뜨리기도 했다. 나는 그녀의 웃는 모습을 보려고 더 재미있는 이야깃거리를 찾곤 했다.

그녀는 보기와 다르게 외로운 여자였다. 외가에서 자라 외삼촌 내외를 부모와 같이 여긴다는 것은 외면상 그렇다는 거였다. 외사촌들과 함께 자랐는데 외삼촌 내외는 늘 친부모라 여기라고 했지만 형제들 사이에서 은연중에 느끼는 소외감은 어쩔 수 없는 것이었다. 그녀의 내면에는 늘 고아라는 괴물이 살고 있었다. 그걸 감추기 위해 그녀의 얼굴에는 늘 미소가 포장되어 있었으며 행동은 명랑 소녀의 그것이었다. 그녀와 만나는 횟수가 거듭될수록 그녀의 외로움 바이러스가 나에게도 감염되는 것을 느꼈다.

"이건 비밀이에요."

"이건 아무에게도 말하지 않았어요."

자기의 내면을 이야기하고 난 다음 그녀가 내게 한 말이다. 나는 나도 모르게 나의 고민 이외에 그녀의 외로움까지 내 가슴속에 더하는 꼴이 되었다. 그녀와 함께 나란히 걷거나 그녀의 이야기를 듣는 시간은 달콤했다. 그녀는 충분히 아름다웠다. 그러나 그녀의 외로움을 감당할 만큼 나는 여유롭지 못했다. 가까워지면 가까워질수록 두려웠다.

그 당시 청바지, 통기타, 생맥주는 청년문화의 상징이었다. 정치적으로는 군사정권의 억압이 계속되고 있었지만 대학생들은 이런 청년문화로 정치적 상황에 저항하며 나름대로 낭만적인 대학 생활을 누리고 있었다. 그러나 나에게 그 시절은 절망의 나날이었다. 교지 편집을 하고 있었는데 편집 후기에 나의 사적 감정을 드러내기도 했다. '세 가지 이유로 절망하지 않을 수 없다.'라는 문장을 쓰기도 했다. 그 세 가지가 무엇인지 지금은 기억할 수 없다.

다른 젊은이들이 암울한 시대에 저항하며 번민하던 시절 나는 비겁하게도 나 개인적 상황이나 미래에 대한 암담함으로 절망에 빠져 있었다. 그런 것이 자신을 더욱 부끄럽게 했다. 사실 나는 문학이나 역사학이나 철학을 공부하고 싶었다. 요즘 말하는 인문학이다. 그렇지만 장남이었기에 기울어진 가세를 일으킬 임무가 주어졌다. 빨리 취직을 해서 우리 집에 보탬이 되어야 할 처지였다. 나의 의지와는 상관없이 변방교육대학에 들어왔고 교육대학의 수업에는 아무런 흥미도 느낄 수가 없었다. 게다가 당장 객지에서 먹고살기에도 힘겨워 학교를 마칠지도 불투명한 상황이었다. 그런 사적인 일들이 나를 절망하게 했을 것이다. 생각하면 가엾은 청춘이었다.

3월이었다. 그녀에게서 편지가 왔다. 서울로 가는 길인데 변방역에서 만나자고 했다. 그녀는 제법 큰 가방을 들고 웃는 얼굴로 서 있었다. 기차 시간이 남아서 낙동강 강변을 걷기로 했다. 역에서 가까운 곳에 낙동강이 흐르고 있었다. 낙동강, 아름다운 강이다. 옛날에는 하구에서 돛을 단 배가 올라오던 강이다. 지금은 배가 다닐 정도는 아니지만 굽이굽이 돌아 흐르는 물줄기와 강바람이 옛 정취를 느끼게 하는 강이다. 강원도 태백에서 발원하여 모래가 흐르는 내성천을 지나 남해로 흐르는 우리 민족의 어머니와 같은 강이다. 우리는 낙동강 강바람을 쐬며 긴 강둑을 걸었다. 3월이라 아직 추위가 가시지 않았지만 우리는 추운 줄을 몰랐다. 청춘이었기 때문이었다.

점심 때가 되어 요기를 하기 위해 한자로 중화요리라고 쓰인 집에 들어갔다. 요리를 먹기 위해서가 아니라 실은 짜장면을 먹기 위해서였다. 점원이 안내하는 방에 들어가자 그녀가 비로소 가방을 내려놓았다. 방이 따뜻했다. 우리는 동시에 같은 말을 했다.

"아아, 따뜻하다."

그녀는 가방을 내려놓고 두 손을 비볐다. 그녀의 손가락이 이상했다. 나는 그녀의 손을 내 손 위에 올려놓고 보았다. 손가락 끝이 파랗게 얼어 있었다. 나는 한참 동안 그녀의 손을 감싸고 내 손의 체온으로 녹여주었다. 아아, 그녀는 나와 강변을 걷는 동안 손가락이 파랗게 어는 줄도 모르고 나의 이야기에 열중했구나. 지금까지 나의 이야기를 이렇게 열중해서 들어준 첫 번째 사람이 그녀였다. 나는 그녀의 무거운 가방을 들어줄 줄도 모르는 바보였구나. 그녀는 다시 서울행 기차를 탔다. 가냘픈 몸에 비해 큰 가방을 들고 개찰구를 빠져나가는 그녀의 뒷모습을 한참 지켜보았다.

4월이었다. 라일락 향기가 교정이 흩날리고 있었다. 내가 이름을 걸고 있는 학교에는 탄지라는 연못이 있었다. 한국전쟁 때 포탄이 떨어진 자리라고 해서 탄지라고 불렀다. 탄지 주변에는 라일락이 심어져 있고 몇 개의 벤치가 놓여 있었다. 탄지 뒤로는 음악실이 있었는데 여러 대의 풍금이 놓여 있어서 학점을 따기 위해 연습하는 풍금 소리가 끊이지 않았다. 여러 대의 풍금 소리가 한꺼번에 들릴 때는 마치 귀신의 통곡 소리와도 같았다.

나는 대부분의 낮 시간을 탄지 벤치에 앉아서 보냈다. 물론 강의는 거의 듣지 않았다. 친구들은 내가 문학청년이어서 무슨 깊은 사색에 잠겨 있는 것이라고 여겼지만 그건 오해일 따름이었다. 그때 나는 죽음에 대해 생각하고 있었다. 절망의 끝은 죽음이니까 늘 죽음에 대한 생각만 했다. 도서관에서 죽음에 대한 자료를 수집하기도 하고 죽음의 방법에 대해서도 골똘히 연구했다. 탄지에 포탄이 떨어지기 전에 내가 거기 있었더라면 이런 연구를 하지 않아도 되었으리라는 생각도 했다.

내가 찾아낸 가장 아름다운 죽음은 방 안 가득 백합 화분을 들여놓고 자는 것이었는데 나는 나의 방이 없을뿐더러 남에게 나의 주검을 수습하는 수고를 끼친다는 것도 마음에 들지 않았다. 목을 매는 것이 가장 황홀하다는 정보도 있었지만 나뭇가지에 매달린 끔찍한 형상을 타인에게 보여준다는 것이 마음에 들지 않았다. 그래서 나름대로의 독창적인 방법을 구상해보았다. 얇은 송판 몇 장, 못 몇 개, 망치 하나를 산다. 그리고 깊은 산으로 들어간다. 관을 만들어 그 속에 눕는다. 옆에는 뚜껑과 못, 그리고 망치를 둔다. 뚜껑 위에는 이렇게 쓴다.

'지나가는 이는 뚜껑을 닫고 이 못을 박아주시면 고맙겠습니다.'

세월이 흐르면 나는 그곳의 자연의 일부가 될 것이다.

그런 생각에 골몰해 있을 때 친구가 우편함에서 편지를 가지고 왔다. 그녀의 편지였다. 그녀, 그녀의 외로움이 내 몸으로 스며들었다. 견딜 수가 없었다. 펜으로 꼭꼭 눌러 쓴 편지에는 결혼을 암시하는 어휘들이 있었다. 나는 깜짝 놀랐다. 그리고 겁이 났다. 학생이었고 죽음을 연구하는 가난한 청춘이 들을 수 있는 말이 아니었다. 그 뒤로 그녀의 편지는 몇 차례 더 왔지만 나는 두려워서 읽을 수가 없었다.

나는 죽지 않고 아직 살아서 할배가 되었다. 살아오면서 그녀만큼 스며드는 여자도 만난 적이 없었다는 생각을 하기도 했다. 안톤 체호프의 「귀여운 여인」을 닮았다는 생각을 했다. 누구를 만나더라도 그에게 스며들어 잘살고 있을 것이다. 삶의 어느 고비에서 가끔 파란 손가락이 떠오르기도 했다. 파란 손가락은 치유되지 않는 늑막염처럼, 혹은 피카소의 청동 시대의 어느 그림처럼 떠올라 이따금 옆구리 한 곳을 결리게도 한다.

코스모스는 언제 피는가

지금은 교육대학이 선호하는 대학이지만 그때는 겨우 대학이라는 이름이 붙은, 명색이 대학이지 2년제 초등교원 양성기관이라 함이 더 합당했다. 그때 초등교원은 대기업에 비해 대우도 신통치 못했기에 남학생들이 선호하는 대학이 아니었다. 여학생들은 나름대로 선호하기도 했다. 교사 출신 신붓감을 선호하는 경향이 있는 시대였기 때문이다. 여학생은 가정형편이 괜찮은 학생도 있었지만 남학생은 대개 가난한 집 출신이었다. 4년제 대학은 등록금도 비싸고 졸업한 뒤에도 3년 군대생활을 마쳐야 취직을 할 수 있었다.

그에 비해 교육대학은 RNTC라는 제도가 있어서 재학 중 군사훈련만 이수하면 졸업과 동시에 제대증까지 받을 수 있어서 2년 뒤에는 초등학교 교사로 일을 할 수 있었다. 일반대학에 비해 5년 빠르게 직장생활을 할 수 있는 이점이 있었다. 게다가 학비도 싸고 장학금까지 몇 푼 나왔으니 가난한 집 출신들이 많이 모였다.

그때 젊은이들은 비록 가난하지만 꿈만은 하늘에 가 있었다. 그런데 사내로 태어나서 가난하다는 이유로 초등학교 교원이라는 정해진 미래를 향해 대학 생활을 한다는 것은 스스로 꿈을 접은 젊은이라는 것을 고백하는 것과 다르지 않았다. 미래가 정해졌다는 것은 청춘의 굴욕이라 여겼다.

내가 입학한 변방교육대학에 다니는 친구들 가운데는 두 가지 부류의 인간이 있었다. 열심히 학점을 따서 대도시에 발령을 받아 4년제 대학 야간부에 편입하여 공부를 이어나가려는 부류와 학교에 적응하지 못하고 학교생활에 깊은 회의를 하며 방황하는 부류가 있었다. 후자의 경우는 세칭 명문이라 불리는 고등학교 출신이 많았다.

게시판에 동아리 회원을 모집하는 광고가 붙었다. '코스모스 클럽'이라는 이름이 눈에 들어왔다. 코스모스는 언제 피는가에 대한 연구를 하는 동아리라 했다. 코스모스에 가입하려고 동아리 설명회에 갔다. 동아리 선배들은 학점을 따지 못해 가을 코스모스 필 때 졸업이 예정되었거나 이미 너무 많은 학점을 놓쳐서 제때 졸업을 할 수 없는 상황에 이른 사람들이었다. 그들은 어려운 철학 서적을 읽으며 인생에 대해 토론하고 매달『현대문학』두께의 동인지를 낼 예정이라 했다. 말짱 헛소리라는 것을 알 만했다. 그래서 나도 토의 시간에 손을 들고 흰소리를 했다.

"동아리 여행은 그랜드캐니언으로 갑시다."

선배들의 눈빛이 내게 쏠렸다. 이거 물건이 하나 나타났군, 하는 표정들이었다. 모임을 마치고 선배들은 나를 데리고 허름한 술집으로 갔다. 질문 하나 한 죄로 동아리 회원이 되었다. 그렇게 해서 그들과 하루가 멀다 하고 모여서 개똥철학을 논하며 술을 마셨다. 학교 공부는 뒷전이었으니 제때 졸업을 하지 못할 것은 예정된 거나 마찬가지였다.

출석하는 과목은 교육철학이나 아동심리 등의 몇 과목에 그쳤고 교재는 아예 살 형편도 되지 못했다. 음악이나 무용, 미술 과목은 거의 결석이었다. 그 시간에 우리는 131호 강의실 옆 느티나무 아래 놓인 몇 개의 벤치를 132호 철학과 강의실이라 명명하고 나무 그늘 아래에 모여서 되지도 않은 개똥철학을 논했다. 어느 날 132호 강의실에 까치 한 마리가 죽어 있었다. 우리는 까치 장례식을 치르기로 했다. 막걸리 한 말을 사서 제물을 준비했다. 까치를 묻고 널빤지에 묘비명을 썼다.

'외로운 산까치 여기 잠들다.'

조사를 읽고 잔을 올려 제사를 지냈다. 제사는 서론이고 음복이 본론이었다. 막걸리를 마시고 당시에 유행하던 '산까치야, 산까치야 어디로 날아갔니?'라는 노래를 합창했다. 어느 날 한 친구가 자기가 정한 주제로 토론을 하자고 했다. 두꺼운 안경을 쓰고 학보사 편집 국장 일을 하는 이 선배는 매우 근엄해 보였다. 술은 자기가 살 테니 가자는 것이다. 막걸리 한 말을 받아놓고 같이 한 잔씩 마신 다음 그는 한참 동안 고개를 숙이고 있다가 천천히 들고

"사랑을 하면서 왜 헤어져야 하나?"

하며 두꺼운 안경 너머로 우리들을 물끄러미 바라보았다. 보아하니 실연을 당한 게 분명했다. 우리는 말없이 술을 마시며 그 친구의 실연의 아픔을 함께 나누었다. 마침 밖에는 비가 내렸다. 술을 다 마신

다음 함께 비를 맞으며 강변을 걸었다. 우리는 떼창으로 노래를 불렀다. 가랑비야 내 얼굴을 더 세게 때려다오, 안녕, 안녕, 목 메인 그 한마디. 이루어질 수 없는 사랑. 비는 계속 내려 우리를 적셨다. 탈출구 없는 청춘의 절망을 가랑비가 적셨다.

술을 마실 돈이 없어서 대학신문에 글을 썼다. 원고료가 나오면 교문을 나서서 조그만 개울에 놓인 다리를 건너 술을 마시러 갔다. 구정물이 흐르는 그 개울을 세느라 부르고 그 위에 놓인 다리를 미라보 다리라 불렀다. 지난여름 노인이 되어 파리에 갔을 때 센강을 바라보며 옛 생각에 혼자 슬그머니 웃음 짓지 않을 수 없었다. 세느를 건너면 허름한 중국집이 있었는데 가난한 학생들이라 짜장면도 많이 주고 막걸리도 주전자에 꾹꾹 눌러서 주었다. 원빈이라는 친구는 그 집에서 일하는 어린 소녀를 가련이라 불렀다. 김삿갓의 연인 이름이 가련이니 스스로를 풍류객 김삿갓에 비유한 바이리라.

이 친구가 라디오 음악 신청 프로그램에 출연한 적이 있다. 아나운서가 무슨 노래를 듣고 싶으냐고 물었다. 김세레나의 〈선화공주〉를 듣고 싶다고 했다. 누구와 함께 듣고 싶으냐고 물었다.

"이미 고인이 된 선화공주와 함께 듣고 싶습니다."

이리하여 아나운서를 경악하게 하고 그걸 듣는 나를 기쁘게 하기도 했다. 이렇게 고전 취향을 가졌으니 아이들을 가르치는 초등 교사가 어울릴 수가 없는 위인이었다.

나의 차림은 바지는 군복 바지에 검은 물을 들인 것이고 상의는 고등학교 교련복을 검게 물들인 것이었다. 신발은 쓰레기통에서 주은 내 발보다 큰 구두를 신었다. 친구들은 내 차림을 모기 발에 워커라 불렀다. 바지에는 막걸리 자국이 가실 날이 없었다. 늘 같은 옷만입으니 검게 물들인 것이 물이 빠져서 갈색으로 변해갔다. 머리칼은장발이었다. 어떤 교수는 눈에 거슬린다며 훈계를 하기도 했지만 차림에 마음 쓸 만한 여유가 없었다. 교육대학에는 따로 전공이라는것이 없었는데 그런 사정을 모르는 사람이 전공이 무어냐 물으면 방황이라 했다.

술값을 마련하기 위해 대학신문에 글을 쓰니 이름이 알려지게 마련이었고 게시판에는 늘 재시험자 명단에 단골로 나의 학번이 나붙으니 자연 학교의 명물이 되어갔다. 교수님들의 눈에 거슬리는 존재일 수밖에 없었다.

강의실 건물 뒤쪽에는 한국전쟁 때 포탄이 떨어져 연못이 되었다는 탄지가 있었다. 연못 주위에는 나무가 무성하고 나무 아래는 벤치가 몇 개 놓여 있었다. 탄지 가까운 곳에는 음악실이 있었는데 오르간이 수십 대 놓인 음악실에서는 때로 오르간 연습하는소리가 들렸다. 탄지는 멍 때리기를 하거나 개똥철학을 하기에 적합한 공간이었다. 일주일에 수채화를 두 장 그려내는 과제가 있었다. 탄지 주변에는 이젤을 세우고 그림을 그리는 친구들이 많았다. 특히 그림 그리는 뒷모습이 보기 좋은 여학생이 있었다. 물론나는 그림 과제를 하지 않았다. 어쩌다 친구에게 부탁해서 같은그림 몇 장을 따라 그려달라고 해서 제출하기도 했지만 그것도 귀찮아서 그만두었다.

나는 탄지 벤치에 앉아 멍하니 그녀의 뒷모습을 보고 있었다. 그녀의 길게 늘어뜨린 생머리가 보기에 좋았다. 유행하던 노래 '라일락 꽃 향기 흩날리던 날 교정에서 우리는 만났죠'를 속으로 흥얼거릴 뿐 말 한마디 붙이지 못했다. 그녀는 모범생이었다. 바지에 막걸리 자국이 있는 유급이 예정된 문제학생이 감히 말을 붙일 처지는 아니었다. 도서관에 처박혀 이해도 되지 않는 니체, 쇼펜하우어를 읽거나 벤치에 앉아 그녀를 보는 것만으로도 시간을 죽이기에 충분했다.

학군단 소속이므로 여름방학에는 병영에 들어가 훈련을 받았다. 군사훈련은 강의 듣기보다 더 싫은 일이었지만 분단된 나라에 태어난 죄이기에 피할 수 없는 일이었다. 식사 시간이었다. 남루한 군복을 입고 숟가락을 들고 식당 앞에 줄을 서서 차례를 기다렸다. 처음에는 먹을 수 없는 음식이라 여기고 먹지 않았지만 뺑이를 치고 나니 그것도 음식이라고 식사 시간이 기다려지기까지 했다. 메뉴는 거의 매일 무시래기와 껍질 벗기지 않은 감자와 꽁치 대가리가 든 된장국에 바구미가 섞인 보리밥이었다. 끼니 때마다 빠지지 않는 것이 무시래기 넣은 국이었다. 우리는 밖에 나가면 죽어도 무시래기는 먹지 않으리라 다짐하기도 했다. 그걸 먹기 위해 줄을 서서 숟가락을 빨고 있었다. 그때 변방교육대학 여학생들이 위문을 왔다. 여학생 쪽으로 눈을 돌리니 예의 탄지에서 그림 그리던 긴 생머리의 여학생의 모습이 보였다. 나는 쥐구멍이 어디 없나 찾다가 앞의 친구의 등으로 눈을 돌리고 모른 척했다. 그녀가 나를 봤는지 보지 못했는지는 잊어버리기로 했다.

변방교육대학에 적을 두고 있던 어느 날 교문에 탱크가 있고 군인들이 교문에 총을 들고 서 있었다. 대통령이 계엄을 선포하고 유

코스모스는 언제 피는가

신을 발표했다. 나는 대통령이 싫었지만 방황에 열중하느라 데모할 생각도 못 했다. 내가 다니기 싫어하는 학교지만 대학에 군인을 들여보내다니 분노하지 않을 수 없었다. 그날 이후 어두운 내면으로 향했던 나의 시선이 사회를 향해 조금씩 열리기 시작했다. 어쩌면 그 탱크가 조금씩 방황에서 깨어나게 했을 것이다.

예정된 대로 나는 유급을 했다. 코스모스 피는 가을이 와도 졸업을 할 수가 없었다. 학점을 따기 위해서는 음악과 교수가 내어준 과제를 풍금으로 쳐야 하는데 나는 과제에도 없는 한 곡만 연습했다. 다시 한 학기가 지나고 검열을 받기 위해 음악과 교수를 찾아갔다. 이미 학점은 마감되고 교수는 집으로 돌아가고 없었다. 조교가 그의 집으로 가보라고 했다. 나는 기차를 타고 서울 그의 집으로 가서 거실에서 더듬더듬 피아노를 치고 D학점이라고 적힌 봉투를 받았다. 삼청교육대와 이름이 유사한 변방교육대를 벗어나는 순간이었다. 코스모스 필 때 해야 하는 졸업을 코스모스가 피어도 하지 못하고 흰 눈이 내린 뒤에야 할 수 있었다.

졸업 후에도 의무적으로 복무해야 하는 교사 발령이 바로 나지 않았다. 다니고 싶지 않았던 학교, 하고 싶지 않았던 것을 해야 하는 것들로부터 해방된 시간이었다. 쉬 발령이 나지 않은 것은 발령 순서가 성적순이었기 때문이었다. 나는 거의 꼴찌로 졸업했다. 발령을 기다리는 동안 나는 고향집 골방에 틀어박혀 결코 밥이 될 수 없는 시를 썼다. 내 생에서 가장 많은 시를 쓴 1년이었다. 이듬해 신춘문예에 당선되어 젊은 나이에 어울리지도 않게 시인이라는 이름을 얻게 되었다. 변방교육대학 시절의 절망과 방황의 흔적이 심사위원의 가슴에 감염되었을 것이다.

　기다리지 않아도 코스모스는 해마다 피었다 지곤 했다. 코스모스가 수십 번 피고 지고 한 후였다. 이룬 것도 없이 중년이 된 어느 날이었다. 손글씨로 편지를 주고받던 시대에서 이메일로 소통하는 시대만큼의 세월이 흘렀다. 나의 홈페이지 게시판에 오래 잊었던 사람의 이름이 올라와 있었다. 기억을 더듬어 탄지에서 그림을 그리던 생머리가 길던 여학생의 이름이라는 걸 기억해냈다. 어떻게 알게 되었느냐고 물었다. 자기는 지금 LA에 살고 있다고 했다. 한국의 유명 시인이 LA에 문학 강연을 왔는데 강연 후에 간담회가 있었다고 했다. 이런저런 이야기를 하다가 변방시에서 왔다고 하니까 서각 시인을 아느냐고 묻더라는 것이다. 그 시인을 통해서 서각이 아직 살아 있음을 알았다고 했다. 이메일로 서로의 안부를 묻고 그녀가 한국에 오면 연락하기로 했다.

　어느 날 그녀에게서 전화가 왔다. 몇 년 만에 귀국했다는 것이다. 피천득의 수필 「인연」에서처럼 첫사랑은 만나지 않는 것이 좋다는 것을 알고 있었지만 반드시 가르침대로 실행할 수 없는 것 또한 사람의 일이었다. 우리는 만났다. 키는 전보다 작아진 것 같았다. 머리도 긴 생머리가 아니라 아줌마들의 전형적인 뽀글머리였다. 밥을 먹으며 이야기를 나누었다. 그게 그녀와 나의 처음 대화였다. 그녀에게도 나에게도 세월은 비껴가지 않았다. 그녀와 나는 어쩔 수 없는 아줌마와 아저씨였다. 별 할 말이 없어서 탄지에서의 일을 이야기했다.

"그때 탄지에서 그림 그리는 네 뒷모습이 아름다웠지."

그녀가 말했다.

"나는 네 사색에 잠긴 모습이 좋았어. 신문에 실리는 글도 열심히 읽었어."

내가 말했다.

"진작 말하지!"

그녀도 나와 동시에 말했다.

"진작 말하지!"

우리는 남의 일처럼 한참을 낄낄거리며 웃을 수밖에 없었다.

성지순례

　　　의무적으로 복무해야 하는 초등학교 교사 발령을 대기하고 있었다. 당시 교육대학을 졸업한 사람은 정부로부터 교육비 혜택을 받았기 때문에 의무적으로 5년간 초등학교에 복무해야 했다. 발령이 났다는 연락을 받고 지역 교육청으로 갔다. 내가 태어난 고향 인근에 있는 학교였지만 한 번도 가보지 못한 곳이었다. 지도로 위치를 확인하고 학교가 있는 곳으로 가려는데 버스는 하루에 한두 번밖에 다니지 않는 곳이어서 택시를 탈 수밖에 없었다. 택시는 비포장도로의 오르막을 끝도 없이 올라가는 것이었다.

　"다 왔습니까?"

　"멀었니더."

　이런 대화를 몇 번 되풀이한 다음 택시는 고갯마루에 다다랐다. 다시 내리막이 끝도 없을 듯 이어졌다. 내리막이 끝나는 곳에 사방이 산으로 둘러싸인 마을이 있고 초등학교가 나타났다. 가보지는 못했지만 김종삼의 「시인학교」라는 시에 나오는 레바논 골짜기가 이럴 거라는 생각을 했다. 이 마을에는 학교가 있고 경찰지서가 있고 우체국이 있었다. 다시는 이곳을 빠져나가지 못할 것 같은 두려움이 얼핏 스치기도 했다. 처음 입어보는 양복 입고 가방 하나 들고 운동장을 가로질러 교무실로 향했다. 우선 학교에 인사하고 다음에 짐을 챙겨서 다시 오려는 생각이었다. 교무실 문을 열자 한 교사가 밖으로 밀어냈다. 회의 중이니 다음에 오라고 했다. 내 차림새로 보아 월부 책을 파는 상인이라고 여긴 듯했다. 책 팔려고 온 사람이 아니고 발령이 나서 온 교사라고 했다. 그제야 교무실로 들어가게 했다. 회의를 중단하고 인사를 시켰다. 그렇지 않아도 여선생님 한 분이 결혼하는 바람에 사표를 내서 아이들이 며칠째 수업을 못 하고 있다는 것이다.

"오늘은 인사만 드리고 준비해서 내일 오겠습니다."

사정하듯 말했지만 안 된다는 것이다. 내일부터 당장 수업을 해야 한단다. 좋은 하숙집이 있으니 당장 하숙으로 가자는 것이었다. 오늘 밤에 신임 교사 환영회가 있다고 공지사항을 말하는 것이다. 봉사 시집가듯 시키는 대로 하는 수밖에 없었다. 이렇게 해서 병아리 교사가 되었다.

하숙집이라는 곳에 안내되었다. 마치 군대 막사처럼 길게 흙벽돌로 지은 집이었는데 몇 개의 칸이 나누어져 있었다. 한 칸에 교사 두 명씩 수용되어 있었다. 나중에 안 일이었지만 이 학교는 이 지역에서 교사들이 가장 가기 싫어하는 학교였다. 사방이 산으로 둘러싸인 분지 형태의 오지였으므로 교통이 불편해서 시내에서 통근을 할 수 없는 곳이었다. 결혼한 교사는 가족을 거느리고 농가 주택을 얻어 살림을 차려야 했다. 대개 오지에 근무하면 벽지 점수라는 것이 있어서 근무 평점을 높게 받는 이득이 있지만 이곳은 오지이지만 벽지 학교로 분류되지 않아 아무런 혜택이 없는 곳이었다. 그래서 만만한 초임 교사를 대개 이곳으로 보낸다. 그래서 젊은 교사가 많았으며 하숙집이 필요했던 것이다.

밤이 되자 하숙집으로 교사들이 몰려들고 술상이 차려졌다. 결혼한 교사도 더러 있었지만 대개 총각 선생들이 많았다. 허름한 점퍼를 입은 더벅머리의 젊은 교사들이 방 안에 가득했다. 병아리 교사의 부임을 축하한다며 건배!가 몇 차례 이루어졌다. 그들은 축하 노래를 부르겠다고 했다. 상에 젓가락을 두드리며 그때 유행하던 이미자의 〈섬마을 선생님〉의 가사를 바꾸어 불렀다.

"인삼꽃 피고 지이는 산골 마으으레 조오빨라꼬 왔던가 총각 선언새애앵님. 사이사이 좋아 좋아."

이렇게 합창이 끝나고 나에게 노래를 부르라고 했다. 나는 음치다. 그래서 어느 모임에서나 내가 가장 두려워하는 것이 노래 부르라는 것이었다. 그런데 아무 준비 없이 인사하러 왔다가 노래까지 하라고 하니 황당하기 이를 데 없었다. 내가 음치라고 하자. 그들은 다시 젓가락으로 상을 두드리며 장단을 맞추었다. "안 나오면 쳐들어간다. 엽저언 열닷 냥. 병신 같은 게. 분위기 다 깬다. 쪼다 같은 게 분위기 조진다. 엽저언 열다앗 냐아앙." 나는 어쩔 수 없이 문학청년 시절 선배에게 들은 노래를 염불하듯 읊었다.

"옛날 어느 마을에 대머리 까진 총각이 깡깡이를 치면서 찾아왔

더래……"

내가 염불 같은 노래를 하자마자 그들은 자기들끼리 이야기하며 듣지 않았다. 나는 염불을 멈추고 벌떡 일어났다.

"노래 시켜놓고 왜 안 들어 씨바!"

라고 일갈했다. 좌중이 머쓱해졌다. 술이 취해 제정신이 아니었다. 밖에 나가 우물가에 엎드려 엉덩이를 하늘로 향하고 그날 먹고 마신 모든 것을 고스란히 토했다. 머리를 들어 하늘을 보니 별이 듬성듬성 근심스럽게 내려다보고 있었다.

나는 3학년 담임이 되었다. 처음으로 교사가 되어 교실에 들어서자 30명가량의 아이들이 맑은 눈을 들어 나를 바라보았다. 맑고 깨끗한 것은 아이들 눈뿐이었다. 대부분 옷은 남루하고 얼굴도 몸도 깨끗하지 못했다. 마당에서 뒹굴고 노는 강아지와 다름이 없었다. 머리와 피부에 부스럼이 난 아이들이 많았다. 생각 같아서는 아이들 모두를 시내 목욕탕에 데리고 가서 몸을 씻기고 옷도 깨끗하게 빨아서 입히고 싶었다. 내가 맡은 사무는 양호와 접대라는 것이었다. 여자 교사가 하던 일을 그대로 이어받은 것이다. 양호는 구급약을 구입해두었다가 아이들이 배탈이 나면 소화제를 먹고 살갗에 상처가 나면 빨간 약을 발라주는 일이었다. 접대는 손님이 오면 차를 타서 내오는 일이었다. 지금은 양호교사가 따로 있고 커피는 자판기가 해결해주지만 그때는 그랬다.

약장에는 쓰지 않은 약들이 많이 있었다. 나는 점심시간에 부스럼이 난 아이들을 불러서 과산화수소로 소독을 하고 붕산연고를 발라서 부스럼을 퇴치하려고 했다. 상처에 소독을 할 때 아이들은 죽는 소리를 냈다. 엄마처럼 머리를 쥐어박으며 약을 발랐다. 아이들의 피부병도 차츰 수그러드는 것 같았다. 날이 따뜻해지자 체육 시간에 아이들을 데리고 개울가로 갔다. 비누를 구해서 아이들 머리를 감기고 손발을 씻게 했다. 조금은 나아지는 것 같았다. 그러나 작심삼일이란 말이 증명되었다. 나도 게을러지고 아이들도 다시 부엌강아지가 되어갔다. 나도 청바지에 티셔츠 한 장 걸치고 아이들처럼 부엌강아지가 되어갔다. 사람의 행동은 생각이 결정하는 것이 아니라 사람을 둘러싼 산과 들이 결정하는 것 같았다.

수업을 하는데 손님이 왔다는 전갈이 왔다. 내 업무가 접대였기에 하던 수업을 멈추고 차를 끓여 쟁반에 받쳐 들고 교장실에 들어갔다. 탁자에 커피잔을 다소곳이 내려놓았다. 손님이 빙글빙글 웃으며 나를 바라보았다. 얼굴을 보니 고등학교 동기생 녀석이었다. 이런 씨바라고 하고 싶었지만 교장 선생님 앞이라 감히 그러지 못한 것이 매우 억울했다. 그 친구는 은행에 취직을 했는데 학교의 땅값 감정을 하러 출장 왔다는 것이다. 후일 그 친구는 동기생 모임이 있을 때마다 나를 일러 자기에게 차를 바친 착한 교사라고 두고두고 놀렸다. 나의 양호와 접대 교사 업무는 여자 선생님이 부임할 때까지 몇 년 계속되었다.

사방이 산으로 둘러싸인 레바논 골짜기 같은 곳이었기에 교사들은 다른 학교로 전근 가지 않으면 이 마을을 벗어날 수 없었다. 퇴근을 한 교사들은 저녁을 먹은 뒤에 다시 교무실로 모여들었다. 영화관도 없고 찻집도 없고 문화의 혜택이라고는 거의 없는 곳이었기에 의지할 것이라고는 소주밖에 없었다. 전화기 손잡이를 돌려 교환을 부르면 교환이 고깃집을 연결해준다. 조금 있으면 아주머니가 머리에 술과 안주를 이고 교무실에 온다. 고기와 김치가 든 냄비를 장작난로 위에 올린다. 찌개가 끓으면 누군가 외친다.

"까라!"

그러면 팔뚝만 한 소주병의 뚜껑이 열리고 옛날식 다방의 엽차잔에 꽈르르 소주 따르는 소리가 경쾌하다. 취흥이 도도한 날은 이 마을 지서의 경찰을 부르기도 하고 우체국 직원을 불러 판이 커지기도 했다. 술자리는 항상 청춘이 유배당했다는 억울함과 언제나 이곳을 벗어나는가가 화제의 중심이었다.

학교생활에서 내가 가장 힘들어하는 것이 음악 수업이었다. 음악 때문에 교육대학에서 낙제를 했을 정도이니 그 재능을 알 만할 것이다. 음악 수업이 있는 전날은 일찌감치 풍금을 우리 반 교실에 옮겨놓고 연습을 했다. 노래 잘하는 아이를 남겼다가 나는 풍금을 치고 아이는 노래를 하게 했다. 그렇게 몇 시간 연습을 한 뒤에야 다음 날 음악 수업을 할 수가 있었다. 겨울은 그런대로 할 수 있었지만 여름은 여간 고역이 아니었다. 발은 열심히 풍금 페달을 밟아 바람을 넣고 손은 건반을 찾아 헤매고 눈은 아이들을 보고, 한참 그렇게 하다 보면 땀이 흘러 등을 적셨다. 음악 수업이 아니라 육체노동을 하는 것 같았다. 음악은 즐거워야 하는데 나의 음악은 노역 수준이니 좋은 수업이 될 수가 없었다. 늘 아이들에게 미안했다.

학교에는 내신이라는 것이 있다. 학년말이 되어 자기가 가고 싶은 학교를 적어서 제출하면 근무 점수에 따라 원하는 학교에 가기도 하고 가지 못하기도 한다. 대부분의 교사들은 일단 학기 말이 되면 내신을 낸다. 나는 내신을 낼 수가 없었다. 나도 이 골짜기에서 벗어나고 싶지 않은 것은 아니지만 다른 선생님들의 벗어나고자 하는 마음이 더 간절하다는 것을 알기 때문이었다. 규정에 의하면 한 학교에 근무할 수 있는 기간이 5년이었다. 교육대학을 졸업하면 초등학교 교원으로 복무해야 하는 의무 복무 기간도 5년이었다. 나는 5년만 하고 그만둘 생각이었다. 그러니까 내신을 낼 필요가 없었다.

이 골짜기 학교에서 생활도 5년 가까이 되었다. 내년에는 다른 학교로 가야 한다. 다른 학교에서 한 달 반이 지나야 5년의 복무 기간이 끝난다. 한 번도 내신을 내지 않고 묵묵히 일만 하던 나를 교장과 교감이 어여삐 여겼는지 후한 점수를 준 것 같았다. 게다가 아이들을 글쓰기 대회에 데리고 나가서 상을 많이 받게 해주었다. 유능한 문예 지도교사로 꽤 이름이 나 있었다. 그 덕에 이 고장에서는 제법 큰 시내에 있는 학교에 전근을 가게 되었다. 동료들은 좋은 학교에 가게 되었다고 축하의 말을 했지만 나는 만 5년이 되는 한 달 반이면 초등학교를 떠날 속셈이었기에 아무런 느낌이 없었다. 오히려 정든 아이들과 헤어진다는 섭섭함이 더 컸다. 자연에서 자란 아이들의 순수함에 나는 많은 것을 배운 터였다.

3월이 되어 시내 학교에 부임하자 정신이 없었다. 한 학년이 10개 반 정도 되는 학교니까 교사의 수도 60명이 넘었다. 교사들 얼굴 익히기도 어려웠다. 나는 5학년 담임이 되었다. 오후에는 아이들과 교외로 산책을 나가기도 하고 교실에서 공부를 도와주기도 했다. 시골 아이들과 도시 아이들의 차이점이 느껴졌다. 시골 아이들은 선생님이 좋아도 좋다는 표현을 하지 않는다. 대개 시골 학교 선생님들은 아이들을 가족처럼 여기고 배려한다. 선생님들은 시골 아이들이 교육적·문화적 혜택을 받지 못한다고 여기기 때문이다. 그럼에도 아이들은 그런 선생님의 배려에 대해 표현을 하지 못한다. 도시 학교 교사들은 그에 비해 학생에 대한 배려가 부족하다. 과중한 업무로 아이들을 배려할 시간이 없다.

나는 산골에 있을 때와 같은 태도로 아이들을 대했다. 그러니까 아이들은 순하고 친절한 선생님을 처음 본 것처럼 나를 따랐다. 어미 닭을 따르는 병아리 같았다. 아이들도 깨끗하고 예뻤다. 나의 복무 연한이 가까워지고 있었다. 그런 아이들을 두고 떠나야 한다는 것이 마음에 걸렸다.

도시 학교의 또 하나의 문화는 학부모로부터 접대 받기였다. 점심시간마다 전 교직원이 맛집 식당에 초대되었다. 3월 한 달 거의 매일 점심시간은 잔치와 다름이 없었다. 나는 이런 문화가 마음에 들지 않았지만 따라가지 않을 수 없었다.

만 5년이 되어 나는 사표를 제출했다. 교장은 이 학교가 문예대회에서 화려한 수상을 할 기회를 잃은 것을 애석해했고 교감은 나를 앞에 세워두고 교육청에 전화를 해서 빨리 새 교사를 보내달라고 했다. 교실에 돌아오니 아이들이 책상을 뒤로 밀어놓고 모두 교실 바닥에 꿇어앉아 있었다. 내가 들어서자 아이들이 모두

"선생님, 가지 마세요!"

하고 우는 소리를 냈다. 나도 울컥했다. 애써 눈물을 참으며 어쩔 수 없이 학교를 그만둘 수밖에 없음과 공부를 더 해야 한다는 사정을

이야기하고 교실을 나섰다. 아이들은 계속 꿇어앉아 움직이지 않았다. 나는 칠판에 나의 주소를 적어두고 꿇어앉은 아이들을 그대로 둔 채 교실을 나설 수밖에 없었다. 복도를 지나다가 눈이 부어 있는 우리 반 아이를 보고 어떤 교사가 "너 왜 싸웠어." 하며 다짜고짜 뺨을 때리는 것을 보았다. 내 초등학교 교사 시절은 이렇게 마감되었다. 학교를 떠난 후 한동안 나는 아이들의 편지를 읽으며 아이들의 얼굴을 떠올리며 잠들곤 했다. 잠자리에 누워서 보고 싶은 사람의 얼굴을 떠올리는 일, 그게 꽤 오랜 버릇이 되었다.

많은 세월이 흘렀다. 바쁘게 사느라고 뒤를 돌아볼 여가가 없었다. 머리가 하얗게 된 어느 날 문득 천방지축 실수만 했던 병아리 교사 시절이 떠올랐다. 아니 늘 그 시절이 그리웠지만 스스로 묻어두었는지도 모른다. 범죄심리학에서는 범인은 반드시 범죄 현장을 다시 찾는다고 한다. 나는 가끔 차를 몰아 내가 있었던 초등학교를 몰래 찾았다. 그것이 다른 일과 더불어 나의 해야 할 목록 가운데 하나가 되었다. 나는 이를 혼잣말로 성지순례라 명명했다.

장발 수호기

아이 때는 아버지나 삼촌이 내 머리를 깎아주셨다. 머리카락이 밤송이처럼 자라면 쇠죽솥 앞에 앉히고 바리깡이라 불리는 기계를 머리에 대고 박박 머리카락을 밀었다. 기계가 신통치 않아 머리 올이 끼여서 따가워도 참아야 했다. 머리 스타일은 스님과 같았다. 간혹 부잣집 아이나 장터에 사는 아이는 이발소에 가서 뒷부분만 자르고 앞머리는 남기는 밑도리라는 걸 하기도 했다. 요즘 말로는 스포츠형 머리다. 밑도리 한 아이들이 부럽기는 했지만 감히 나도 그렇게 하고 싶다고 말할 수가 없었다. 우리 집도 그렇게 없이 살지는 않았지만 온 동네 아이들이 모두 스님 머리인데 혼자만 멋을 내는 것도 내키지 않은 일이었다.

머리카락이 자라면 아궁이 앞에 앉아 굴욕을 당한다는 것이 그리 유쾌한 일은 아니지만 온 마을 아이들이 다 그러하니 그러려니 하며 유년을 동자승 머리모양으로 보냈다. 중·고등학교에서는 두발 단속이 더 엄격했다. 3밀리만 자라도 교문에서 선도부 학생들이 단속을 했다. 우리나라의 모든 중등학교 학생들은 스님의 머리가 규정이었다. 머리는 스님의 머리요 교복은 검은색으로 가톨릭 신부의 복장과 흡사했다. 거기에 열차에서 표 검사하는 차장들이 쓰는 것과 같은 동그란 모자를 써야 했다. 그때는 매스컴이라고는 신문이나 라디오밖에 없었으므로 외국 사정을 알지 못했다. 세계의 모든 학생들이 그렇게 하는 줄 알았다. 당시 외국인들이 우리나라의 중·고등학생을 보고 한국에는 웬 신부님들이 이렇게 많으냐고 했다고 한다.

머리를 박박 밀어버리는 것과 학생들이 교복을 입는 것이 일본 제국주의의 잔재라는 것을 나중에야 알게 되었을 때 매우 분노했다. 해방된 지 몇십 년이 지났음에도 일제 때 왜놈들처럼 머리를 밀게 하고 신부와 같은 교복을 입히고 경찰이나 군인 또는 역무원 같은 모자를 쓰게 했다. 한창 멋을 부릴 청소년들이 왜놈의 행색을 하고 다닌 것이다.

나는 얼굴이 긴 편에 속했다. 그리고 부끄러움을 잘 타서 부끄러우면 금방 얼굴이 발갛게 되었다. 머리를 박박 밀어버린 붉은색을 띤 내 모습이 마치 고구마와 같았나 보다. 고등학교 때 나의 별명이 고구마인 연유다. 장발을 한 뒤에 고구마란 이름은 듣지 않게 되었지만 오랜만에 만난 고등학교 때 친구들 몇은 아직도 고구마라는 별명을 잊지 않고 가끔 불러준다. 나는 고구마란 별명도 싫고 고구마 먹는 것도 좋아하지 않았다.

아버지는 농사를 잘 짓지 못하셨다. 젊은 시절 글만 읽으시다가 마흔이 넘어 가세가 기울고야 처음 괭이자루를 손에 잡으셨다. 농사를 잘 짓지 못하시니 넓은 밭에 고구마 한 가지만 심으셨다. 그래서 집에는 고구마가 넘쳐났다. 겨울철 점심은 늘 고구마였다. 그때 고구마를 질리도록 먹어서 지금도 고구마를 좋아하지 않는다. 고구마로 인해 얻은 것이 있다면 감자라는 친구를 얻은 것이었다. 납작하게 생겨서 감자라 불리는 친구가 너는 고구마요 나는 감자니까 우리 친하게 지내자고 해서 그와 가깝게 되었다.

빨리 고등학교를 졸업하고 머리를 기르고 싶었다. 공부는 하지 않고 빨리 졸업하여 머리 기를 궁리만 하면서 고등학교 시절을 보냈다. 변방교육대학에 입학을 하면서 비로소 스포츠형 머리를 할 수 있었다. 그 시절 교육대학은 남학생이라면 누구나 학군단에 들어가야 했다. 학교에 다니면서 군사훈련을 받아야 하니 반은 군인이요 반은 학생이었다. 온전히 장발을 할 수 없고 군인 머리를 하는 수밖에 없었다. 가정형편상 다른 대학에 갈 수 없었으니 어쩔 수 없는 노릇이었다. 그때는 장발이 유행이었다. 장발을 멋스럽게 하고 일반대학에 다니는 친구들이 매우 부러웠다.

70년대에는 젊음을 상징하는 몇 가지 문화코드가 있었다. 청바지, 통기타, 생맥주, 장발이 그것이었다. 군사정권 시절이었으니 국민을 통치의 대상으로 여기고 그들의 통치에 순종하도록 만드는 것이 그들의 목적이었다. 이 가운데서도 장발은 군사정권에 대한 저항의 상징이었다. 나는 교육대학을 빨리 졸업하고 장발을 하고 싶었다. 변방교대 생활은 나의 가장 암울한 시기이기도 했다. 번민과 절망으로 방황하다가 학점을 따지 못해 낙제를 하고 말았다. 낙제를 하였으니 친구들 모두 졸업한 교정을 떠날 수 없었다. 다행한 것은 학군단에서 해방되었으니 머리를 기를 수는 있었다.

나머지 몇 학점을 딴다는 명목으로 동기들 떠난 교정을 어슬렁거렸다. 군복 검게 물들인 바지, 고등학교 때 입던 교련복 물들인 상의, 내 발보다 큰 어디서 주운 낡은 구두, 그리고 장발이 그 시절 나의 모습이었다. 후배들 모두 스포츠머리인데 나 혼자 장발을 하고 교정에 다니니 본의 아니게 명물이 되었다.

그 무렵 교육부에서 새마을과장을 하던 분이 학장으로 부임해 왔다. 대학에 학장이라면 학자여야 마땅한데 교육 관료가 학장으로 온다니 참으로 부끄러운 일이라 여겼다. 교육대학도 대학이란 이름이 붙었는데 이게 뭐란 말인가. 이런 연유로 교대에 다니는 학생들은 대학이란 생각보다 교원 양성소에 다닌다는 생각이 더 많았다. 낙제생도 학생이니 나는 가끔 학보사에 글을 써서 막걸릿값을 받곤 했다. 학보사에 들렀다가 나오는 길에 복도에서 그 학장과 마주치고 말았다.

"자네, 이리 좀 오게."

나는 꼼짝 못 하고 그에게 잡혀 학장실에 들어갔다. 그 학장은 생김새도 쿠데타로 정권을 잡은 박통과 비슷했다. 주머니에서 수첩을 꺼내더니 나에게 심문을 시작했다.

"자네 몇 월 며칠 몇 시에 나를 피해 탄지 쪽으로 간 적이 있지?"

"……."

그의 수첩에는 내가 그를 만날 때마다 다른 길로 피해 간 사실이 빼곡히 적혀 있었다. 나는 교정에서 그를 마주치지 않으려고 피해 다닌 게 사실이다.

"머리 좀 단정히 자르게. 후배들에게 모범이 되어야 하지 않겠나."

"예, 그렇게 하겠습니다."

그는 이 교정에 장발이 있다는 사실에 심기가 매우 불편했던 모양이다. 대답은 시원하게 했지만 난 머리를 자를 생각은 없었다. 나의 신상에 대해 아는 걸 보니 조사도 한 모양이다. 명색이 대학의 학장이란 사람이 학생의 머리에 이렇게 집착할 수가 있는가. 새마을과장이라더니 과연 새마을과장다웠다. 나는 그때에도 새마을이란 말을 그다지 좋아하지 않았다.

군사정권이 농촌을 잘살게 한다고 한 것이 새마을운동이란 것이었다. 아침마다 마을 스피커에서는 〈새마을 노래〉라는 것이 울려 퍼졌다. '새벽종이 울렸네, 새마을이 밝았네. 너도 나도 일어나 새마을을 가꾸세. 살기 좋은 내 마을 우리 손으로 가꾸세' 대강 이런 가사의 2박자 노래였다. 지금도 사람들은 새마을운동으로 우리나라가 잘살게 되었다고 하는데 나는 그렇게 생각하지 않는다.

새마을운동이 성공했다면 우리의 농촌은 지금쯤 살기 좋은 곳이 되어 있어야 한다. 그런데 새마을운동 이후 농촌에는 이농현상이 급격하게 일어나 농민들은 도시로 떠났다. 지금 우리나라 농촌에는 개와 노인들밖에 남지 않았다. 그때 새마을운동은 초가집을 없애고 슬레이트 지붕이나 시멘트 기와 지붕으로 바꾸는 것이었다. 초가집은 사라지고 멀리서 보면 제법 그럴듯한 서구적 마을의 풍경이 드러났다. 보기엔 그럴듯했지만 실은 그렇지 못했다. 여름엔 시원하고 겨울엔 따뜻하던 집이 여름엔 덥고 겨울엔 추운 집으로 바뀌었다. 지붕 개량 사업은 우리의 초가지붕만 슬레이트 지붕으로 바꾸어 전통 마을의 고즈넉함만 훼손하였다. 새마을 사업은 높은 사람이 멀리서

보기에 좋도록 마을의 풍경만 바꾸는 사업이었다.

멀리서 보면 슬레이트 지붕에 색을 칠해서 그럴듯하게 보이지만 실은 농촌의 전통적 미덕도 살림도 황폐하게 되었다. 그게 내가 아는 새마을운동이다. 아무리 농사를 지어도 도시의 노동자보다도 수입이 못하니 농촌을 떠날 수밖에 없었다. 새마을운동의 결과가 이러했다. 수십 년이 지났지만 아직도 새마을이란 말과 깃발은 곳곳에서 펄럭이고 있다.

군사정권 때는 장발뿐만 아니라 여자의 미니스커트도 단속 대상이었다. 무릎 위 몇 센티 이상 올라가면 단속했다. 남자의 머리카락은 귀를 덮지 않아야 하고 뒷머리는 와이셔츠의 깃에 닿지 않아야 한다는 규정을 마련하고 길 가는 사람을 잡고 자를 들이대는 풍경이 도처에 펼쳐졌다. 시민들의 반발이 심했다. 그러자 40대 이후의 예술가에게는 장발을 허용한다는 예외 규정을 발표하기도 했다. 나는 예술가가 될 꿈은 있었지만 40세까지 기다릴 자신은 없었다.

군사정권이 왜 이렇게 국민의 머리칼까지 관리하려고 할까에 대해 생각했다. 어떤 사람들이 머리카락의 규제를 받는 대상일까. 그들은 죄수와 군인과 스님이었다. 그들의 공통점은 자유를 구속당하거나 혹은 스스로 구속한 사람들이라는 것이었다. 죄수는 당연히 자유가 없다. 군인도 명령에 따라 행동하는 사람들이다. 스님은 욕망을 극도로 자제하고 화두에 집중하여 깨달음을 얻으려는 사람들이다. 자유를 구속하는 상징적 행위가 머리카락을 통제하는 것이라면 머리카락은 자유와 불가분의 관계에 있는 생각에 이르렀다. 삼손이

블레셋 사람들에게 붙잡힌 것도 델릴라에게 머리카락을 잘렸기 때문이다. 그래서 이런 법칙을 발견했다. 머리카락의 길이는 그가 가진 자유에 정비례한다. 머리카락 때문에 쫓기면서 얻어낸 나의 결론이다.

나는 자유를 구속당하는 걸 견딜 수 없었다. 우여곡절 끝에 한 많은 변방교육대학을 졸업했다. 교육대학을 졸업하면 의무적으로 5년 동안 학교에 복무해야 한다. 병역과 학비의 혜택을 받은 대가를 치르라는 것이다. 그런데 교사 자리가 나지 않아 발령 대기를 해야 했다. 집은 어렵고 수입은 있어야겠기에 서울에서 잡지사 일을 한 적이 있다. 주소지는 시골집으로 되어 있었다. 예비군 훈련 통지가 나왔다기에 내려와서 예비군 훈련장으로 갔다. 정문에서 군인들이 가위를 들고 머리카락을 자르기 시작했다. 거부하면 훈련 불참이 되니 머리를 내밀고 있을 수밖에 없었다. 난 아직도 그때의 수모를 잊지 못하고 있다.

훈련을 마치고 스포츠형으로 머리를 겨우 정리했다. 그래도 깊게 파인 가위 자국이 모두 지워진 것은 아니었다. 양복을 입고 스포츠형 머리를 하니 스스로도 어색하기 이를 데 없었다. 서울 동료들의 말이 아직도 남아 있다.

"간첩 같다."

북에서 훈련받다가 내려와 남한 사람 행세를 하려고 어울리지 않은 양복을 입은 것 같다는 뜻이리라. 1년을 기다려 산골 초등학교에 발령이 났다. 내가 처음 부임한 학교는 사방이 산으로 둘러싸인 분지의 가운데 있었다. 교통이 좋지 않아 대개의 교사들은 이사를 오거나 하숙을 했다. 관공서라고는 학교와 경찰지서와 우체국이 있었다. 밤이면 공직자들끼리 모여서 술판을 벌이기도 하며 친하게 지냈다. 숙직 날은 경찰을 숙직실에 불러 함께 술을 마시기도 했다. 품앗이하듯 지서에서 술을 마신 적도 있다.

일요일 여행을 갔다가 학교로 돌아오기 위해 시내의 버스 정거장으로 가는 길이었다. 시내 도로 가운데 경찰 백차를 세워놓고 사람들을 차에 싣는 광경이 보였다. 싣는다기보다 차 뒤쪽 문을 열고 사람을 구겨 넣는다는 말이 더 바른 표현일 것이다. 장발족 단속을 하는 것이었다. 어떤 경찰이 나를 끌고 백차에 넣으려고 했다. 백차 근처에 있던 경찰 한 사람과 눈이 마주쳤다. 그는 우리 학교 옆 경찰지서에 근무하던 사람이었다. 평소에 우리는 서로 존댓말을 하며 예의를 지키는 사이였다. 그가 시내로 전근을 온 것이었다. 그가 나를 보고 소리쳤다.

"야, 인마, 니가 여기 왜 왔어. 빨리 가!"

나는 그의 명령대로 저 멀리 도망을 갔다. 백차에 실려 가는 걸 면했으니 고맙기는 했지만 한편으로는 뒷맛이 개운치 못했다. 속으로 이렇게 중얼거릴 수밖에 없었다.

'그래, 고맙다, 인마!'

길을 가다가 또 경찰에 걸린 적이 있다. 기차역 옆에 있는 파출소에 잡혀갔다. 일장훈계를 한 뒤 백지를 한 장 주더니 '장발 포기서'라는 걸 쓰라는 것이다. 나는 그런 문서가 있는 줄 처음 알았다. 경찰이 불러주는 대로 다음부터 장발을 하지 않겠다는 내용의 글을 한 장 쓰고 지장을 찍은 다음 풀려나기도 했다.

　　장발 단속에 걸려서 약식 재판에 오라는 고지서를 받았다. 젊은 판사 앞에 섰다.

　　"왜 머리를 깎지 않았습니까? 머리를 깎지 않고 왔으니 벌금 두 배입니다. 다음!"

　　높은 판사님 앞에 갈 때는 머리를 단정히 하고 가야 하는데 겁대가리 없이 장발로 나타났으니 매우 괘씸했을 것이다. 짜장면도 곱빼기로 먹어본 적이 없는 내가 장발을 수호하려다가 괘씸죄에 걸려서 벌금을 곱빼기로 물었다.

　　가끔 부모님이 계시는 본가에 가면 왜정 때를 사신 아버지도 나의 머리만 보면 한 말씀 하셨다.

　　"야야, 머리가 그게 머로? 고만 시원하게 깎아라."

　　"예에."

　　왜정 때는 교사도 머리를 박박 깎았다. 그 시대를 사신 분이니 장발이 답답하게 보일 수밖에 없었을 것이다. 나는 속으로는 절대 깎지 않으리라 다짐하지만 대답만은 시원하게 한다. 그리해야 머리에 대한 잔소리 시간을 줄일 수 있으니 말이다. 나름대로 터득한 나의 장발 수호 전략 가운데 하나다.

　　초등학교 교사 시절이었다. 교장 선생님이 조용히 교장실로 불렀다.

　　"머리 좀 짧게 할 수 없습니까?"

　　"……."

　　"교육장님이 만날 때마다 선생님 머리 쫌 깎게 하라고 해서 나도 죽을 지경입니다."

"바쁘신 교육장님이 교사 머리에 왜 그렇게 관심이 많은지 모르겠네요."

"부탁입니다."

"예, 알겠습니다."

교장 선생님과 나의 이런 대화는 몇 번 되풀이되었다. 대답은 시원하게 했지만 그 대답대로 행한 적은 한 번도 없었다. 어떻게 지켜온 머리인데 교장 선생님 몇 마디에 굴할 수 없는 일이다. 젊은 시절 나의 장발은 무수히 따가운 눈총을 받았다. 장발 포기서를 쓰고 벌금을 물며 강제로 삭발을 당하는 수모를 겪으며 수호해온 장발인데, 그 수난과 회한에 찬 세월을 견디며 지켜온 나의 장발이 타인의 따가운 눈총 따위에 굴할 수는 없는 일이었다. 시대는 나의 머리카락을 자르기에 안달이 났지만 그럴수록 나의 장발 수호 의지는 더욱 강고해졌다.

고백하건대 장발을 수호하는 일에 대한 피로감 때문에 잠시 흔들린 적이 있긴 하다. 나이가 들어 이마가 벗겨지면, 그 벗겨진 면적이 5할이 넘으면 남아 있는 머리카락을 밀어버리는 건 어떨까. 나는 민주주의에 대한 열망 또한 누구 못지않으므로 다수결의 원칙을 존중해서 그리 해볼까, 하는 생각을 한 적이 있다. 그렇지만 나의 머리카락은 친구들처럼 그렇게 대머리로 가지 않았다. 다만 색깔만 흰색으로 바뀌었을 뿐이다.

사회가 차츰 민주화되면서 권력의 머리카락에 대한 집착도 그 강도가 약화되었다. 그간에 유행하는 헤어스타일에도 많은 변화가 있었다. 유행은 돌고 도는 것 같다. 마치 바지 길이나 여자의 치마의 길이가 짧아졌다가 길어지는 것을 반복하는 것처럼 머리카락도 짧아졌다가 길어지는 유행이 반복되었다. 유행의 물결이 몇 번이나 밀려가고 밀려오기를 되풀이했지만 나의 헤어스타일은 초지일관 변함이 없었다.

나의 옷차림은 유행에 따라 바뀌기도 했지만 나의 장발은 유행과는 무관하였다. 수많은 고난과 수모를 겪으면서 지켜온 장발인데 쉽게 포기할 수가 없었다. 다만 변한 것이 있다면 흑발이 백발이 된 것이다. 고난과 회한에 찬 세월을 견디어온 흔적이리라. 아니면 수많은 전장을 누빈 노병의 상처뿐인 훈장이리라. 나의 백발이여, 참으로 고난의 겨운 날들이었다. 수고했다.

덕출이

어느 고장이든 그 고장 하면 떠오르는 명물이 있다. 이 고장 사람이라면 덕출이라는 이름을 모르는 이가 없다. 어느 고장이든 반드시 덜떨어진 사람이 한 사람쯤 있게 마련이었다. 대구에 금달래, 안동에 무종이가 있었다면 영주에는 덕출이가 있었다. 이들의 공통점은 대개 일정한 장소에 근거지를 정하고 일정한 직업이 없이 살아가며 남루한 행색으로 여러 사람의 눈에 자주 목격된다는 점이다. 그리고 이들은 아무에게나 반말을 하며 시민들 또한 아이 어른 할 것 없이 이들에게 반말을 하며 이름을 부른다. 이들의 이름을 모르면 고장 사람이 아니라 할 만큼 그 고장의 명물로 통하며 마스코트와 같은 역할을 했다.

지금은 어떤 고장에도 그런 명물이 있다는 이야기를 들을 수 없다. 살기가 좋아진 탓이겠지만 그때는 2% 부족한 사람들이 고장 사람들의 사랑을 받을 수 있었으니, 나름대로 사람에 대한 연민이랄까 인정이랄까 그런 여백이 있던 시절이었다. 가난했지만 사람의 냄새가 있었던 그 시절에 대한 그리움으로 덕출이를 호명한다.

지금 덕출이는 없지만 그에 대한 이야기는 남아 거리마다 안개처럼 떠돌고 있다. 안개처럼 떠돈다는 것은 어느 날 문득문득 나타났다가 사라지기 때문이다. 이 고장에 오래 산 사람들은 어떤 일을 하다가 일이 시원찮으면 그를 면박을 주기 위해 이렇게 말한다.

"이 사람아, 그 정도는 덕출이도 한다네."

친구들끼리 모여 고스톱 화투를 치다가 몇 판이 돌아도 한 번도 이기지 못하거나, 계속 고를 외치다가 바가지를 쓰거나, 3점이 되어야 스톱을 할 수 있는데 늘 2점에서 그치면 이렇게 말하곤 한다.

"이 사람아, 역 앞에 덕출이도 2점은 한다네."

놀이터에서 어른들끼리 모여서 아이들이 노는 모습을 바라보거나 환담을 하다가 아이 가운데 유난히 어리바리한 아이가 발견되면 어른들은 이렇게 말한다.

"저거 덕출이 아 아이라?"

덕출이가 낳은 자식이 아니냐는 뜻이다. 지금 덕출이는 없지만 이렇게 덕출이의 추억은 전설로 남아 그 이름은 이 고장을 떠나지 않고 있다.

그가 어디서 왔으며 어디에 사는지, 가족은 있는지에 대해 아는 사람은 아무도 없다. 그의 근거지는 역 주변이다. 지금은 역이 옮겨져서 전에 역이 있던 자리라는 표지석과 구역통이라는 이름만 남아 있지만 그때는 역에 가면 언제든지 그를 볼 수 있었다. 영주역은 한 시대를 풍미한 적이 있다. 청량리에서 부산으로 이어진 중앙선의 중간쯤에 위치한다. 동쪽으로 강릉과 연결된 영동선과 서쪽으로 김천과 연결된 경북선이 교차하는 지점이기도 하다. 남과 북을 잇는 중앙선과 동과 서를 잇는 영동선·경북선이 교차하는 열십자 가운데 영주역이 있었다.

영주역은 여행객들이 기차를 갈아타는 곳이라서 뜨내기 손님들이 많은 곳이었다. 유동인구가 많으므로 이들을 대상으로 한 잡다한 일로 생계를 이어가는 사람도 많게 마련이다. 역 주변에는 허름한 숙소가 즐비하고 손님을 유치하려는 호객꾼들도 많아 역을 빠져나오는 손님을 집요하게 따라다니며 소매를 끌기도 한다.

나는 영주에서 30리 떨어진 시골 마을에서 자라 학교도 집에서 가장 가까운 곳만 다녔다. 몸이 약해서 어른들이 멀리 보내지 않았다. 초등학교와 중학교는 집에서 걸어갈 수 있는 시골 학교에 다녔고 그곳에 고등학교가 없으니까 영주에 유학을 와서 다녔다. 대학도 집에서 가장 가까운 변방교육대학에 다녔다. 우리 집 옆에 대학이 있었다면 대학도 거기 갔을 것이다. 변방교육대학에 다닐 때는 영주역에서 기차를 타야만 했다. 토요일 집으로 올 때는 영주역에서 내려 다시 버스를 타고 고향 집으로 가야 했다.

대학생이 되었다고 구두를 처음 신었다. 집으로 가는 길에 영주역에 내리니 구두 닦는 소년이 구두를 닦으라고 했다. 마침 구두 닦을 때가 되어 소년의 구두 통 위에 발을 얹었다. 소년은 구두에 약을 바르고 침을 탁탁 뱉으며 성냥을 그어대며 열심히 닦았다. 얼마냐고 물으니 천 원을 내라는 것이다. 내가 아는 금액은 3백 원인데 천 원을 내라니 난감했다. 소년은 태도가 돌변하여 소리쳤다.

"불 매끼를 올렸잖아!"

나와 소년이 말을 주고받자 건달들이 우르르 몰려와서 나는 포위되었다. 그 가운데 우두머리가 나를 보고 느긋한 어조로 말했다.

"어이, 보아하니 학생 같은데 불 매끼가 뭔지 몰라?"

나는 꼼짝없이 알토란 같은 천 원을 주고 겨우 석방되었다.

사정이 이러하니 이곳을 거쳐 간 객지 사람들은 어떠했을지 불문가지다. 그 시절 영주역을 거쳐 간 사람들은 저마다 아름답지 못한 추억 한두 가지쯤은 선물받게 마련이다. 영주역은 아름답지 못한 풍속으로 제법 이름이 알려진 곳이었다. 역 개찰구를 나와 광장으로 발길을 옮기면 광장 옆에 지게를 늘어놓고 손님을 기다리는 지게꾼이 있다. 덕출이도 역 주변을 근거지로 살아가는 그런 주변인이었다. 그의 주된 직업은 지게꾼이지만 시키는 일이라면 무엇이든지 한다. 역 앞에 지게를 세워놓고 기다리다가 손님이 짐을 운반해달라면 집까지 운반해준다.

"덕출아, 이거 지고 가자."

손님이 일을 시키면 덕출이가 반드시 하는 말이 있다. 손님이 젊거나 늙었거나 혹은 양복 입은 신사거나 두루마기 입은 노인이거나 가리지 않고 이렇게 묻는다.

"얼마 주는데?"

손님이 얼마 준다고 하면 더 달라는 말은 없다. 얼마를 준다고 하든지 그건 문제가 되지 않는다. 문제는 집까지 짐을 날라다 주었을 때 준다고 했던 그 액수와 실제 액수가 맞느냐 그렇지 않느냐다. 만약 3천 원을 준다고 하고 막상 일이 끝나고 2천 원을 주면 덕출이는 더 달라는 말을 하지 않는다. 그냥 그 짐을 다시 지고 역으로 가는 것이다. 말하자면 그에게는 약속이 중요했던 것이다.

수세식 화장실이 없을 때 덕출이는 남의 집 화장실을 푸는 일도 했다.

"덕출아, 우리 집 화장실 퍼다고."

"얼마 주는데?"

"3천 원 줄게."

그날 덕출이는 한나절 화장실을 펐다.

"돈 줘."

일이 끝나고 덕출이가 하는 말이다. 덕출이의 성미를 잘 알지 못하는 주인이 위인이 어리바리하니까 2천 원을 내밀었다. 덕출이는 그 돈을 받지 않고 쓰다 달다 말도 없이 밖으로 나갔다. 그리고 어디에 버렸던 똥을 다시 지고 와서 그 집 화장실에 채웠다.

그런 일이 알려지자 이 고장 사람으로 덕출이에게 심부름을 시키고 돈을 깎는 사람은 거의 없었다. 다만 다른 사람들보다 심부름 값을 적게 주기는 한다. 시장 사람들 사이에 덕출이의 소문은 정직함의 대명사로 둔갑하기도 했다. 시장 상인들은 신용을 생명으로 하기 때문에 덕출이의 그런 행동은 소문에 소문을 타고 신용의 상징이 되기도 했다. 그 덕분에 덕출이는 밥을 굶는 일은 없었다. 덕출이가 시장을 지나면 상인들이 하는 인사가 있다.

"덕출아, 밥 먹고 가라."

배가 고프면 밥을 얻어먹고 배가 부르면 들은 척도 않고 지나간다. 덕출이는 과묵하고 말이 적다. 남의 말을 하는 법도 없고 들은

141

말을 남에게 전하는 법도 없다. 덕출이가 있는 곳에서 어떤 말을 해도 그 말이 소문이 될 우려가 없다. 과묵하기가 집에서 기르는 개와 견줄 만했다. 덕출이의 그런 점이 오히려 사람들의 사랑을 받는 이유이기도 하다. 꼬마 아이들도 덕출이가 지나면

"어? 덕출이다아."

"덕출아!"

하고 부르기도 한다. 다른 어른을 그렇게 불렀다가는 혼쭐이 나겠지만 덕출이는 그렇지 않으니 아이들은 안심하고 부를 수 있었다. 덕출이는 모른 척하고 그냥 지나간다. 적당한 놀이나 장난감이 없는 아이들은 심심하면 덕출이를 따라다니며 놀려대기도 했다.

"덕출이 바보!"

"덕출이는 고자라네."

하며 무료한 시간을 죽이곤 했다. 그런데 이건 정말 아이들이 모르는 이야기다. 덕출이의 물건에 대한 이야기도 이 고장에 안개처럼 퍼져 있었기 때문이다. 어떤 사람은 왕자표 통고무신과 같다고 했고 어떤 사람은 당나귀에 비길 만하다고 했고 어떤 사람은 아예 없다고도 했다.

사실 덕출이의 물건을 아무도 본 사실이 없는 것처럼 덕출이에 대한 소문도 덕출이가 없는 현재는 누구도 확인할 수가 없다. 아직도 나이 든 사람들은 지금은 볼 수도 만질 수도 없는 덕출이 물건에 대하여 자기 주장을 굽히지 않는다. 그리고 마치 덕출이에 대해서 자기가 가장 잘 아는 사람인 것처럼 말했다. 그런 사람에게 묻는다.

"자네가 봤는가?"

"보지는 못했지만 들었네."

"누구에게 들었는가?"

"사람들이 다 아는데 자네만 모르는구먼."

덕출이의 이야기에 대해 직접 보았거나 겪은 사람은 거의 없다. 그러나 덕출이 이야기를 직접 겪은 것처럼 말한다. 모두들 가난하고 각박함으로 팽팽한 시절, 덕출이의 어수룩함과 빈 곳은 시민들 마음의 안식처였다. 덕출이에 대한 사랑이 믿음으로 이어지고 그 맹목적 믿음이 전설을 만들어낸 것이다. 이 고장에서 흰 장갑이 주먹으로 전설이 되었다면 덕출이는 모자람으로써 전설이 된 사람이다.

어느 날 친구들과 한담을 하는 자리에서 한 친구가 말했다.

"자네, 덕출이 알지?"

"음, 알고말고."

"덕출이가 정말 난 놈일세."

"그게 무슨 말인가?"

친구는 마치 어제 일처럼 덕출이 이야기를 했다.

"어리바리한 게 당수 팔단이라고, 덕출이가 당수 팔단이지. 역 근처에 노숙하는 여자들은 전부 덕출이 여자나 다름이 없다네. 여자들이 임신을 하면 시에서 처리해야 되잖아. 시에서 골머리를 앓았지. 아이를 낳게 하고 시설에 보내기도 하고 입양시키기도 하고……. 그것도 한두 번이라야지."

"정말인가?"

"그래서 시장이 보건소장 보고 덕출이 부랄을 까라고 했지. 그 뒤로는 노숙하는 여자들이 임신하는 일이 없었지."

"자네가 봤는가?"

"꼭 봐야 아는가?"

"그걸 어떻게 믿어?"

"예끼 이 사람아. 온 시내 사람 다 아는데 자네만 모르는구먼."

덕출이도 시장도 보건소장도 모두 고인이 되었으니 물어볼 곳이 없다. 물어본다고 해도 직접 보지는 못했지만 사실이라고 한다. 덕출이가 이 고장에서 자취를 감춘 지 오래되었지만 덕출이라는 이름은 아직도 남아서 안개처럼 이 고장을 떠돌고 있다. 그리고 덕출이의 전설도 만들어지고 있다. 덕출(德出)은 그 이름과 같이 모자람으로 이 세상에 나와 힘겹게 사는 시민들에게 덕을 베풀고 위안을 주었으니 명불허전(名不虛傳)이라, 이 세상에 그 이름이 헛되이 나는 법이 없음을 알겠다.

낭만 선생전

낭만 선생을 처음 만난 건 고등학교 2학년 때였다. 2학년 올라가자마자 첫 국어 시간에 낭만 선생이 들어오셨다. 대학을 졸업하고 군대를 제대하자마자 첫 부임을 한 곳이 우리 학교였다. 수업은 잠깐이고 군대 이야기, 대학 이야기가 반을 넘었다. 우리 학교는 종합고등학교라서 농과, 상과, 화공과, 기계과 등의 실업계 반이 있고 우리 반은 유일한 진학반이었다. 인문과 또는 보통과라 불렀다. 대학 진학을 목표로 하는 학생 그룹이었기에 낭만 선생의 수업이 그리 달갑지 않은 친구도 더러 있는 것 같았다. 나는 낭만 선생의 수업이 좋았다.

대개 선생님들은 시험을 출제할 때 시중의 참고서 문제를 그냥 베껴서 내거나 약간 변형하는 수준이었지만 낭만 선생은 모든 문제가 수업한 내용으로 직접 출제한 문제였다. 언젠가 그가 출제한 시험에서 만점을 받은 적이 있다. 그런 연유로 그를 좋아하게 되었는지도 모른다. 그는 명문 대학에서 국문학을 전공했다. 자기는 문리

대 국문과를 다녔는데 재학 시절에 사범대 국어교육과 친구들을 한참 아래로 보았다고 했다. 왜냐하면 인문대가 진짜 학문하는 곳이지 사범대는 대학도 아니라는 것이다. 인문학에 대한 동경을 갖고 있던 나에게 그의 그런 자부심이 근사하다는 생각이 들기도 했다.

그는 휴일이면 아이들과 함께 야외로 소풍을 가기도 했다. 학생들을 친구처럼 대했다. 아직 일제 잔재가 남아 교사가 학생에게 체벌하는 것이 보편화되었던 시절 학생을 인격체로 대하는 교사는 그리 흔하지 않았다. 교사와 학생은 철저한 상하관계이던 시절이었다. 그때 그의 출현은 신선하기까지 했다. 단옷날 낭만 선생은 아이들과 함께 시골 마을로 가서 그네를 뛰기도 했다. 그런 낭만 선생이 한 학기를 마친 후 여름방학이 끝나고 새 학기가 되었는데도 나타나질 않았다. 그의 수업 시간에 다른 선생님이 들어왔다. 들리는 말에 의하면 멀리 다른 학교로 전근을 갔다는 정도였다. 그리고 그는 나에게서도 잊혀진 존재가 되고 말았다.

그를 다시 만난 것은 내가 초등학교 교사가 되었을 때였다. 지역의 어느 고등학교에서 주관하는 어린이 백일장 행사에 문예반 아이들을 인솔하여 참가했다. 아이들이 글을 쓰는 동안 지도교사들은 일정한 장소에서 대기해야 했다. 교사가 아이들의 글쓰기에 첨삭을 하는 일을 방지하기 위함이었다. 주최 학교의 선생님들은 대기하는 교사들에게 음료수 등을 대접했다.

술을 좋아하는 나는 캔 맥주 생각이 나서 수발드는 교사를 불러 캔 맥주를 주문했다. 캔 맥주를 들고 나타난 선생님의 얼굴이 아무래도 어디에서 본 듯했다. 〈길〉이라는 이태리 영화에 잠파노 역으로 출연한 안소니 퀸을 닮았다. 어렴풋이 수업 시간에 낭만 선생이 자기를 안소니 퀸 닮았다고 자랑하던 장면이 떠올랐다.

맥주를 들고 온 그에게 물었다.

"혹시, 낭만 선생님이 아니세요?"

"그런데 뉘신지요?"

나는 고등학교 때 그의 수업을 들은 학생임을 고백하고 그간의 안부를 여쭈었다. 그는 매우 반가워하며 저간의 일을 이야기했다. 원래 한 곳에 오래 정착하지 못해 이 학교 저 학교를 전전하다가 초임 지역이었던 이곳이 그리워 다시 돌아왔노라 했다. 나와 내 동료 교사를 자기 집으로 초대했다. 행사를 마치고 아이들을 돌려보낸 뒤 그의 집으로 갔다. 술을 좋아하는 성정을 아는 터라 우리는 가게에 들러 맥주 몇 병과 안주를 사서 선생이 말해준 집을 찾아갔다.

집은 빈민가 골목 안 단칸방이었다. 아무리 박봉이라지만 교사가 사는 집이라 믿어지지 않을 정도로 남루했다. 온통 벽에 아이들의 낙서가 가득한 방에 사모님과 아이들이 아랫목에서 추위를 녹이고 있었다. 더 놀라운 것은 아이들의 수효였다. 둘만 낳아 잘 기르자는 추세를 배반하고 그 집 아이들 수효는 흥부네 아이들 버금가는 듯했다. 대여섯은 넘어 보였다. 낭만 선생은 방에 들어서자 호기롭게 외쳤다.

"오늘 친구들이 왔네. 술상을 보게."

사모님은 아이들을 윗목으로 몰고 아랫목에 술상을 차렸다. 선생이 잔에 맥주를 따르며 호기롭게 외쳤다.

"반갑네. 자, 한잔 하세. 건배!"

우리는 사모님과 아이들 보기에 민망스러웠지만 그래도 선생님이 권하는데 아니 마실 수가 없어서 몇 잔의 낮술을 마셨다. 선생은 몇 잔 마시자 금세 취흥이 도도해지셨다.

"자, 우리 노래하자."

그 말이 끝나자마자 선생이 먼저 젓가락으로 상을 두드리며 노래하기 시작했다.

"사으나으이이 우는 마음을 그 누우가 아아알랴~ 바아라메에 흔들리는 갈대의 수운정⋯⋯."

우리는 민망함을 무릅쓰고 멋쩍게 젓가락을 두드려 선생의 흥을 도울 수밖에 없었다. 이렇게 낭만 선생과의 만남이 있은 후 우리는 자주 만나는 사이가 되었다. 이후에 나는 고등학교로 옮겨 국어 선생이 되었기에 학교는 서로 다르지만 같은 지역에서 국어 선생이라는 동업자가 되었다. 또 술을 좋아한다는 공통점까지 있으니 자주 만날 수밖에 없었다. 그는 나를 사제가 아닌 친구로 여겼다. 어떨 때는 수업 중에 막혔던 문제를 내게 묻기도 하며 사제의 벽을 아주 무너뜨려버렸다.

우리가 자주 가는 술집은 주로 주모 혼자서 맥주나 소주를 파는 조그만 술집이었다. 단골집이 한두 곳이 아니라 여럿이었다. 선생은 절대로 일차로 끝나는 법이 없었다. 몇 차를 거쳐야 하므로 그럴 수밖에 없었다. 그때는 봉급이 통장으로 들어오는 것이 아니라 봉투에 현금을 넣어서 주었다. 봉급날이면 그는 전화를 걸어 만나자 했다. 외상값을 갚아야 하니까 같이 다니자는 것이다. 외상값을 갚고 다시

한 상 차려 마시고 다른 집으로 가서 갚고 또 한 상 차려 마시고 그러다 보면 자정을 넘기게 되고 술도 인사불성이 되기 마련이다. 우리는 어깨동무를 하고 아침이슬을 합창하며 술집 골목을 행진하기도 했다.

낭만 선생의 봉급 봉투는 대개 봉급 받는 날 텅 비게 마련이었다. 동료 교사들 사이에는 낭만 선생의 전설 같은 일화가 전해진다. 봉급 이틀날 낭만 선생은 출근하면서 사모님에게 차비와 담배값 만 원을 달라고 했다. 사모님이 말했다.

"돈 없니더."

"어제 월급봉투 줬잖아?"

"예, 받기는 받았는데 5천 원밖에 없던데요."

"그래?"

낭만 선생은 묵묵히 쓸쓸히 문을 나설 수밖에 없었다.

내가 낭만 선생과 인연을 맺은 보통과는 여러 학급 가운데 한 학급만 있었기 때문에 60명이 1학년부터 3학년까지 반이 나뉘지 않고 같은 반에서 지냈다. 그러므로 유대감이 남달랐다. 친구들이 보통과 졸업 25주년 행사를 하자고 했다. 60명 대부분이 중견 사회인이 되었기에 행사 비용을 모으는 일도 어렵지 않았다. 행사에 그때 선생님들도 모시자고 했다. 수소문해서 세 분의 선생님과 연락이 닿았다. 나는 낭만 선생을 추천하였다. 모신 선생님께는 황금으로 만든 행운의 열쇠도 선물하기로 했다.

기념 행사를 하는 날이었다. 나는 낭만 선생을 모시고 행사가 있

낭만 선생전

는 장소에 갔다. 황금 열쇠를 증정하는 간단한 행사가 있고 나서 한
우 숯불구이를 배불리 먹는 식사를 했다. 그다음은 노래방 기기가
있는 공간에서 유흥이 있었다. 낭만 선생은 신명이 나서 친구들과
어울려 춤을 추었다. 한참 취흥이 오르니 누가 선생인지 누가 졸업
생인지 알 수도 없게 되었다. 한창 신명이 오른 한 친구가 낭만 선생
의 뒤통수를 갈기며 소리쳤다.

"이느마야, 니는 왜 이리 늙었노?"

얼떨결에 뒤통수 가격을 당한 낭만 선생은 그만 술이 깨는 것 같
았다. 낭만 선생이 나를 불렀다.

"서각아, 이느마가 날 때렸데이."

마치 학생이 선생에게 고자질하는 것 같았다. 나는 그 친구 귀에
대고 말했다.

"이느마야, 이분은 친구가 아니라 선생님이다. 2학년 한 학기 동
안 국어 가르치셨다. 얼릉 사과해라."

"아이고 선생님, 죽을죄를 지었습다."

"개안타, 우리 춤추자."

낭만 선생은 이처럼 경계가 없는 분이었다.

어느 날 낭만 선생이 근무하는 학교의 교감 선생님을 만났다. 나
와는 허물이 없는 사이였다.

"서각 선생, 자네 낭만 선생하고 친하지? 나는 낭만 선생 때문에
못살겠다."

무슨 일이냐고 물었다. 교감 선생님은 학교의 수업을 관리해야
하는 책무가 있는데 수업 중에 복도를 다니며 수업이 잘 이루어지는

지 관리해야 한다는 것이다. 복도를 순회하고 있는데 어느 교실이 하도 조용해서 창문 너머로 들여다보았다는 것이다. 칠판에 큰 글씨로 무주공산(無主空山)이라 써놓고 교사는 보이질 않더라는 것이었다. 자세히 보니 칠판 아래 교단에 낭만 선생이 큰 대자로 누워서 주무시더라는 거였다. 나와 낭만 선생과의 관계를 알고 하시는 하소연이었다. 나는 낭만 선생의 인품의 훌륭함을 강조하고 수업이 꼭 많이 가르친다고 좋은 것만은 아니라는 사실을 말씀드릴 수밖에 없었다.

전교조가 막 결성될 무렵 전국의 교사들이 여의도 광장에 모였다. 우리도 버스를 전세 내어 여의도로 갔다. 각 도의 교사들이 깃발을 들고 여의도 광장을 매웠다. 〈임을 위한 행진곡〉〈참교육의 함성으로〉를 떼창으로 부르며 분위기는 곧 참교육이 이루어질 것 같았다. 각 도의 대표가 앞에 나가 구호를 외쳤다. 아직도 독재의 서슬이 퍼럴 때였다. 우리 도에서는 비교적 연장자라는 이유로 낭만 선생이 대표로 나갔다. 마이크를 잡은 낭만 선생은 평소와는 다른 결연한 목소리로 구호를 외쳤다.

"전도깐, 이순자 구속하여 정의사회 구현하자!"

나는 오금이 저려왔다. 그런데 낭만 선생은 아무렇지 않게 구호를 외치는 것이었다. 전도깐은 물러났지만 그의 친구가 대통령이던 시절이었다. 전도깐 정권은 관공서마다 '정의사회 구현'이란 글자를 크게 써서 걸어놓고 뒤로는 간첩을 조작하고 비판적인 사람에게는 온갖 사찰과 고문을 행했다. 이런 상황에서 낭만 선생의 구호는 여의도 광장에서 외치기에는 수위가 다소 높은 것이었다. 속으로는 조마조마했지만 한편으로는 사이다 맛이었다. 과연 낭만 선생다운 호기로움이 있었다.

　낭만 선생은 원래 남도의 부잣집 아들이었다. 그래서 하고 싶은 것 마음대로 하면서 살아오신 분이다. 낭만 선생의 이력서에는 근무했던 학교 이름이 빼곡히 적혀 있다. 한 학교에 오래 있지를 못한다. 사표를 냈다가도 다시 이력서를 넣으면 금방 채용이 되었다. 명문학교를 나온 덕이 크다고 낭만 선생은 말씀하신다. 그렇게 술과 낭만의 세월을 보내는 동안 물려받은 시골의 논밭도 그 면적이 줄어들어 지금은 아무것도 남은 것이 없다. 봉급은 대부분 술값으로 나가니 아이들 교육비와 생활비가 없을 지경이었다. 늘 순종적이기만 하던 사모님도 이래서는 안 되겠다 싶어 돈을 벌기로 했다.

　자영업도 해보고 남의 돈을 빌려 부동산 투기도 해보고 주식 투자도 해보았지만 세상 물정 모르던 사모님이 잘될 턱이 없었다. 사모님으로서는 감당할 수 없는 빚을 지게 되었다. 급기야 낭만 선생이 사표를 내고 퇴직금으로 빚잔치를 한 다음 변방시에서 사라지고 말았다. 떠나실 때 작별의 술 한잔 나누지 못한 아쉬움이 아직도 남아 있다.

　그 후 많은 세월이 흘렀다. 그리고 바람결에 들리는 소문에 의하면 서울 어느 거리에서 난전에 물건 펴놓고 계시더라는 둥, 초라한 행색으로 지나는 걸 보았다는 둥 좋지 않은 소식들이었다. 시대가 바뀌어 교사 자리 구하기도 옛날 같지 않았을 것이다. 몹시 마음이

편하지 못했다. 선생을 보필하지 못한 나의 책임도 얼마간 있음을
부인할 수 없었다.

그렇게 마음 한편에는 늘 낭만 선생에 대한 생각이 떠나지 않았
지만 대책 없이 세월만 흘렀다. 더 많은 세월이 지난 어느 날 낭만
선생을 만났다는 사람의 전언을 들을 수 있었다. 음주 다음 날 아
침 해장국보다 시원한 소식이었다. 그 많던 선생의 아이들이 장성해
서 모두들 서울의 명문 대학을 졸업하고 모두가 선망하는 전문직인
'사' 자 들린 직업을 얻어 선생을 잘 모신다는 것이다. 선생의 어진
성품을 하늘이 결코 외면하지 않은 것이리라. 선생이시여, 만수무강
하시라.

건곡사 폐경 스님

고등학교를 졸업하자 친구들 모두 고향을 떠났다. 그러곤 돌아오지 않았다. 굽은 나무가 선산 지킨다는 말이 있다. 나는 굽은 나무였다. 학교를 마치고 다시 고향에 돌아와 아직도 고향에 살고 있다. 순수한 촌놈이다. 가끔 고향을 찾은 친구들은 인사말로 고향을 지켜줘서 고맙다고 하지만, 실은 고향에 왔을 때 만나서 고향 이야기를 나눌 친구가 있어서 다행이라는 뜻일 터이다. 맏아들이니 부모님 곁에 있는 것이 도리이기도 했지만 변변치 못해서 중뿔나게 출세하지 못한 것이 가장 큰 이유라 하겠다.

고등학교 졸업하고 한 번도 만난 적이 없던 친구가 경찰 간부가 되어 돌아왔다. 평소 우리 경찰에 대해 신뢰하지 못하던 터에 친구가 경찰이 되어 돌아온 것이다. 한편으로는 반갑고 한편으로는 하필 경찰이냐는 소회가 없지 않았다.

대개 경찰서 청사에는 '무엇을 도와드릴까요'라는 매우 친절한 문장이 붙어 있다. 그 글과는 달리 경찰서는 그리 친절한 곳이 못 된다는 느낌이었다. 운전을 하다 보면 낮이나 밤이나 불시에 어느 길목을 막고 검문하는 경찰과 만나게 될 때가 있다. 그럴 때마다 나는 재수 없다는 기분을 떨칠 수가 없었다. 바리케이드를 치고 지나는 차마다 음주 측정을 한다. 무조건 기계를 들이대며 불라고 강요한다. 이건 분명히 불심검문이다. 뿐만 아니라 이런 단속 행위는 모든 운전자를 잠재적 범죄자로 규정하는 것과 다르지 않다. 나는 시민의 의무를 다하면서 살려는 평범한 시민이다. 그런데 운전하다가 목을 창밖으로 길게 빼고 기계에 입을 대고 불어야 한다. 그래서 불쾌하고 그런 일을 당할 때마다 재수 없다는 생각을 지울 수 없었다. 음주운전을 방지하기 위해서는 굳이 이렇게 불심검문을 하지 않아도 가능하다는 생각이다. 음주운전으로 의심되는 차량은 이런 방법 말고도 얼마든지 가려낼 수 있다. 그들은 그런 수고로운 방법보다는 그들에게 손쉬운 불심검문이라는 방법을 택한다. 지금도 그렇다. 제대로 민주화되기 전에는 절대 바뀌지 않을 것 같은 예감이다.

딸을 태우고 역으로 가는 길이었다. 경찰이 길을 막고 음주 측정 기계를 내밀며 불라고 했다. 나는 술도 마시지 않았고 또 바쁘니 불지 않겠다고 했다. 젊은 경찰이 나의 차를 길가로 세우게 하더니 왜 안 불겠다는 거냐고 물었다. 나는 술을 먹지 않았다고 했다. 그래도 부십시오. 불어야 합니다. 막무가내였다. 이건 불심검문이니 미란다 원칙을 고지하라 했다.

"그건 살인 사건 때 하는 건데요."

이 친구는 미란다 원칙이 뭔지 모르는구나. 딸이 타야 할 차 시간이 임박해서 나는 확 불고 역으로 향했다. 미란다 원칙은 범죄자로 의심되는 시민을 불심검문할 때 변호사의 조력을 받을 권리와 묵비권을 행사할 수 있는 권리 등을 미리 고지하는 것이다. 미란다 원칙을 고지하지 않았을 때 경찰의 수사 기록은 증거로 채택되지 않는다. 이것이 내가 아는 미란다 원칙이다. 우리 경찰도 이것을 채택하고 있다. 그 젊은 경찰은 미란다 원칙의 취지나 적용에 대해 전혀 모르는 것 같았다.

나는 이 사건에 대한 나의 생각과 경찰의 불심검문에 대해 비판하는 글을 써서 지역 매체에 실었다. 제목이 '불어라 선비여!'였다. 이 고장이 내건 구호가 '선비의 고장'이기 때문이다. 이걸 본 서장이 노발대발해서 부하 직원에게 시켜서 지역의 다른 매체에 나의 글을 반박하는 글을 쓰게 했단다. 읽어보았다. 말도 되지 않는 횡설수설이었다. 나는 대꾸하지 않고 무시했다. 사실인지는 모르지만 경찰이 나의 꼬투리를 잡으려 한다는 소문이 간간이 들리기도 했다.

우리 경찰은 아직 일본 제국주의 시대 순사의 잔재가 온전히 가시지 않았다는 생각을 지울 수 없는 구석이 있다. 가령 합법적으로 집회 신고를 한 집회도 민주화와 관련된 집회는 평화적 집회를 해도 도로교통법을 적용해서 잡아간다. 공권력의 횡포다. 이 땅에서는 관제 데모를 제외한 어떤 시위도 그 앞에 '불법'이란 수식어가 붙는다. 형식적으로 우리는 일제로부터 해방되었지만 사실 우리는 아직도 해방되지 않았다. 그래서 경찰이 아니고 순사라는 표현이 더 적절하다는 생각이다.

경찰 간부가 되어 돌아온 친구에게서 연락이 왔다. 내가 아직 고향에 남아 있다는 걸 누구에게 들은 모양이었다. 연락이 와서 밥을 같이 먹었다. 사복을 입고 나온 그의 모습은 세월의 무상함을 그대로 말해주었다. 머리 꼭대기는 털이 거의 제거되어 스님에 방불했다. 나 또한 홍안 소년은 간곳없고 백발만 무성하였다. 내가 아는 나의 동기생 가운데는 나와 같은 성향을 가진 친구는 한 사람도 없다. 초, 중, 고, 대학 동기 모두 그러하다. 그들은 나를 종북이라 불렀다. 민주주의에 대한 이해는 나이와 매우 밀접한 관계가 있음이 분명하다. 행복은 성적순이 아니지만 민주화 정도는 나이순이다. 우리 또래의 대부분이 이른바 수구꼴통이라는 것이 그걸 말해준다.

딱히 할 말이 없어서 '불어라 선비여' 사건을 말해버리고 말았다. 경찰에 대한 나의 생각도 아울러 말하고 말았다. 그러자 그는 뜻밖에도 깜짝 놀랄 대사를 읊는 것이 아닌가.

"법이 법을 위해서 존재하는 것도 아니고, 경찰을 위해 존재하는 것도 아니지. 시민들 편하게 하기 위해 법이 필요하고 경찰이 필요한 거 아닌가?"

그러면서 그는 법 집행에도 유도리가 있어야 한다고 말했다. 평소 유도리라는 말이 수상해서 쓰지 않는 말인데 그가 유도리라고 하니까 유도리가 매우 훌륭한 말로 들렸다.

"유도리? 우리말 교사가 쓰기엔 거슬리지만 자네가 쓰니 좋게 들리는군. 아암, 유도리가 있어야지."

그는 순사 물이 완전히 빠진 민주경찰이었다. 우리는 금세 의기투합했다. 친구가 말했다.

157

"나는 순사, 자네는 교사니, 우리 사 자 돌림끼리 친하게 지내세."

경찰이 자기 자신을 순사라고 부르는 걸 처음 들었다. 가끔 시위 현장에서 경찰과 마찰이 있을 때 '넌 경찰이 아니고 순사야.' 이렇게 소리치면, 뭐? 순사? 우리는 순사가 아닙니다. 경찰입니다. 이러면서 몹시 격분하던 기억이 있다. 그런데 이 친구는 스스로를 순사라 하는 걸 보면 어떤 경지인지 알 만했다. 친구에 대한 나의 선입견은 그 말 한마디로 완전히 그릇된 것임이 밝혀졌다.

우리는 퇴근 후 대폿집에서 만나는 일이 잦아졌다. 내가 고향에서 교사로 일하는 동안 그는 직업의 특성상 여러 지역을 다니며 근무했다. 마침 절 가까운 파출소에 근무할 때 스님들을 자주 만난 일이 그의 경찰 생활에 많은 변화를 가져왔다고 했다. 쉬는 날이면 선방에서 스님들과 함께 참선도 하고, 경전 공부도 하고 달마도 그리기도 하며 마음 공부를 했다고 했다. 그래서인지 그의 말과 행동에는 거리낌이 없었다.

술을 좋아한다는 점도 그와의 만남이 잦은 이유 가운데 하나였다. 순사나 교사나 다른 사람의 모범이 되어야 하는 직종이기에 스스로를 억압하는 생활의 연속이었다. 자연 퇴근 후에 술을 마시는 횟수가 많다.

그날은 만나기로 약속은 했으나 전날의 과음으로 서로의 몸이 지친 상태였다. 각자 소주 한 병만 하고 끝내기로 했다. 내가 제안했다.

"우리 중에 더 마시자고 하는 자를 개라고 부르기로 하세."

"좋아. 그렇게 하세."

소주를 마시며 이야기를 하는 사이 어느덧 소주 두 병을 비웠다. 습관적으로 빈잔에 술을 따르려니 빈 병뿐이었다. 안주는 남아 있었다. 서로 눈치만 보며 앉아 있었다. 먼저 침묵을 깬 것은 그였다.

"멍멍!"

그가 작은 소리로 개 짖는 소리를 냈다. 우리는 개가 되어 주방을 향해 함께 외쳤다.

"아지매, 소주 한 병!"

어떻게 보면 그와 나는 사회적 관계에서 적대적 위치에 있다고 할 수 있다. 나는 전교조, 시민연대 등 사회단체 활동을 하는, 권력이 싫어하는 짓만 골라 하는 눈엣가시 같은 존재였다. 그는 민주세력을 억압해야 하는 자리에 있다. 우리 지역은 이른바 수꼴의 본산이었다. 좁은 도시에서 차마 대놓고 공격하지는 못하지만 내가 없는 자리에서 이른바 지역의 유지라는 인사들은 내 욕을 바가지로 한다는 것을 모르는 바 아니었다. 추운 겨울 대중 집회에서 내가 연설을 하거나 민중시를 낭송할 때 그는 사복 차림으로 뒷자리에서 지켜보기도 했다. 집회가 끝난 뒤 만나서 나는 물었다.

"집회 때 보이던데 나 잡으러 왔지?"

"아이다. 니는 교사고 박사니까 사 자가 두 개나 되는데."

멀리 있는 친척보다 이웃사촌이 낫다는 말이 빈말이 아니다. 그와 가까이 지내며 학창 시절 우정이 새로 돋는 풀잎과 같았다. 그가 제안했다. 이제 우리도 나이를 먹을 만큼 먹었으니 이름을 부르지 말고 호를 부르자고 제안했다. 자기 호는 '건곡'이라고 했다. 내가 말했다.

"건곡은 계곡이 말랐다는 뜻이니 차라리 폐경으로 하게."

"낄낄낄, 예끼 이사람! 나는 세울 건(建) 자 고을 곡(谷) 자일세."

"알고 있어. 그래도 난 폐경이 좋아. 얼마나 홀가분한가. 나는 폐경으로 부르겠네."

이후로 그는 폐경이 되었다. 어느 날 폐경은 주머니에서 종이 한 장을 꺼내더니 조심스레 내밀었다.

"내가 쓴 글인데 글이 될지 안 될지 한번 봐주게."

니가 알면 울매나 알고

니가 있으면 울매나 있노?

그리고 니가 높으면 또 울매나 높으노?

니 주머이에 돈 있으면 내 술 한 잔 받아주고

내 주머이에 돈 있으면 니 술 한잔 받아주께

빈손으로 왔다가 빈손으로 가는

초로 같은 우리 인생

서산에 해 넘어가면

이고 갈래? 지고 갈래?

어디서 많이 들어본 듯도 하고 처음 보는 것 같기도 하고 아리송했다. 온전한 창작이라고는 볼 수 없지만 공감할 수 있는 내용이고 짜임도 허술하지 않았다. 아마 선가에 전해지는 말들을 수습해서 나름대로 다듬은 듯했다. 나는 걸작이라고 칭찬을 아끼지 않았다. 그 뒤로 폐경은 술이 거나하면 이걸 낭송하는 것이 버릇이 되었다. 폐경은 어느 날 만나자마자 다짜고짜 이렇게 말했다.

"나, 어제 죽을 뻔했네."

사연인즉 이러했다. 경찰조직에서 가장 높다는 경찰청장이 방문했다. 저녁에 만찬 겸 술자리가 마련되었다. 지역 유지들과 함께 하는 자리였다. 이 지역의 특산물인 일등급 한우에다 폭탄주로 분위기가 무르익었다. 술이 취하자 경찰조직의 특색인 계급도 잠시 유보되었다. 청장이 그에게 노래를 청했다. 노래 대신 시를 읊겠다고 했다. 그리고 예의 '니가 있으면'을 읊었다. 한 손에 술잔을 들고 서서 근엄한 포즈를 취했다. '니가 알면' 할 때 변방대학 총장을 가리켰다. 순간 분위기가 싸늘해졌다. 내친김에 계속했다. '니가 있으면' 할 때는 회사 사장을 가리켰다. '니가 높으면' 할 때는 경찰청장을 가리켰다. 순간 청장 안색이 바뀌었다. 아차 싶었다. 그러나 엎질러진 물이었다. 그도 취했으므로 끝까지 읊었다. '서산에 해 넘어가면 이고 갈래? 지고 갈래?'로 끝나자 청장도 너털웃음을 웃으며 다시 분위기가 회복되었다.

폐경이 처음 이곳에 부임해 왔을 때 나의 부친께 굳이 인사를 가야 한다고 했다. 나는 아버지의 성격을 잘 알기에 가지 않는 것이 좋겠다고 했다. 그러나 친구 부친이 계시는 고을에 부임해 왔는데 인사를 하지 않는 것이 도리가 아니라 하며 순경 한 명을 대동하고 내 고향집에 계시는 아버지께 인사를 다녀왔다. 그 뒤에 만났을 때 잘 다녀왔느냐고 물었다.

"말도 말게. 죽는 줄 알았네."

이미 예상했던 대답이다. 아버지는 시골 마을에서 유일하게 한학을 공부하신 분이다. 공맹의 말씀을 금과옥조로 여기고 조석으로 외며 실천하려 하시는 이 시대의 보기 드문 분이시다. 게다가 눈치마저 없으셔서 당신이 좋으시면 남도 좋아하는 줄 아신다. 마을 사람들 가운데 아버지 말씀을 들어줄 사람은 아무도 없다. 모두 농사일에 바쁘기 때문이다. 그래서 학교에 좀 다녔음 직한 사람을 만나면 몇 시간이고 공맹 강의를 하신다. 아버지는 암기력까지 좋은 분이어서 『논어』의 원문을 미리 외시고 자상한 풀이를 하시며 얼마나 좋은 말씀이냐고 하시며 끝없는 강의를 하시는 분이다. 이 고을에 부임해 온 면장이나 지서장 친구들이 이미 모두 겪은 바이기에 그 결과는 불문가지다.

폐경은 담배와 술을 들고 아버지 계시는 내 고향 집을 방문했다. 아버지는 폐경과 대동한 순경을 사랑방에 들게 한 다음 예의 그 공맹 강의를 시작하셨다. 둘은 꿇어앉아서 서당 학생이 되는 수밖에 없었다. 처음은 좀처럼 들어보지 못한 말씀이라 의미를 새기며 들었다. 한 시간쯤 지나자 대동한 전경이 몸을 꼬며 견디기 힘들어했다. 그래도 폐경은 경찰 간부 체면에 몸을 꼴 수도 일어날 수가 없었다. 그날 폐경은 한 시간 넘게 아버지에게 고문을 당하고 죽는 줄 알았다고 했다. 폐경은 그래도 절간에서 설법을 듣던 공력이 있어 어느 정도 버틸 수 있었으나 같이 간 젊은 순경이 너무 안쓰러워 중도에 나가게 했다고 했다.

얼마 뒤 폐경은 정년퇴직을 했다. 그는 내 고향 마을 가까이 산밭을 마련하고 조그만 오두막을 지었다. 좁은 골짜기라 집 한 채와 밭 한 뙈기 있는 골짜기였다. 골짜기 전체가 폐경의 소유였다. 그의 작은 왕국이라 할 만했다. 작년에 사과와 자두를 처음으로 수확해서 팔았는데 농약 값과 비료 값에도 미치지 못하는 금액이었다고 했다. 그의 농사 목표는 본전이다. 친구가 찾아오면 하던 일을 멈추고 같이 논다. 나는 가끔 그의 집에 가서 막걸리 사발을 나누곤 했다.

마당에는 나무에 의지해 지은 작은 원두막이 있다. 그 곁에는 말봉이라는 개가 있다. 그 원두막에서 우리는 가끔 신선놀음을 했다. 나에게는 무릉도원과 같은 곳이다. 다 마신 막걸리 병은 어떻게 하느냐고 물었다.

"아무 데나 마구 버리게."

"담배꽁초는?"

"마구 버리게."

그는 무엇이든지 내 맘대로 마구 버리라 했다. '마구 버리다'라는 말 참 좋다. 폐경이 자기가 주우면 된다는 것이다. 아침에 일어나 운동 삼아 줍겠다고 했다. 대한민국 정부 수립 이후 내가 들은 말 가운데 가장 통쾌한 말이 '마구 버려라'였다. 우리는 막걸리를 마시며 허튼 소리를 하며 때로 말봉이에게 실없는 소리도 하며 방자하게 놀았다. 막걸리 병을 버릴 때 '에이, 시부럴'이라고 추임새를 넣기도 했다. 폐경이나 나나 자유로운 혼을 가졌지만 직장이라는 조직을 벗어나지 못하고 살아온 세월이 길었다. 잠시나마 자유를 넘어서 방자함을 누릴 수 있었다. 그 방자함 때문에 원두막 찾는 일이 잦았다.

폐경은 일이 있으면 일을 하고 없으면 방에 들어 달마도를 그린다. 폐경의 두상은 머리카락이 있는 부분보다 없는 부분의 면적이 넓다. 스님 같다. 나는 그의 오두막을 건곡사라 하고 그를 폐경 스님이라 명명하였다. 그도 과히 싫어하지는 않는 것 같았다. 어느 날 그의 오두막을 찾았다.

"폐경 스님 계시는가?"

그가 훤한 머리를 드러냈다. 오두막 마당가에 조잡한 돌탑이 하나 서 있었다. 집 주위에서 주운 돌을 새 개 포개놓았다. 탑의 꼭대기에는 막걸리 병이 위태롭게 세워져 있었다. 나는 그 탑을 건곡사 삼층석탑이라 명명했다. 건곡사에만 있는 독특한 양식의 건축물이다.

제3부

어디쯤 가고 있을까

명랑 쾌활한 봄날

오랜 세월 인사동에서 예술 편력을 하던 동여가 고향 마을에 내려왔다. 꽁지머리에 수염을 기른 풍모가 누가 봐도 영락없는 예술가다. 모자와 옷은 손수 바느질한 자국이 자연스럽고, 메고 다니는 가방도 두꺼운 천으로 손수 만든 것이다. 이른바 빈티지 패션이 어울리는 친구다. 그가 고향 집을 찾은 것은 해가 저물면 새가 둥지를 찾는 것처럼 자연스런 일이었는지도 모른다. 그리 많은 나이는 아니지만 천성이 느긋한 그로서는 바쁜 서울 생활에 어지간히 지치기도 했을 터이다.

그의 고향 집은 오래 비워둔 고가였다. 퇴락했으나 배산임수의 제법 규모를 갖춘 기와집이었다. 집의 규모로 미루어 생각건대 그의 어린 시절은 넉넉하고 유복했을 것이다. 우리 겨레 대개가 보릿고개를 어찌 넘을까 걱정하던 시절 한양에 유학을 보낼 형편이면 귀하게 자랐다고 짐작함이 적실할 것이다. 그는 교양을 갖춘 아내와 어린 아들과 함께 비어 있던 고가에 둥지를 틀고 도자기 가마를 지어 도

자기를 만들었다. 그의 도자기는 그만의 소박함과 천진난만함이 있었다.

우리 고장에서 처음으로 도자기 가마가 생기자 이른바 강호 뻐꾸기라 불리는 수염 기르고 모자 쓴 친구들이 동여의 집으로 모여들기 시작했다. 강호 뻐꾸기라 함은 문학이든 음악이든 미술이든 예술 언저리에 서성대며 일정한 수입 없이 간간이 벌어서 근근이 사는 우리 친구들의 총칭이다. 그의 도자기는 인근에 사는 뻐꾸기들 사이에 인기가 있었다. 도자기를 가까이한다는 것은 고상한 취미이기도 하고 스스로의 미적 안목을 높이는 일이기도 했을 것이다.

동여는 도공은 부지런하다는 통념을 깨는 사람이었다. 그는 주로 막사발을 만드는데 사발의 모양도 대충 만들고 표면의 그림도 단순하기 이를 데 없었다. 하여 그의 막사발은 천진함이 느껴지는 묘한 매력이 있었다. 동여의 도자기는 그의 게으름이 반영되어 오히려 그만의 미의 세계를 이룬 셈이다.

동여는 우리들의 기대를 배반하고 도자기 굽는 일보다 친구들과 어울려 노는 일에 관심이 더 많았다. 술 마시고 놀다가 생각나면 한 가마 굽는 식이다. 보다 못하여 사군자 그리는 금강이 도자기 굽는 화목으로 쓰라고 못 쓰게 된 철로 받침목을 한 트럭 구해서 동여에게 주었다. 얼마가 지난 뒤에 동여의 집에 가보니 도자기는 보이지 않고 나무들은 간곳이 없었다. 어디에 썼느냐고 물으니 방이 추워 군불 때는 데 다 썼다고 했다. 그리고 옆 건물이 거의 허물어지고 있었다. 산에 땔나무를 하러 가기 싫어 사용하지 않아 허물어져가는 집의 서까래와 기둥을 뜯어서 군불을 땠다는 것이다. 게으르기로는 둘째 가라면 서러워 할 위인이었다.

뒷산에 진달래 만발하고 따스한 바람이 부는 어느 찬란한 봄날 그의 마당에서 화전놀이가 벌어졌다. 수염 기르고 모자 쓴 경향 각지의 뻐꾸기들이 아침부터 모여들기 시작했다. 날씨는 알맞게 포근하고 햇살은 밝고 따스했다. 여자들은 뒷산의 진달래 꽃잎을 따서 화전을 부치고 우리는 마당에 불을 피우고 뒷산에서 꺾은 싸리나무 꼬챙이에 고기를 꿰어 왕소금을 뿌려 구웠다. 막걸리도 넉넉하게 준비했다.

잔치가 무르익을 무렵 음악 하는 후배 정운이 스님을 한 사람 데리고 왔다. 법명을 도호라 했다. 정운은 도호에게 나를 소개했다. 내가 시를 쓰는 사람이라 하니 도호는 바랑에서 자기가 쓴 시집이라며 시집을 한 권 꺼내 사인을 해서 주었다. 날씨도 좋고 술도 좋고 안주도 좋고 사람도 좋았다. 좋아서 한 잔 두 잔 마신 낮술이 도를 넘고 말았다. 도호도 술을 사양하지 않았다. 나는 취흥이 도도하면 개똥철학을 설하는 버릇이 있다. 취하면 말이 술술 풀리며 내 말에 내가 취하기도 했다. 도호도 나의 개똥철학이 싫지 않았는지 나를 자주 불렀다. 나보다 조금은 나이가 적음에도

"형님아!" 하기도 하고

"서각아!" 하기도 했다.

둘이서 말을 주고받다가 가까워지자 도호는 내 말이라면 무슨 말이라도 들을 기세였다. 이리 가라면 이리 가고 저리 가라면 저리 갔다. 나는 중과 친구가 되기는 처음이라 장난기가 발동했다.

"중아, 염불 한번 해봐라."

도호는 목청을 가다듬고 반야심경을 구성지게 염송했다. 목소리도 좋고 가락도 속기를 떠난 청아한 가락이었다. 나는 그의 노래가 듣고 싶었다.

"도호야, 노래도 한 마디 해봐라."

도호는 서슴지 않고 "어머님의 손을 자압고 돌아아설 때에 부엉새도 울었다오 나도 울었소." 하고 유행가를 염불하듯 불렀다. 이를 지켜보던 눈이 있었다. 음악 하는 정운이었다. 정운은 기타 치며 노래하는 것이 좋아 카페를 운영하며 손님이 많으면 스스로 무대에 올라 노래를 하는 친구였다. 정운은 평소 이렇게 고백한 적이 있다.

"형, 나, 나이가 나보다 많다고 아무에게 형이라고 하지 않아. 형한테만 형이라 해."

평소 정운과 나는 매우 가깝게 지냈다. 나중에 안 일이지만 정운은 도호 스님을 매우 존경하고 있었다. 도호는 비록 술은 마시지만 하안거나 동안거 때에는 반드시 선방에 들어가서 참선에 몰두하는 스님이라는 것이다. 안거가 끝나면 선방에서 여비를 넉넉하게 준다고 했다. 도호는 그 돈으로 택시를 타고 서울이든 부산이든 보고 싶었던 사람에게 찾아가서 몽땅 술을 마시거나 하는 용도로 하루 만에 다 써버린다고 했다. 돈을 모르는 참 스님이라는 것이다.

그런 도호를 내가 데리고 놀고 있으니 정운이 몹시 빈정이 상했던 것이다.

"서각이!"

평소 형이라 하더니 갑자기 노한 목소리로 이름을 불렀다. 단단히 화가 난 것이다.

"시바, 지금 뭐 하는 짓이야?"

내가 방어할 사이도 없이 정운의 주먹이 내게로 날아왔다. 나는 반사적으로 정운을 공격했다. 나는 영문도 모르고 정운과 싸웠다. 마당에서 격투가 벌어진 것이다. 모든 뻐꾸기들이 관중이 되고 우리는 격투기 선수가 되었다. 정운은 싸움을 해본 적이 있는지 없는지 몰라도 나는 싸움이나 운동을 거의 해본 적이 없었다. 운동을 했다면 교직원노동조합 운동에서 구호를 외치며 팔을 들어본 적은 있다. 그러니 말이 싸움이지 그 동작들이 매우 희극적이었을 것이다. 구경 가운데 불구경과 싸움 구경이 좋다고 하는데 바보들의 싸움은 더욱 장관이었을 것이다. 이 이벤트를 지켜보는 관객의 반응도 가지가지였다. 말리는 사람, 말리는 척하는 사람, 재미있게 보는 사람, 놀라서 멍해진 사람 등 가지가지였다. 착하디착한 동여는 온몸을 벌벌 떨며 외쳤다.

"아이구, 큰일 났네. 이 마을이 생긴 이래로 이런 일이 없었는데…… 아이구 큰일 났네."

싸우면서도 동여의 목소리가 들렸다. 도호는 두 손으로 합장을 하고 연신 관세음보살을 찾았다.

"나무관세음보살, 나무관세음보살……."

나는 정운과 격투기를 하면서도 동여와 도호의 소리를 들으며 내심 웃음을 참을 수 없었다. 술판에서의 싸움은 덜 취한 자가 이기기 마련이다. 게다가 정운은 유명한 아무개 작가와 다정하게 대마초를 나누어 피우다가 잡혀 들어갔다 나온 후였다. 거기다 술이 취했으니 기운이 없었다. 내가 정운을 마당가의 연못에 밀어 넣음으로써 싸움은 끝이 났다. 스스로 돌아보니 꼴이 말이 아니었다. 그때 학교의 선생을 하고 있을 때라 쪽팔려서 몸 둘 곳이 없었다. 후배의 차를 타고 도망하듯 자리를 떠났다.

이튿날 잠에서 깨니 몸과 마음이 말이 아니었다. 머릿속에는 실타래가 엉킨 것 같고 모래가 서걱거리는 것 같았다. 김상배 시인이 쓴 「낮술」이라는 제목의 시가 생각났다.

이러면
안 되는데

이것이 그 시의 전문이다. 신문에 시를 소개하는 연재물을 쓴 적이 있다. 시는 짧은데 해설은 몇 배 길게 썼던 기억이 난다. 낮술이 위험하다는 걸 알면서도 낮술의 마법에서 벗어나지 못한 자신에 대한 자책이 밀려왔다. 이튿날 잠에서 깨어 정운에게 전화를 걸었다. 정운은 잠에서 덜 깬 목소리로 전화를 받았다.

"정운아, 내가 미안하다."

"형, 제가 잘못했어요."

생각하면 그때는 젊었었다. 정운은 이미 이 세상 사람이 아니다. 해마다 진달래는 피고 지고 뒷산 뻐꾸기는 유정하게 울지만 이제는 다시 돌아갈 수 없는 참으로 명랑 쾌활한 봄날이었다.

조껄떡전

그를 처음 만난 것은 강호 뻐꾸기들이 자주 가는 저렴한 대폿집에서였다. 지인의 지인이 다시 지인이 되고 친구의 친구가 다시 친구가 되는 것이 사람 사는 세상의 일이다. 친구를 만나러 대폿집에 갔다가 친구의 친구인 그의 일행과 조우하게 되었다. 그날 그 대폿집에는 나의 친구가 반쯤 되고 친구의 친구가 반쯤 되었다. 그러니까 처음 만나는 사람이 반쯤 된다는 이야기다. 그중 나이가 가장 많이 들어 보이는 중년의 사내와 인사를 나누었다.

"첨 뵙겠습니다. 쥐뿔이라 합니다."

"저는 조껄떡이라 합니다."

"이름이 예사롭지 않습니다."

"예, 제가 좀 껄떡거리는 편입니다."

"그러시군요. 저는 쥐뿔도 없는 놈이라고 쥐뿔입니다."

그는 빨간 잇몸을 드러내며 낄낄 웃었다.

이런 인사의 광경을 지켜본 사람들은 입가에 잔잔한 웃음을 묻혀 우리를 바라보고 있었다. 물건들이 만났군, 하는 표정이다.

나는 이런 부류의 사람들과의 만남이 반듯한 생활인들과의 만남보다 많은 편이라서 이름이 조껄덕이라는 소개에 그다지 놀라지는 않았다. 직장인들과 만남에서 이루어지는 대화는 대개 직장생활에서 일어난 잡다한 인간관계와 승진에 대한 것이고, 사업을 하는 사람들과의 만남은 돈 버는 이야기가 대부분이다. 그런 이야기는 사실 사람살이를 더 피폐하게 할 수 있다는 것이 나의 생각이다.

글쟁이들 모임에 간 적이 있다. 시에 대해서 한창 토론이 무르익을 무렵이었다. 묵묵히 술잔을 기울이던 한 시인이 불쑥 끼어들었다.

"우리, 술자리에서는 일 얘기 하지 맙시다."

혼자 있어도 늘 시 생각인데 술 마시면서까지 시 이야기하지 말자는 그의 발언에 모두 공감하며 웃은 적이 있다.

나는 조껄떡에 대해 흥미를 갖기 시작했다. 10여 명이 넘는 사람이 술상을 가운데로 하고 둘러앉아서 술판을 벌였다. 아는 사람과 처음 만난 사람이 뒤섞여 있었지만 다들 오랜 친구 같은 분위기였다. 모두들 그림을 그리거나 사진을 찍거나 도자기를 빚거나 음악을 하거나 나름대로 끼를 지닌 사람들이었고 서로의 개성을 인정할 줄 아는 사람들이었기에 마치 오래 만난 사이처럼 스스럼이 없었다.

조껄떡은 좌중에서 미모가 비교적 두드러지는 한 여성에게 눈길을 떼지 못했다. 그의 눈은 초승달처럼 웃음을 머금고 있었으며 입가에도 미소가 번지고 있었다. 이게 물건은 물건이구나. 나는 비로소 그의 이름이 왜 조껄떡인지 느낌이 왔다. 껄떡의 시선을 의식한 여성이 껄떡에게 한마디 했다.

"제 얼굴에 뭐가 묻었나요?"

껄떡이 그제야 환하게 웃으며 그녀에게 말했다.

"제가 오늘 밤 그대를 생각하며 용두질을 해도 될까요?"

그녀는 미투!라고 하는 대신 이렇게 받았다.

"네에. 당신 좋으실 대로 하세요."

좌중은 웃음바다가 되었고 껄떡도 흡족하게 입을 벌려 아이처럼 웃었다. 비로소 조껄떡이 왜 껄떡인지 확인되는 순간이었다. 그는 그냥 껄떡대기만 할 뿐 실속은 별로 없어 보였다. 그와 이야기를 나누며 그의 껄떡댐이 오히려 순수하다는 느낌마저 들었다. 후로 그와 가까워져서 그에 대한 수많은 껄떡댐의 이력을 듣게 되었다.

그는 가난한 화가였다. 그것도 여자의 몸만 그리는 누드화가였다. 여자의 벗은 몸을 그린 그림을 전시해놓으니 그걸 사서 자기 집에 걸어둘 사람이 거의 없었다. 그래서 늘 가난할 수밖에 없었다. 그래도 그는 중년이 넘도록 벗은 여자만 그렸다. 여자를 사랑하는 그의 열정이 대개 이러하였다.

그는 어떤 여자든 여자만 보면 껄떡거렸다. 미인이든 아니든 심지어 할머니까지 다만 여자라는 이유로 숭배하고 좋아하고 껄떡거렸다. 그의 껄떡거림은 브레이크 고장 난 자동차처럼 도무지 멈출 줄을 몰랐다. 그의 수입은 보잘것없지만 그의 아내가 직장에 나가서 근근이 생활은 할 수 있었다. 그런 그의 아내는 불만이 많을 것 같지만 그렇지만은 않은 눈치였다. 그는 그의 아내도 여성이기에 숭배해

마지않기 때문이리라. 물론 그의 아내는 그가 뭇 여성에 대해 껄떡 거리는 것을 알지 못했다. 자기만을 사랑하는 줄 굳게 믿었다.

여자를 마음껏 그리고 싶지만 모델을 구할 돈이 없었다. 깊은 밤 전전반측하며 궁리를 한 끝에 드디어 그는 묘한 생각을 했다. 마침 아내는 깊이 잠들어 있었다. 그는 양심의 가책을 무릅쓰고 그의 아 내의 가방을 뒤져 몰래 신용카드를 꺼냈다. 카드를 들고 그는 성매 매 업소를 찾았다. 주인을 만나 그곳에 며칠 묵을 방을 정하고 꽃값 을 포함한 대금을 카드로 미리 지불했다. 다시 집으로 돌아와 카드 를 손상 없이 아내의 가방에 넣었다. 사마천이 살아 있다면 그는 꽃 값을 아내의 카드로 결제한 최초의 남자로 기록되었을 것이다.

이튿날부터 그는 신바람이 났다. 그가 숭배하는 여성들을, 그것 도 많은 수효의 여성들을 마음껏 볼 수도 있고 그릴 수도 있으니 그 보다 좋은 일은 없었다. 그의 태도가 너무나 공손하고 어질어서 착 한 여자들은 그에게 대가를 받지 않고 몸을 허락하기도 했다. 꿈과 같은 며칠이 흘러갔다. 그러나 계약 기간이 끝나고 좁은 방에서 그 린 그림을 들고 집으로 돌아온 그의 몰골은 피골이 상접하여 거의 반쪽이 되었다. 그는 며칠을 죽음과 같이 깊은 잠에 빠졌다.

그의 아내가 온갖 보양식으로 구완하여 그는 며칠 만에 사람의 몰골을 되찾을 수 있었다. 몸과 마음이 수습되자 그는 전화를 걸어 나와 여행을 할 것을 제안했다. 서해안의 해 지는 풍경을 보러 가자 는 것이었다. 해 지는 풍경이란 말에 마음이 끌려 나는 그와 여행을 떠나기로 했다. 버스를 타기도 하고 기차를 타기도 하며 우리는 느긋한 여행을 즐겼다. 낮에는 이것저것 보러 다니고 저녁에는 허름한 대폿집에 들러 취하고 취하면 허름한 여관방에서 잠을 잤다.

사내치고 여자를 좋아하지 않는 사내는 아마 내시 빼고는 거의 없을 것이다. 나도 수컷이기에 나름대로 멋을 내는 편이다. 암탉보다 수탉이 꼬리와 볏이 화려한 것과 마찬가지다. 그렇다고 화려하게 꾸미는 것은 아니다. 그럴 형편도 되지 못한다. 그냥 머리를 조금 길게 기르고 얼굴에 약간 우수를 띤다. 행동은 예의 바르고 목소리는 중저음의 울림소리를 낸다. 대개 여자들은 그런 남자에게 호감을 가진다는 것을 알기 때문이다. 그러나 나와 조껄떡은 다른 점이 많다. 나는 여자를 좋아하지만 속으로만 그러고 만다. 복잡한 인간관계 맺기를 싫어하기 때문이었다. 다만 여자들로부터 호감을 사는 것만으로 끝이다. 그것이 세상 살기에 편한 면이 있어서다. 그러나 조껄떡은 적극적으로 껄떡거리고 여자를 취하기도 한다. 여자에 대하여 그와 나의 공통분모가 있다면 그것은 둘 다 실속이 별로 없다는 것이다.

그는 용두질의 귀재이기도 하고 또한 용두질 예찬론자다. 아무리 마음에 드는 여성을 만나도 그녀가 허락하지 않으면 깨끗이 돌아선다. 세상에서 가장 숭배하는 여성에게 그녀가 싫어하는 일을 할 수 없다는 것이다. 껄떡거리다가 뜻을 이루지 못하면 용두질을 택하는 수밖에 없다. 그는 그걸 비루하다 여기지 않고 거룩하다 여긴다. 그가 용두질을 할 때 놓친 열차에 탄 여자를 상상한다. 그리하리라고 그녀는 꿈에도 알지 못할 것이니 그녀에게 조금의 불편함도 끼치지 않는다는 것이 그의 지론이다. 타인에게 조금의 불편함을 주지 않고도 스스로는 뜻한 바를 이룰 수 있으니 거룩한 일임에 틀림없다는 것이다.

그의 고백에 의하면 한번은 용두질 때문에 죽을 뻔한 적이 있다
는 것이다. 여자에게 껄떡거리다가 거절을 당하고 차를 몰고 돌아오
는 길이었다. 한 손에 핸들을 잡고 한 손으로는 지퍼를 열고 거사를
행하기 시작했다. 물론 그 상대는 놓친 여자였다. 한참을 그러고 가
는데 거사가 거의 마무리될 즈음 갑자기 커브 길이 나타났다. 차는
언덕을 스치면서 멈추었다. 만약 그곳에 낭떠러지가 있었다면 그는
생명을 보존하지 못했을 것이다. 놀란 가슴을 진정하고 우선 보는
사람이 있나 없나 좌우를 살폈다. 보는 사람이 없음을 확인하고 사
태를 수습했다. 그의 껄떡거림의 역정에 있어서 다시는 떠올리기 싫
은 끔찍한 사건이었다.

여행을 하다가 가끔 허름한 주막에서 주모와 우리 둘과 셋이서
주안상을 놓고 술을 마실 때가 있다. 그런 자리에서는 껄떡은 어김
없이 주모에게 껄떡대기 마련이다. 그러나 주모의 호감은 그에게로
가지 않기 일쑤다. 그도 그럴 것이 그에게는 도무지 멋을 부린다는
개념이 없다. 그러니 늘 껄떡거리다가 말 뿐이다. 숙소에 돌아와 껄
떡은 진지한 표정으로 내게 충고를 했다. 다짜고짜 내게 이렇게 말
했다.

"넌 나쁜 놈이야!"

"응?"

"몰라서 물어?"

"모르겠는데. 갑자기 무슨 일이야?"

그는 내가 나쁜 이유를 조근조근 설명했다. 자기는 나를 도무지

이해할 수 없다는 것이다. 세상의 모든 여자는 외로운 거야. 음양의 이치가 그래. 여자가 남자를 원하는데 그걸 외면하는 것은 죄악이야. 사람이 살아가는 이유는 행복하기 위한 것이야. 여자와 남자가 만나는 것보다 더 행복한 일은 없어. 남자는 적극적이어서 원하는 여자에게 쉽게 다가가지만 여자는 그렇지 못해. 그런 가엾은 여성을 그냥 버려둔다는 것은 남자로서 죄를 짓는 일이야. 그래서 너는 아주 나쁜 놈이야. 착한 여자의 마음을 몰라주는 놈들은 모두 사형을 시켜야 해. 나는 그의 말이 너무 진지해서 키득키득 웃음이 나왔지만 소리 내어 웃을 수 없었다. 반론을 제기하면 불상사가 일어날 기세였기 때문이다.

나는 쉬이 잠이 오지 않았다. 불같이 화를 내다가 이내 잠든 조껄떡을 물끄러미 바라보았다. 그의 얼굴은 지극히 평온하고 평화롭기까지 했다. 그는 가식이 없는 사람이라는 생각이다. 옷을 입고 있지만 옷을 벗은 것이나 다름이 없는 사람이다. 언젠가 언어 가운데 가장 순수한 언어는 감탄사라는 생각을 한 적이 있다. 감탄사에는 복잡한 문법이 없다. 가식도 없고 기교도 없다. 남을 기만하는 사기꾼의 말은 기교적이며 화려하다. 감탄사에는 기교나 가식이 끼어들 틈이 없다. 나는 속으로 중얼거렸다. 여기 감탄사 하나가 객사의 방바닥에 떨어져 있구나.

아침에 일어나 콩나물 해장국 한 그릇씩 먹고 우리는 다시 길을 떠났다. 일정한 행선지가 있는 것도 아니었다. 가다가 이정표가 보이면 이정표가 가리키는 곳으로 가고 없으면 다시 아무 차나 먼저 만나는 차를 타고 길을 떠났다. 차가 없는 곳에서는 몇 시간을 걷기도 했다. 다시 날이 저물어 우리는 허름한 주막에 들었다.

미모라고는 찾아볼 길이 없는 중년의 여인이 주안상을 보아 왔다. 입성도 깨끗한 편은 아니었다. 그러나 행동만은 충청도 사람답게 의젓하고 예의가 발랐다. 술을 몇 잔씩 마시자 껄떡의 눈빛이 얇은 눈꺼풀 사이로 빛났다.

그리고 여인을 향해 껄떡거리기 시작했다. 모두 술이 어지간히 취했다. 나는 그의 자유로운 껄떡거림을 위해서 자리를 피하기로 했다. 술을 이길 수 없으니 옆방에 눕겠다고 하고 옆방으로 갔다. 밖에는 눈이 내리기 시작해서 마당에 이미 하얗게 쌓이기 시작했다. 눈이 내리듯이 잠이 쏟아졌다. 비몽사몽간에 벽 사이로 두 사람의 말소리가 들렸다 끊겼다 했다. 껄떡의 간절한 목소리가 간간이 들렸다. 여인은 예의 바르게 말했다.

"정 달라고 허시면 드리기는 허겠는디요."

드디어 여인이 굴복한 것 같았다.

"혹여 욕이나 안 허실지 모르겠네유."

술에 취한 나는 잠의 나락으로 서서히 빠져들어 갔다. 잠결에 언젠가 본 껄떡의 그림이 푸른 빛 사이로 나타났다. 샤갈풍의 그림인데 옷을 벗은 남자와 여자가 푸른 안개를 타고 하늘을 날아오르는 그림이었다. 지금쯤 조껄덕은 흰 눈을 타고 하늘로 오르고 있을 것이다.

더 바보

시골 고등학교는 늘 학생이 부족하기 마련이다. 대도시는 평준화가 되어 이른바 뺑뺑이라 불리는 추첨을 통해 학군별로 배정되기 때문에 학생 부족에 대한 걱정이 없다. 변방은 사정이 그렇지 못하여 시험을 통해 고등학교에 입학한다. 병설 중학교를 두지 못한 고등학교는 늘 학생이 부족한 편이다. 사정이 그러하므로 수학 능력이 부족해도 고등학교 입학이 가능하다.

계필이는 2프로 부족한 학생이었다. 수업에 들어가서 아이들과 인사를 나누고 수업을 시작하려는데 계필이가 책상에 머리를 대고 엎드려 있었다. 어디 아픈가 보다 하고 물었으나 계필이는 고개를 들지 않았다. 대신 아이들이 그 연유를 말해주었다. 창식이하고 다투었다는 것이다. 그래서 창식이에게 맞았다는 것이다. 창식이도 얼마쯤 부족한 아이였다.

"계필아, 바보 같은 애한테 맞고 그러니?"

순간 계필이는 머리를 들고 똑똑히 말했다.

"나는 더 바본데요?"

순간 교실이 웃음바다가 되었다. 그때부터 계필이는 그 이름 대신에 더 바보로 불리었다. 그 계필이가 고등학생인데도 한글을 온전히 알지 못했다. 공부를 잘하는 아이들은 자기 공부를 스스로 한다. 사실 공부는 어느 학교를 졸업했는가에 따라 성취가 결정되는 것이 아니라 그가 공부에 대한 열정을 가지고 얼마나 열심히 하는가에 따라 성취도가 갈린다. 잘하는 학생은 그냥 두어도 잘하게 마련이다. 계필이까지 합격하는 학교니까 아주 바닥인 학생만 다니는 학교 같지만 얼마 전 매스컴에 가장 이름이 빈번히 오르내리던, 소년등과 하여 이른바 엘리트 코스를 달리던 사람도 알고 보면 계필이와 고등학교 동문이다.

교사는 성적이 좋은 학생보다 그렇지 못한 학생에게 더 관심이 간다. 계필이는 저대로 두면 고등학교를 졸업해도 한글을 모르는 사람이 될 것 같았다. 그래서 나는 국어교사가 된 죄로 계필이의 한글 수업을 하기로 했다. 사실 인문계 고등학교에서 시간을 내기란 여간 어려운 일이 아니었다. 평균 수업 시수가 일주일에 25시간가량 되고 방과 후 보충수업과 우수한 학생을 대상으로 하는 특강을 합하면 그것만으로도 파김치가 될 지경이었다. 우리나라 고등학교는 그때도 그랬지만 지금도 대학입시학원과 다름이 없다. 많은 시간을 투자하여 열심히 수업하면 좋은 성적을 거둔다는 이상한 교육풍토가 지속되고 있다.

그래도 빈 시간이면 계필이와 마주 앉아 한글 수업을 했다. 목표는 졸업할 때까지 한글을 알게 하는 것이었다. 시간이 없을 때는 계필이 집으로 편지를 쓰고 계필이로 하여금 그 편지에 대한 답을 나에게 하게 하였다. 그래서 우표를 한 묶음 사주기도 했다. 가령 "오늘은 저녁 밥상엔 무엇이 있었나요?"라고 물으면 밥상 위에 있던 것들의 이름을 써 보내게 하였다. 이런 식으로 편지를 주고받기도 하고 때로 만나서 함께 책을 읽기도 하며 한글 수업을 했다. 우리의 만남은 다른 학생에 비해 빈번할 수밖에 없었다.

고등학생 가운데는 흔히 불량 학생이라 불리는 이들이 있게 마련이다. 또래들과 어울려 다니면서 몰래 술을 마신다거나 담배를 피우기도 한다. 학교에서 금하는 일을 몰래 저지르고 그것을 친구들에게 자랑하기도 한다. 학생사회도 군대문화가 들어와서 군대의 축소판 같다. 한 학년만 높아도 높임말을 써야 하고 상급생에 절대적으로 복종해야 한다.

계필이도 학년이 올라가서 상급생이 되었다. 계필이 친구들은 걸핏하면 선생님 눈을 피해 하급생들을 불러다가 트집을 잡아 벌을 주기도 하고 때리기도 했다. 그런데 하급생을 때릴 때 아이들은 그 악역을 계필이에게 맡기곤 했다. 사실 계필이 혼자 있을 때는 하급생들도 계필이를 상급생으로 대하지 않는다. 그러나 계필이 친구들이 계필이를 호위하는 가운데는 계필이의 명을 따르지 않을 수 없다. 그리하여 하급생들이 계필이에게 당한 수효가 이루 셀 수 없는 지경에 이르렀다.

아이들에게도 '우리가 남이가'라는 정서는 예외가 아니었다. 이 변방 사람들은 한 가지 공통점만 있으면 동류의식을 바탕으로 뭉치기를 잘했다. 정치적으로는 영남 출신의 정치인에게 무조건의 지지를 보내는 경향이 있었다. 또한 선거 때마다 이 지역에서는 수구 주류 정당에 속하는 사람이면 나무토막을 공천해도 당선된다는 말이 진리처럼 떠다니곤 했다.

귀농한 사람이 정착하지 못하는 이유도 그런 동류의식 때문이다. 도시에 살다가 마을에서 가장 좋은 집을 짓고 낮에 개를 데리고 마을 길을 다니는 풍경은 마을 사람들의 삶과는 다른 모습이다. 자기들은 아침 일찍부터 들에 나가 뙤약볕에서 일하는데 개를 데리고 마을 길을 산책한다는 것은 사람들의 부아를 돋우는 일이다. 그렇게 되면 그들은 이미 '우리가 남이가'에서 제외된다. 마을 사람들과 같지 않기 때문이다. 그렇게 되면 마을에 살 수가 없게 된다. 집을 팔려고 해도 살 사람이 없다. 큰돈을 들여 지은 집이 폐가가 되기 일쑤다.

계필이 동급생들도 계필이가 조금 부족하지만 동기라는 이유로 또래집단의 일원으로 받아들였다. 계필이로 하여금 하급생들에게 벌을 주게 하는 것도 계필이의 기를 살리기 위한 일이기도 했다. 계필이는 조금 부족하기는 해도 착한 아이였다. 그래서 계필이가 하급생들로부터 무시당하는 것을 동기들은 차마 볼 수 없기 때문이기도 하다. 계필이가 남이 아니기 때문이다.

졸업의 날이 가까워오지만 계필이는 아직도 한글을 온전히 익히지 못했다. 그렇다고 성과가 전혀 없는 것은 아니었다. 글씨가 조금 틀리기는 해도 편지로 대강의 의사소통은 할 수 있게 되었다. 가령 편지를 쓰기가 성가시니까 내게 전화를 하려고 나의 전화번호를 물었는데 전화번호를 '전호번호'라고 적는 것이다. 틀린 글자지만 글씨체는 예쁜 편이었다. 또박또박 천천히 쓰기 때문이기도 하겠지만 그의 성정이 유순하기 때문이기도 하다. 나는 계필이로부터 편지 받는 즐거움이 사라질까 봐 계필이가 졸업을 하면 어쩌나 하는 생각을 하기도 했다.

교정에서 우연히 계필이를 만나면 반갑게 인사를 한다.

"요즘 잘 지내니?"

"아니요."

"왜? 무슨 일 있어?"

"물가가 올라서요. 과자도 잘 못 사 먹어요."

앞의 말은 어른들의 말이나 뒤의 것은 어린이의 말이다. 그는 얼굴도 고등학생의 얼굴이 아니라 어린이 티가 아직 남아 있다. 지능도 정서도 그는 아직 청소년이라기보다 어린이에 가깝다. 우여곡절 끝에 드디어 계필이도 졸업을 하게 되었다.

고등학교 졸업식은 경건한 졸업식이 아니라 해방의 날이라 할 만하다. 3년 동안 학업에 시달리고 엄격한 교칙에 시달리던 아이들이 드디어 해방의 기쁨을 누리는 날이다. 식이 끝나자마자 아이들은 사진을 찍고 밀가루를 서로에게 뿌리고 계란 세례를 퍼붓기도 한다. 교복을 찢고 벗어던지기도 한다. 한마디로 난장판을 이루는 것이다. 한창 지적으로 정서적으로 급격한 성장을 하는 시기에 엄격한 학교생활에 시달리던 아이들의 처지를 이해할 만하기도 했다. 입시 위주의 우리 교육의 병폐가 드러나는 지점이 졸업식 날이다. 그걸 인식하지 못하는 어른들은 혀를 끌끌 차며 말세라고 했다. 교사들의 인식도 크게 다르지 않았다. 그런 일이 일어나지 않게 하려는 단속에만 집중했다.

졸업식이 끝나고 기념사진을 찍자는 아이들과 사진을 찍고 교무실에 들어왔을 때 급하게 찾아온 아이가 있었다.

"계필이 코피 나요!"

계필이가 교문에서 다쳐서 울고 있다는 것이다. 교문에 가보니 코에 피가 나는 계필이가 아앙~ 초등학생처럼 소리를 내며 울고 있었다. 체구는 고등학생이지만 우는 소리나 표정은 영락없는 초등학생이었다. 보건실에서 우선 응급처치를 하고 그 연유를 물었다. 교문으로 들어오는 길은 오르막으로 경사진 길이었다. 나갈 때는 반대로 내리막이었다. 졸업식이 끝나고 계필이가 막 교문을 향해 내려가는데 누군가가 계필이 발을 걸어 계필이는 앞으로 꼬꾸라졌다는 것이다. 아마 그간 계필이에게 당한 하급생들이 그렇게 한 모양이다. 계필이는 영문도 모른 채 땅에 얼굴을 박고 코가 깨지고 말았다.

파란만장한 계필이의 고등학교 과정도 그렇게 끝이 났다. 나는 계필이가 사회인의 한 사람으로 사회에 적응하기를 마음으로 빌 따름이었다. 대개 졸업생들은 졸업하면 학교나 선생님과는 멀어지게 마련이다. 그 지긋지긋한 3년이 떠올리기 싫어서일 것이다. 가끔 명문대학에 진학하거나 고시에 합격한 졸업생은 금의환향의 기분으로 모교를 방문하기도 한다. 그런 경우는 아니었지만 졸업 후에도 계필이는 여느 졸업생과 달리 전에 가르쳐준 나의 전화번호로 가끔 전화를 걸어왔다.

"계필아, 무료한 나에게 안부를 물어주니 고맙다."

"뭘요. 마땅히 선생님께 전화는 드려야지요."

계필이는 당분간 시골 부모님 곁에서 부모님 농사일을 거들면서 지내는 것 같았다. 그 후에도 잊을 만하면 계필이는 안부 전화를 하곤 했다. 주로 계필이에게 일어났던 자질구레한 일상사를 내가 묻고 계필이가 대답하는 식의 통화였다. 어떤 때는 황당한 얘기도 했다.

"별일 없니?"

"한 가지 걱정이 있어요."

"뭔데?"

"간첩이 3백 명이나 내려왔다는데 왜 안 잡는지 몰라요."

"누구한테 들었니?"

"마을 어른들 하는 얘기 들었어요. 저도 알 건 압니다."

아마 어느 수꼴이 가짜 뉴스를 만든 걸 들은 모양이다. 뉴스와 가짜 뉴스를 구별하지 못하는 순진함을 지녔으니 앞으로 그가 살아갈 앞날을 걱정하지 않을 수 없었다. 계필이는 통화를 하다가 고교 시절에 배운 적이 있는 다른 선생님의 전화를 묻기도 했다. 그가 묻는 선생님들은 한결같이 온화한 성품을 지닌 분들이었다. 졸업하고 집에 있으니 그나마 그와 잠시라도 말벗이 되어준 사람들이 그리웠으리라. 한동안 계필이의 전화는 오지 않았다. 그리고 일 년이 훌쩍 지난 어느 날 전화가 걸려왔다.

약속한 기차역 앞 다방에 나가니 군복을 입은 계필이가 앉아 있

었다. 반갑고 놀라웠다. 계필이가 군대에 가다니 기적 같은 일이 일
어난 것이다. 군대라는 곳이 얼마나 견디기 어려운 곳인 줄 아는지
라 계필이가 군인이 되었다는 사실이 믿어지지 않았다. 요즘 군대가
이렇게 민주화되었는가? 계필이는 내 앞에서 담배를 꺼내더니 뻐끔
뻐끔 피우며 연기를 내뿜었다. 물가가 올라 과자를 못 사 먹어 걱정
이라던 계필이의 기호품이 과자에서 담배로 바뀐 것이다. 우리 사회
에서 담배는 어른 앞에서는 금기사항이었다. 그런데 그걸 모르는 걸
보니 역시 계필이는 순진한 아이에서 더 나아가지 않았는가 보다 하
였다.

"너 군에서 많이 맞았지?"

"예."

"지금도 맞니?"

"이제는 안 맞아요."

"너, 고문관이지?"

"예."

몸을 살펴보니 상한 곳은 없는 것 같았다. 군에서 고문관이라는
말은 반어법으로 쓰인다. 고문관은 지휘관을 자문하는 높은 지위의
인물이다. 병사들 사이에서 고문관은 그 뜻이 다르다. 아무리 해도
군대 생활에 적응이 되지 않아서 열외로 취급하여 아무 일도 시키지
않는 병사를 가리키는 말이다. 군에서 고문관은 바보의 다른 이름이
다. 계필이는 이제 힘든 일은 하지 않아도 되니 어려운 고비는 넘긴
셈이다.

군대를 제대하고도 계필이는 가끔 전화를 걸어왔다. 제대 이후의

우리들의 화제는 직장 문제와 결혼 문제였다. 부모님과 한 집에 살면서 가까운 농공단지에서 일한다고 했다. 계필이도 서른이 가까워졌으니 짝이 있어야 할 것 같아서 물었다.

"좋아하는 지지바가 있기는 있어요."

"마음에 드니?"

"예."

'있기는'이라는 말에서 안심할 수 없는 구석이 있었지만, 착하면 복을 받는다는 말을 믿고 싶어서 계필이가 그녀와 잘 되기를 빌고 빌었다. 이후로 계필의 전화는 오지 않았다. 아마 결혼을 해서 별 걱정이 없으니 전화를 하지 않을 거라 굳이 믿는다. 그리고 조금 부족한 사람일지라도 차별받지 않는 사회가 되기를 간절히 빌 뿐이었다.

흰 장갑

상로 형이 대소 형 과수원으로 오라고 해서 퇴근 후 대소 형의 과수원으로 향했다. 사람의 사귐은 대체로 유유상종이다. 공통점이 많은 사람끼리 어울리는 경향이 있다. 나는 교사라는 직업을 갖고 있었지만 교사들하고만 어울리지 않았다. 술을 좋아하는 사람이면 나이를 불문하고 어울리는 편이었다. 그가 술을 좋아하면 수꼴이라도 마다하지 않았다. 상로 형은 월남전 참전 후 제대하여 철도에 다니다가 퇴직하고 아내의 가게 일을 도우며 소일하는 사람이다. 그는 키가 큰 편이며 힘도 좋다. 사람을 좋아하여 자기 일보다 남의 일을 더 많이 하는 편이었다. 그를 가장 자주 볼 수 있는 곳은 상갓집이나 장지였다. 상갓집에서 허드렛일을 돕거나 장지에서 삽을 들고 묘지 조성하는 일을 하는 그의 모습을 자주 볼 수 있었다. 지인의 길흉사에 그만큼 헌신적으로 돕는 이도 드물 것이다.

상로 형이 대소 형 과수원에 자주 가는 것도 과수원 일을 돕기 위해서다. 대소 형은 오랜 서울살이 끝에 귀향하여 부친이 물려준 과수원에서 사과 농사를 짓는다. 농사에 서툰 대소 형을 도와주기 위해 과수원에 자주 들른다. 잡다한 일을 하거나 사과나무 돌보는 일을 한다. 대소 형은 그런 그에게 그가 좋아하는 술자리를 자주 마련했다. 마당에 불을 피우고 고기를 굽고 막걸리를 마시는 일이 많았다. 그 자리에 나도 끼게 된 것이다. 그날 상로 형이 술자리에 함께한 추레한 노인을 가리키며 말했다.

"흰 장갑 형님일세. 인사하게."

흰 장갑이라는 말을 듣는 순간 깜짝 놀랐다. 어릴 때부터 전설로 전해지는 흰 장갑이라는 사람을 직접 보다니 너무나 놀라운 일이었다. 그러나 내 앞에 쭈그리고 앉은 이 노인은 그 이름과는 너무나 다른 초라한 노인일 뿐이었다. 순간 만감이 교차했다. 그러나 인사는 해야 했다.

"저는 서각이라고 합니다."

초라한 행색이나 어딘가 위엄이 있는 눈으로 나를 보았다. 그리고 나직이 말했다.

"앉게."

이 작은 동네에서 초면에 쉽게 반말을 하는 이는 흔치 않다. 그는 대뜸 반말로 나왔다. 내심 유쾌하지는 않았지만 흰 장갑이라는 명성에 주눅이 들어 얌전하게 술이나 마시는 수밖에 도리가 없었다. 그러면서 내심으로 이 노인이 정말 흰 장갑일까? 라는 의구심을 떨칠 수 없었다.

흰 장갑, 참으로 오랜만에 들어본 이름이다. 이 지역은 철도 교통의 요지다. 남북으로는 중앙선 열차가 부산과 서울로 연결되고 동으로는 강릉으로 가는 영동선이 있고 서쪽으로는 김천으로 가는 경북선이 있다. 영주는 영주역을 중심으로 사방으로 철도가 연결된 곳이다. 영주에서 철로가 벋어가는 지역을 지배하는 건달들이 있었다. 이른바 그들의 나와바리가 영주역을 중심으로 형성되어 있었다. 건달들 가운데 대표적인 인물이 흰 장갑이었다. 이 지역 아이들은 담임선생님의 이름은 몰라도 흰 장갑이라는 이름은 모르는 이 없을 정도였다.

영주역, 지금은 이전되었지만 영주역은 객지 사람들이 많이 거쳐가는 곳이었기에 이들을 상대로 하는 잡범들이 대거 서식하는 곳이었다. 밤에 영주역에 내리면 아줌마들이 따라오며 자고 가라고 성화다. 역 주변은 판잣집 같은 다닥다닥한 방들이 즐비했다. 봄을 파는 시장이 형성되어 있었다. 영주역은 지나가는 여행객, 호객하는 뭉치(아줌마), 잡범들, 짐 날라주는 지게꾼 등으로 아름답지 못한 이름을 전국에 날렸다. 그런 도시이니 질서보다는 무질서가 승했다. 지금은 '선비의 고장'이라는 이름을 내세우지만 6, 70년대의 영주는 그런 곳이었다. 그 시대에 주먹이 세다는 것은 누구나 부러워하는 바였다.

서울에 김두한, 이정재, 스라소니가 있다면 이곳에는 흰 장갑이 있었다. 그러나 그들과 흰 장갑은 다른 점이 있었다. 서울의 주먹은 구체적인 무용담과 함께 그 이름이 전해지지만 흰 장갑은 그의 출신이 어떠하며 구체적인 싸움이 어떤 것이 있으며 그가 어떻게 생긴 인물인지조차 알 수 없었다. 다만 흰 장갑이라는 이름만이 전설로 남아 이 지역에 떠돌 뿐이었다. 보통 아이들이 울면 호랑이가 온다고 하기도 하고 곰쥐가 온다고 하지만 이 지역에서는 흰 장갑이 온다고 하기도 했다.

건달은 범죄자임이 분명하지만 그 시절에는 그런 인식이 없었다. 일제의 힘에 억압된 세월이 길어서인지 힘을 가진 자를 숭배하는 기류가 존재했다. 마을마다 아이들은 샌드백을 달아놓고 치기도 하고 청년들은 마을 공터에 아이들을 모아놓고 태권도를 가르치기도 했다. 집집마다 아령이나 역기, 악력기 같은 운동기구 하나쯤은 있었다. 아이들이 모이면 하는 이야기 가운데는 누구와 누구가 싸워서 누구가 이겼다더라 하는 것이 중요한 목록 가운데 하나였다. 그런 시대였으니 흰 장갑은 아이들의 마음을 설레게 하는 이름이었다.

많은 세월이 지난 다음 흰 장갑의 세대가 노인이 되었을 무렵 이 지역에는 자칭, 타칭 흰 장갑이었다는 사람들이 나타나기 시작했다. 그런데 흰 장갑을 말하는 사람마다 흰 장갑이라는 이가 동일 인물이 아니었다. 그러니까 누가 진짜 흰 장갑이었는지는 안개 속에 있을 뿐이다. 그런데 지금 내 앞에 흰 장갑이 있다. 술이 몇 잔씩 돌아도 흰 장갑 노인은 별말이 없었다. 그에게 당신이 흰 장갑 맞느냐고 물어볼 상황도 아니어서 그날은 그렇게 헤어졌다.

그날 대소 형 과수원에서 만난 세 사람은 모두 대단한 인물들이었다. 흰 장갑은 말할 것도 없고, 대소 형도 이 지역 명문가 출신으로 일찍이 한양에 유학해서 명문학교를 졸업하고 청년 실업가로 크게 성공하다가 군사정권의 탄압으로 신문지상을 크게 장식하고 낙향하여 과수원에 은거한 분이었다. 상로 형은 앞에서 언급한 대로 월남전에 참전하여 웨스트모랜드 장군과 골프를 치면서 굿샷!이라는 영어를 구사하기도 했던, 지금은 자기 일보다 남의 일에 더 관심이 많은 분이다.

상로 형은 그날 만났던 그가 오리지널 흰 장갑이라 굳게 믿고 있었다. 나는 상로 형 말이 사실이라고 믿을 수밖에 없다. 왜냐하면 그의 성실하고 우직한 성품으로 보아 거짓으로 말하지 않을 것을 믿기 때문이다. 상로 형이 갑작스런 병으로 하세하자 그를 생각하며 시를 쓸 정도로 나는 그를 믿었다.

> 이름이 상로인데 상노라 부른다
>
> 옛날 대갓집 노비 같다
>
> 이름값 하느라
>
> 자기 일 재껴두고 남의 궂은 일 더 많이 했다
>
> 몸이 아파도 아프다고 말하지 않고
>
> 죽어도 죽었다고 알리지 않아
>
> 그의 장례는 쓸쓸했다 한다
>
> 바람 부는 목로주점에 앉아
>
> 없는 상로 형과 대작을 한다
>
> 상노 형, 한 잔 해
>
> 금세 빈 잔이다
>
> 빈 잔에 금세 참이슬 고인다
>
> — 졸시, 「문상」

그날 과수원에서 만남 이후 다시는 흰 장갑을 만날 수 없었고 얼마 뒤 고인이 되었다는 풍문을 들었다. 상로 형도 하세하여 흰 장갑에 대한 이야기는 상로 형에게서 생전에 들은 몇 마디밖에는 기록할 것이 없다. 그 점을 매우 애석하게 생각한다. 이후 나는 나이 든 사람을 만날 때마다 흰 장갑에 대해 물었다. 내가 들은 흰 장갑에 대해 나름대로 정리하기 위함이다. 그도 우리 변방의 역사라고 여겼기 때문이었다.

흰 장갑은 무술 수련을 따로 한 적이 없다. 그러나 선천적으로 기골이 장대하고 주먹이 센 사람이었다. 그리고 왼손잡이였다. 싸움을 자주 하지 않지만 부득이 싸움을 할 때면 왼손에 흰 장갑을 끼고 싸웠다. 누구든 그의 왼손에 걸리면 몸을 온전히 부지할 사람이 없을 정도였다.

그는 태생이 선량한 사람이었다. 패거리를 만들어 조직을 하고 이권을 챙기는 조폭들과는 매우 달랐다. 그의 정의감에 이끌린 사람들이 하나둘 모여서 그를 형님으로 모셔서 자연스럽게 조직 비슷한 것이 형성되었다. 폭력으로 선량한 시민을 괴롭히는 자가 있으면 그에게 구원을 요청한다. 마지못해 그가 나서게 되었고, 그가 나서면 사건은 금방 해결되었다. 그럴 때에도 그는 혼자서 건달패의 우두머리에게 찾아간다. 정정당당하게 결투를 신청한다. 그리고 흰 장갑을 끼고 상대를 제압한다. 이런 일이 반복되자 그의 명성은 높아지고 흰 장갑은 차츰 전설이 되어갔다. 법보다 주먹이 가까운 시대였기 때문이었으리라.

영주역을 반경으로 한, 철도가 닿는 곳에는 흰 장갑의 세력이 미쳤다. 강원도 태백도 흰 장갑의 구역이었다. 태백은 광산 지대라서 돈이 풍부한 곳이었다. 개도 만 원짜리를 물고 다니는 곳이라 했다. 흔히 돈 많은 곳이 그랬듯이 태백도 유흥주점이 즐비한 곳이었다. 흰 장갑이 수하를 거느리고 태백에 행차했다. 경찰서장이 나와서 영접했고 그는 서장으로부터 융숭한 대접을 받았다. 치안에 공이 있다는 명목이었다. 돈이 흔한 곳에서의 경찰서장의 대접 자리였으니 그 호사스러움이 이루 말할 수 없을 정도였다.

그는 영주 군수를 찾아갔다. 그때는 시가 아니고 군이었다. 일정한 직업이 없이 자기를 따르는 젊은이들을 환경미화원으로 취직을 시켜줄 것을 제안했다. 군수는 그의 청을 들어주었다. 흰 장갑에 대한 예우가 그러했다. 그로 인해 덕을 본 사람들의 수효가 늘어날수록 그의 명성은 높아갔고 업계 용어로 나와바리도 넓어졌다. 없는 일자리를 만들자니 군수도 난감했으나 그의 부탁을 거절할 만큼 배짱을 부릴 상황이 아니었다.

5·16 쿠데타가 일어났다. 신문에는 정치깡패 이정재가 '나는 깡패입니다.'라고 쓰인 목걸이를 걸고 서울 시내에 조리돌림 당하는 사진이 실렸다. 전국에 폭력배 소탕령이 내리고 흰 장갑도 블랙리스트에 올랐다. 자기로서는 억울한 일이었지만 폭력을 행사한 것은 사실이었으니 그걸 부정할 흰 장갑이 아니었다. 흰 장갑은 스스로 경찰서로 찾아갔다.

"서장, 내 신세가 청와대 개만도 못하게 되었네. 잡아가게."

이게 흰 장갑의 대사로 아직도 변방에 회자된다.

그는 구속되어 2년 동안 감옥살이를 했다. 그가 출소하는 날 많은 사람들이 교도소 문 앞에 몰려가서 그를 환영했다. 환영객 가운데는 그의 수하도 있었지만 일반 시민의 수도 적지 않았다. 마치 개선장군의 귀환 같았다. 흰 장갑이 옥살이를 하는 동안 정발이라는 건달이 흰 장갑의 나와바리를 차지하고 있었다. 정발은 조금은 근대화된 건달이었다. 흰 장갑과는 부류가 달랐다. 흰 장갑이 순진한 주먹이었다면 그는 조직을 가지고 이권을 챙기는 업계 용어로 오야붕이었다. 흰 장갑이 출소했다는 소식을 들은 정은 흰 장갑에게 도전장을 냈다. 흰 장갑이 있는 한 자신의 조직이 온전할 수 없다는 것을 알았기 때문이다. 한 하늘에 두 개의 태양이 있을 수 없었다. 이를 마다할 흰 장갑이 아니었다.

장소는 영주극장 앞 광장이었다. 영주에서 유일하게 영화를 볼 수 있는 시내 중심에 자리 잡은 일본식 목조건물이었다. 흰 장갑이 맞짱을 뜬다는 소문이 시내에 퍼졌다. 구경 가운데 가장 재미있는 구경이 싸움 구경과 불구경이기에 구경꾼이 없을 수 없었다. 더구나 흰 장갑의 싸움이라니 구경꾼의 수효를 짐작할 만했다. 사람들은 일찌감치 저녁을 먹고 극장 앞에 모였다.

흰 장갑은 어김없이 왼손에 흰 장갑을 끼고 자세를 잡으려 했다. 흰 장갑이 미처 자세를 취하기도 전에 정의 발뒤꿈치가 원을 그리며 흰 장갑의 얼굴로 날아들었다. 눈 깜짝할 사이에 흰 장갑이 쓰러졌다. 구경꾼들은 망연자실했다. 정은 태권도를 제대로 수련한 사람이었다. 흰 장갑이 한 번도 겪어보지 못한 뒤돌려 차기라는 기술을 구사한 것이다. 뒤돌려 차기는 상대가 예상하지 못한 방향에서 공격이 들어오기 때문에 방어할 사이도 없이 당하고 만 것이다. 어떤 이는 흰 장갑이 준비도 하지 않았는데 정이 공격했기 때문에 정의 반칙이라고 분개했다. 구경꾼들은 흰 장갑의 패배를 인정할 수 없었다. 이 도시의 최고의 주먹이요 전설적인 주먹인 흰 장갑이 패했다는 사실을 믿을 수도 인정할 수도 없었다.

그러나 흰 장갑 자신은 패배를 인정했다. 그 후에 흰 장갑은 정에게 몇 번의 도전장을 냈지만 정은 받아주지 않았다. 다시 싸운다면 타고난 싸움꾼이요 장사인 그를 이긴다는 보장이 없기 때문이었다.

세상도 바뀌어 건달이 우상이던 시대는 저물어가고 있었다. 흰 장갑은 스스로 칩거하여 시내에 모습을 드러내지 않았다. 그는 그렇게 남자다운 사람이었다. 그의 칩거로 인해 그에 대한 이야기는 더 무성해졌을 것이리라. 싸움을 하지 않는 흰 장갑은 이미 흰 장갑이 아니었다. 주먹이 법보다 앞서던 시대는 저물고 흰 장갑이라는 존재도 전설에 묻혔다. 그러나 이 지역 나이 든 사람들은 아직도 눈 내리는 겨울이면 혹은 장갑을 낄 때면 흰 장갑이라는 이름이 문득문득 떠오르기도 한다. 가끔 술자리에서는 자기가 아는 사람이 오리지널 흰 장갑이라고 우기며 다투기도 한다.

농민

　　우리 겨레의 역사를 이어온 것은 농업이었다. 농자천하지대본(農者天下之大本)이라는 말을 어디에서나 들을 수 있었다. 마을 잔치가 있을 때는 농자천하지대본이라고 쓴 깃발을 들고 농악놀이를 했다. 그러나 농사의 주체인 농민들이 제대로 된 대우를 받은 적은 없었다. 농사와 관련해서 농자천하지대본과 함께 가장 자주 들을 수 있는 말이 '하다가 안 되면 농사나 짓지'다. 겉으로는 농민을 추켜올리지만 실상은 그 반대였다. 우리 농민의 위상이 이러했다. 속된 말로 하면 농민은 늘 호구였다는 얘기다.

　　대학생들은 방학이면 전국 각 지역에 농촌 봉사활동을 나갔다. 대학생들은 농활을 통해 농촌의 일손을 도우며 농민회를 조직하는 활동도 아울러 전개했다. 농민들이 정권의 홀대를 받으면서도 농민을 홀대하는 정권을 지지하는 것이 안타까웠기 때문이다. 이 지역의 농민들도 농민회를 조직하여 농민의 목소리를 내기 시작했다.

　　한반도에 우리 민족이 농사를 지으며 살기 시작하면서부터 지금까지 농민들이 제대로 사람 대접 받으며 산 적이 거의 없었다. 농사는 농민이 짓지만 쌀밥 한번 배불리 먹을 수 없는 이들이 농민이었다. 이 지역 어른들은 아직도 쌀밥을 이밥이라 하는 분들이 있다. 고려에서 조선으로 왕조가 바뀌고 이씨의 나라가 되자 비로소 쌀밥을 먹게 된 농민들이 쌀밥을 이밥이라 하게 되었다는 이야기가 전해지는 걸 보면 한반도 농민들의 처지를 짐작할 수 있다. 오직 소와 농부들이 힘들여 지은 농사의 결실인 쌀밥을 오히려 농민들은 먹을 수 없었다는 것은 모순이다.

이 땅의 농민들의 처지는 예나 지금이나 달라진 것이 없다. 그간 농민들은 정부가 시키는 대로만 했다. 벼를 심으라면 벼를 심고 고추를 심으라면 고추를 심고 돼지를 키우라면 돼지를 키웠다. 시키는 대로 해도 농민들의 삶은 나아지질 않고 농촌에는 늙은이와 개 몇 마리만 남게 되었다. 농업협동조합이라는 것이 있지만 농민을 위한 농협이 아니라 농협 임직원을 위한 농협이었다. 농협이 있어도 농민들의 살림은 나아지지 않았다. 그래도 농촌을 지키겠다는 사람들이 남아서 농사를 지으며 농민회를 만들었다.

경두도 농민회 회원이 되었다. 농촌을 살리겠다는 뜻이 있어서가 아니라 답답해서였다. 고추를 심으면 고춧값이 폭락하고 배추를 심으면 배춧값이 폭락했다. 아무리 농사를 잘 지어도 농작물값이 떨어지면 남는 것이 없다. 일본 농민들은 텃밭에 채소 한 잎이라도 따서 농협이 설치한 장소에 넣어두기만 하면 통장에 돈이 들어오게 한다는데 우리 농민은 도움을 받을 곳이 없으니 농민회라도 가입해보자는 마음에서였다.

농민회에 나가서 회원들과 농사에 대한 정보를 주고받으면서 농민들이 농촌을 떠나는 이유도 알게 되었다. 우리는 조상 대대로 쌀을 주식으로 해서 살아왔다. 우리의 주식인 쌀농사는 지을수록 손해가 났다. 가을에 추수를 해도 농약값, 인건비, 농자잿값을 제하면 남는 게 없다. 해마다 추곡수매가를 정부에서 정하는데 그 추곡수매가라는 것이 농민들의 기대에 턱없이 모자라기 때문이다. 외국의 기업농들이 대량생산한 쌀을 싼 값에 수입하니 쌀값은 낮아질 수밖에 없다. 우리나라가 생산하는 곡물은 우리의 식량자급에 미치지 못한다. 그럼에도 쌀값은 제자리걸음이다. 우리의 식량주권이 지켜지지 않음에도 정부는 농민에 대한 배려를 하지 않았다. 참으로 억울한 것이 농민이라는 걸 차츰 알게 되었다.

정부가 장려한 품목을 재배하면 그에 상응하는 소득이 있어야 함에도 그렇지 못하다. 농사도 투기가 되어 어떤 작물을 심어 그해에 값이 좋으면 대박이 날 수도 있다. 그런 일은 몇 년에 한 번 일어날까 말까다. 흉년이 들면 수확이 없어서 소득이 없고 풍년이 들면 값이 떨어져서 소득이 없는 것이 농사다. 이래저래 골병드는 것은 농민이다.

농민들의 시위는 과격하다. 농사가 목숨 줄이기 때문이다. 돼지에게 막걸리를 먹여 시장에 풀어놓으면 돼지가 아무나 닥치는 대로 입으로 문다. 경운기에 돌을 잔뜩 싣고 시동을 건 채 사람은 내리고 경운기 혼자 시청 마당으로 돌진하게 하기도 한다. 고춧값이 떨어지면 집집마다 수확한 고추를 싣고 서울로 가서 여의도 광장에서 불을 지르기도 하고 누렇게 벼가 익은 논을 트랙터로 갈아엎기도 한다. 전국 각지의 농민들이 벼를 싣고 여의도 광장에 쌓아놓고 시위를 하기도 한다. 그래도 농민의 뜻이 받아들여진 적은 거의 없다. 그래서 서러운 것이 농민들이다.

경두는 배운 것이 농사뿐이라 다른 것은 할 엄두가 나지 않았다. 죽으나 사나 농사밖에 할 줄 몰랐다. 이것저것 다 해보았지만 살림살이는 나아지지 않았다. 궁리 끝에 소를 기르기로 했다. 송아지를 사서 기르면 사룟값 제하고도 목돈을 쥘 수 있다는 말을 들어서이다. 여기저기서 돈을 융통하여 송아지 열 마리를 샀다. 몇 개월 길러서 팔면 사룟값 제하고 몇천만 원은 손에 쥘 거라는 계산에서다. 비용을 줄이기 위해 우사도 손수 짓고 값비싼 사료는 적게 먹이고 농촌에서 쉽게 구할 수 있는 볏짚 등의 조사료를 먹여서 정성껏 길러볼 작정이었다.

송아지는 그런대로 잘 자라주었다. 그것도 며칠 가지 않았다. 어느 날 아침에 일어나니 송아지 한 마리가 죽어 있었다. 하늘이 무너지는 것 같았다. 돈도 돈이지만 자식처럼 애지중지 기르던 송아지가 죽으니 환장할 노릇이었다. 죽은 송아지는 팔지도 먹지도 못한다. 신고하고 땅에 묻어야 한다. 일은 거기서 끝나지 않고 며칠 뒤 또 한 마리가 죽었다. 열 마리 가운데 여섯 마리가 죽은 뒤에야 송아지가 죽은 원인을 알 수 있었다.

문제는 소에게 여물을 주는 여물통에 있었다. 시내 철공소에서 드럼통을 잘라서 만든 여물통을 주문했는데 그 여물통에 남아 있는 독극물이 원인이었다. 철제 드럼통에는 국내 최대의 농약회사 이름이 적혀 있었다. 철공소에 이야기하니 철공소에서는 그 드럼통을 합법적으로 돈 주고 사서 만든 것이니 자기네는 책임이 없다는 것이다. 그 드럼통을 판 농약회사에 가서 물어보라 했다. 농약회사에 찾아가니 자기네는 고물로 판 것이지 여물통으로 판 것이 아니니 책임이 없다는 것이다. 서울까지 찾아간 차비만 날린 꼴이다.

자기 잘못이 아니라 다른 사람의 잘못으로 송아지가 여섯 마리나 죽었는데 책임지는 곳이 없었다. 앞이 캄캄했다. 하소연할 곳은 농민회밖에 없었다. 농민회 회원들에게 알리니 이 문제를 해결하기 위한 회의가 소집되었다. 그렇지 않아도 홀대받는 농민이란 생각에 속이 끓던 회원들은 자기 일처럼 걱정해주었다. 드럼통으로 만든 여물통을 판 철공소를 상대해보았자 영세한 가게에서 배상할 능력도 없을 것이다. 농약이 묻은 드럼통을 유통시킨 농약회사를 상대로 배상을 요구하기로 했다. 농민회 대표단이 인권변호사로 이름이 알려진 변호사를 찾아가서 상의했다.

변호사는 대뜸 이렇게 말했다.

"이런 경우에는 농약회사에 가서 내구부는 것이 상책입니다."

'내구불다'는 이 지역 방언으로 누워서 구르며 막무가내로 떼를 쓰는 것을 가리키는 말이다. 변호사는 공부를 많이 한 사람일 터인데 내구불라니 뭐 이런 사람이 다 있나 했다. 회원들이 의아한 표정으로 멀뚱하게 앉아 있으니 변호사가 그 연유를 설명했다.

노동자나 농민이 대기업을 상대로 소송을 하면 소송에 이길 수는 있다는 것이다. 이기는 것이 문제가 아니라 그 다음이 문제란다. 재판은 항상 느리게 진행된다는 것이다. 그동안 대기업은 소송한 사람들을 개별적으로 찾아가서 회유하고 설득하는 일을 한다. 대부분은 재판 과정에서 모두 회유당하고 만다는 것이다.

변호사는 자기의 경험을 이야기해주었다. 자기도 대기업을 상대로 손해배상 재판을 해서 이긴 적이 있다고 했다. 그런데 재판이 길어지는 동안 대기업이 소송 당사자 개개인을 찾아가서 회유하고 협박해서 대부분의 원고들이 소액으로 합의를 해주었다는 것이다. 4년 뒤에야 승소했지만 모두 합의한 뒤라 말짱 헛수고가 되고 말았다는 것이다.

"농민들이 소송을 해서 대기업을 이기기도 쉽지 않습니다."

변호사도 한숨을 쉬며 말했다. 농민회에서는 변호사의 말대로 내구불기로 했다. 농민회 회원들은 버스를 전세 내어 서울로 올라가기로 했다. 서울로 가는 버스를 타는 곳에 지역 경찰서 정보과 형사가 나왔다. 그리고 가지 말 것을 종용했다. 지역의 크고 작은 시위에는 형사들이 따라붙을 때다. 형사는 서울 가는 것을 말렸다.

"가봐야 소용이 없을 겁니다."

경두가 삐딱한 어조로 말했다.

"여기 머 하로 나왔니껴? 불난 집에 부채질하니껴?"

버스는 서울로 향했다. 그들은 농약회사에 찾아가서 사장 면담을 요청했다. 농사 일로 거칠어진 피부에 남루한 옷차림을 한 농민들이 회사에 들이닥쳤다. 으리으리한 회의실에 안내된 농민들이 말끔한 차림의 회사 간부들과 마주 앉았다. 농민들은 이 회사의 농약 드럼통으로 만든 소죽통 때문에 송아지가 여섯 마리나 죽었으니 배상하라고 요구했다. 그들은 폐드럼통을 적법하게 팔았다는 거래계약서와 영수증을 내놓고 자기들은 책임이 없으니 빨리 내려가라고 했다. 농민들은 처음엔 그들의 기세에 눌려 기가 죽었으나 변호사의 내구불라는 지침을 실행하기로 했다.

"배상을 못 하겠다. 그 말씀이지요. 알았습니다."

농민회장의 말이 끝나자 농민들은 회사를 나왔다. 그리고 회사 앞 왕복 10차선 도로에 텐트를 치고 솥을 걸기 시작했다. 트럭에 싣고 간 나무에 불을 붙여 솥에 국을 끓이고 밥을 지어 먹으며 농성에 들어갔다. 경찰이 와서 무슨 연유냐고 물었다. 농민들은 저간의 일을 말하고 배상을 받기 전에는 돌아가지 않겠다고 했다. 굶어 죽으나 감옥 가서 죽으나 마찬가지니 마음대로 하라고 뻗대었다.

경찰의 중재로 다시 협상이 시작되었다. 농민회원들 모두가 무지하지는 않았다. 고시 공부를 하다가 낙방하여 농민회 일을 돕는 춘배도 있었다. 협상은 주로 춘배가 농민회를 대표해서 맡았다. 춘배는 농약회사가 경두에게 드럼통을 직접 판 것은 아니지만 독극물이 있는 폐기해야 할 드럼통을 잘못 관리한 책임이 농약회사에 있으니 마땅히 회사가 배상해야 한다고 했다. 회사는 위로금 조로 100만 원 줄 테니 내려가라고 했다. 춘배가 소리쳐 말했다.

"이 양반들이 촌놈들이라고 너무 헐하게 보는구먼. 나갑시다."

그들은 협상장을 박차고 나와 다시 텐트로 내려왔다. 경찰이 농성하는 농민들에게 와서 위협했다.

"이건 도로교통법 위반이니 당장 철수하십시오."

"그래요? 그럼 잡아가소!"

제대로 내구불 기세다. 경찰이 와서 다시 협상을 중재했다. 춘배가 눈치를 보니 경찰은 회사 편에서 일하는 낌새였다. 농성하는 농민회 회원들을 위협하면서 회사의 손해를 줄여 수습하려는 의도가 역력했다. 회사로부터 무언가를 챙긴 것이 분명해 보였다. 농민회와 회사의 협상은 경찰의 중재로 이어졌다 쉬었다를 반복하고 있었다. 협상이 다시 시작될 때마다 회사에서 제시하는 금액이 올라갔다. 처음 400만 원으로 올랐다가 30분 휴식 후에 다시 1,600만 원으로 올랐다. 다시 30분 쉬는 시간이었다. 회사 사람들은 웬만하면 내려가시라고 농민을 압박했다. 경두는 그때마다 단호하게 말했다.

"내 송아지 살려내기 전에는 못 내려갈시더."

쉬는 시간에 춘배가 화장실에서 경찰서 정보과장이라는 사람을 만났다. 춘배는 소변을 보면서 옆에 서서 소변을 보는 정보과장이 들으라고 중얼거렸다.

"도저히 안 되겠네. 농성 치우고 신문사로 가야겠네."

정보과장이 그물에 걸려들었다.

"신문사 가서 어쩌려고요?"

정보과장이 물었다.

"신문사에 제보하면 기사 막는 데 2천만 원은 더 줘야 할걸."

춘배는 언론과 대기업이 부당한 거래를 하며 상생한다는 걸 알기에 간접적으로 협박을 한 것이다. 효과는 의외로 금방 나타났다. 정보과장이 다급한 목소리로 물었다.

"2천만 원이면 되겠습니까?"

"회원들과 상의해서 답하겠습니다."

농민회 회원들에게 물으니 좋다는 반응이었다. 다시 협상이 재개되고 회사는 2천만 원을 제시했다. 5분도 안 되어서 협상은 타결되었다. 변호사가 말한 내구불기가 승리하는 순간이었다. 경두는 100만 원짜리 송아지 여섯 마리를 잃었지만 오히려 배도 넘는 합의금을 챙길 수 있었다. 서울에서 돌아온 농민회 회원들은 늘 업신여김만 당하다가 오랜만에 짜릿한 승리의 기쁨을 누릴 수 있었다. 처음 서울로 출발할 때 지역의 형사들은 가봐야 이길 수 없으니 올라가지 않는 게 좋을 거라며 상경하지 말기를 종용했다. 농민회가 이기고 돌아오자 정보과 형사들도 놀랐다.

농민이 처음으로 이긴 날이다. 그날 경두가 낸 술값으로 농민회 회원들은 모든 근심을 털어버리고 잔치를 벌였다. 태어나서 처음으로 큰돈을 써보았다. 아무리 업신여김 당하는 농사꾼이지만 힘을 모으면 이루지 못할 것이 없을 것 같았다. 회원들이 경두에게 건배사를 하라고 했다. 막걸리 잔을 가득 채운 다음 경두는 자리에서 일어났다. 제가 건배사를 하면 여러분은 "맞다."라고 외쳐 주십시오.

"농민은 호구가 아니다!"

회원들이 떼창으로 소리쳤다.

"맞다!"

칼국시

그녀는 지금도 국수를 밀고 있다. 간판도 변변하게 없고 유리창에 먼저 간 남편이 써준 '칼국시'라는 비뚤한 글씨가 간판을 대신한다. 오랜 세월 밀가루 반죽을 하고 홍두깨로 밀고 칼로 썰어 칼국수를 만들다 보니 손마디는 관절염으로 아프고 뒤틀려 있지만 국수 만드는 일을 멈출 수 없다. 이미 그녀의 칼국시 집은 변방 시에서 명소가 되어 손님이 줄을 잇게 되었고 오는 손님을 문전박대할 수가 없기 때문이다. 어깨가 결리고 손마디가 아플 때면 멍하니 창밖을 내다보며 가끔 지난날을 떠올리기도 한다.

그녀의 고향은 남쪽이었다. 바닷가에서 자란 소녀가 소백산 아래 작은 도시에 와서 칼국수 장사로 생애를 장식할 줄이야 꿈엔들 생각했겠는가? 가끔 바닷가 마을과 그녀의 최종학력의 추억이 있는 초등학교 풍경이 떠오르곤 한다. 오빠들은 공부 잘한다고 중학교에 보내주었지만 그녀는 생긴 것과는 다르게 공부에 흥미가 없었다. 늘 얼굴은 예쁜데 왜 공부는 그 모양이냐는 말을 듣고 자랐다. 그래도 그녀는 공부 못한다는 말보다는 예쁘다는 말에 무게를 두고 밝게 자랐다. 집에서 어머니 일을 도우며 가난하지만 착하고 곱게 자랐다.

스무 살 무렵 군대에 갔던 오빠가 제대했다. 며칠 후 오빠 친구라는 사람이 오빠를 만나러 왔다. 그리 밉지 않게 생긴 왜소한 경상도 청년이었다. 오빠와 그 친구가 사귀게 된 사연은 소설 같은 이야기였다.

그 시절에는 전화도 귀하고 인터넷도 없던 때라 펜팔이라는 것이 유행했다. 오빠는 군대 생활이 외롭던 터라 주간지 펜팔란에 박유숙이라는 이름을 고르고 그녀에게 편지를 썼다. 곧 답장이 오고 둘은 편지를 주고받는 친구가 되었다. 몇 개월 동안 미지의 남녀는 다정한 사연을 주고받으며 정이 깊어졌다. 제대 무렵 오빠는 용기를 내어 그녀를 만나기로 했다. 그런데 막상 만나보니 박유숙은 여자가 아니라 남자였다는 것이다. 유숙은 자신을 이름 때문에 여자로 오해한 그에게 장난을 치고 싶었다. 그래서 제대할 때까지 편지를 계속하게 되었다고 했다. 유숙은 그렇게 장난기가 있는 사람이었다. 한바탕 웃고 난 그들은 자연스럽게 친구가 되었다.

어느 날 유숙 씨가 다시 그녀의 집으로 찾아왔다. 오빠는 집에 없었다. 아무리 기다려도 오빠는 오지 않았다. 그가 가야겠다며 일어섰다. 대문까지 따라 나온 그녀에게 그는 한 가지 제안을 했다. 버스 정류장까지 배웅을 해달라는 것이었다. 그녀는 아무 생각 없이 그를 따라 정류장을 향해 걸었다. 정류장에 도착하자 그가 버스 안까지 들어오라는 것이었다. 그리고 자기 곁에 잠시 앉으라는 것이었다.
그녀는 뭔가 자연스럽지 못함을 느꼈지만 차가 떠나기 전에 내리리
라 생각하고 잠시 앉았다. 곧 버스가 시동을 걸고 문이 닫히고 움직
이기 시작했다. 그는 내리겠다는 그녀의 손을 완강하게 잡았다. 그
녀는 차표도 없는데 이렇게 가면 어떻게 하느냐고 했다.

"여기 있어."

그는 주머니에서 차표 두 장을 꺼내 보여주었다. 그들이 탄 버스
는 직행버스였기에 도중에 서지도 않고 소백산 쪽을 향해 끝이 없을
듯 달렸다. 갑자기 사라진 딸 걱정을 하실 부모님 생각, 난생처음 낮
선 곳을 향해 가는 두려움으로 긴 시간을 보내야 했다. 차는 그녀가
지금 살고 있는 변방시에 와서야 멈추었다. 날은 이미 저물어 있었
다. 다시 시골 마을로 가는 버스를 갈아타고 전기도 들어오지 않는
산골 농가에 도착했다. 박유숙의 고향 집이었다. 친절하게 맞이해주
는 시골 어른들의 인정에 다소 안도하면서 하룻밤을 보냈다.

아침에 일어나니 이미 그녀는 전의 그녀가 아니었다. 요즘이라면
미투라고 외쳤겠지만 그때는 사정이 지금과 같지 않았다. 모든 것을
운명이라 여길 수밖에 아무런 도리가 없었다. 그 당시는 한번 몸을
허하면 이미 그의 여자가 된다는 것이 불문율이었다. 또래 여자아이
들 사이에 빤스 한번 잘못 벗으면 신세 망친다는 말이 있었다. 그런
데 버스 한번 잘못 타서 운명이 바뀌었다는 말은 들어보지 못했다.
그냥 참으로 사람의 일이란 알 수 없는 것이라 여겼다. 집으로 돌아
와 자초지종을 고하니 그녀의 부모도 어찌할 도리가 없었다. 그리하
여 그녀는 소백산 아래 촌사람 박유숙의 아내가 되었다.

다행히 박유숙은 다정다감하고 재주가 많은 사람이었다. 이 사람과 한세상 같이해도 그리 억울할 것 같지는 않았다. 그러나 유숙은 지지리도 운이 없는 사람이었다. 농사를 지어도 도시로 나와서 장사를 해도 되는 일이 없었다. 고추 농사를 대량으로 지어 풍년이 들면 고춧값이 내리고, 수박 농사를 잘 지어 풍년이 들면 수박값이 내렸다. 농산물 유통을 하면 할 때마다 손해를 보았다. 일은 열심히 해도 느는 것은 빚뿐이었다. 아이들 공부도 시켜야 하는데 형편이 이러하니 난감했다. 버스 한번 잘못 탄 대가치고는 너무 가혹하다 여겼다. 혼자 울기도 많이 했다. 하는 수 없이 그녀가 나설 수밖에 없었다. 그래서 시작한 것이 칼국시 장사였다. 마을에서 칼국시 솜씨 좋기로 이름난 시어머니에게서 배운 솜씨로 변방시에 나가 칼국시를 만들어 팔기 시작했다. 남편 유숙은 음식 재료를 마련하거나 가게의 허드렛일을 했다. 조선 시대로 치면 객주집 중노미가 된 것이다.

　그녀의 칼국시는 변방시의 맛집으로 소문이 나기 시작했다. 한번 왔던 손님은 반드시 다시 찾게 되는 집이었다. 칼국시 맛도 맛이지만 그녀의 고운 용모도 그에 못지않은 기여를 했으리라. 그러나 그녀의 칼국시가 유명하게 된 것은 결코 우연이 아니다. 그건 그녀의 심성에서 찾아야 할 것이다.

　그녀는 칼국시의 모든 재료를 최상의 것으로 선택한다. 그리고 전 과정을 자신의 손으로 완성한다. 더 중요한 것은 우리 음식의 핵심인 시간에 대한 그녀의 고집이다. 그녀가 아는 한국음식의 맛은 음식 만드는 모든 과정에 시간이 있는데 그 과정 가운데 시간이 가장 중요하다는 것이 그녀의 믿음이다. 절대 국수를 미리 만들어놓지도 않는다. 손님의 주문을 받은 다음에야 홍두깨로 밀어 생면을 바로 삶아낸다. 겉절이도 금방 무쳐낸다. 김치는 사흘을 넘기지 않고 새로 담근다. 그래서 그녀의 칼국시는 처음이나 지금이나 그 맛이 변함이 없다. 그래서 사람들이 그 비법을 묻는다.

"아줌마, 이 집은 맛의 비결이 머이껴?"

그때마다 그녀의 대답은 늘 같다.

"머리가 돌이래서 그르이더. 할 줄 아는 게 이거밖에 없니더."

적지 않은 돈이 모이자 남편은 그걸 종잣돈으로 다시 사업을 시작했다. 곧 망하고 다시 시작하기를 반복했다. 그러한 일이 되풀이되자 그녀도 참을 수가 없었다. 그녀는 다시는 그에게 돈을 대주지 않기로 하고 식당 일만 거들게 했다. 남편이 거들어주니 일도 수월하고 수입도 늘어났다. 그녀는 더도 말고 덜도 말고 지금만 같아라, 하고 속으로 빌었다.

그녀의 칼국시 맛을 처음 알아보아주었고 입소문을 냈던 가난한 무명 시인이 있었다. 그는 퇴근 무렵 가끔 들러 칼국시 한 그릇에 막걸리 한 사발 반주로 마시는 것을 즐겨했다. 그날 조금은 이른 시각이었지만 무명 시인이 가게 문을 열고 들어섰을 때 그녀는 도라지를 까고 있었다. 도라지를 까다가 눈물 어린 눈을 들어 그를 보며 어색하게 웃었다. 수줍음과 반가움이 함께 어우러진 표정이었다. 눈가에는 푸른 멍이 들어 있었다. 무명 시인은 무슨 일이 있었느냐고 물었다.

"속생해 못 살이더."

하고 수줍게 꺼낸 그녀의 말을 통해 어제 있었던 일을 대강 짐작할 수 있었다. 칼국시 집에서 함께 일하며 손님들에게 친절한 그녀의 모습을 본 남편이 심술이 났던 것이다. 부부가 함께 하는 음식점에서는 어느 집이나 늘 있는 일이다. 말다툼 끝에 남편은 그녀에게 손찌검을 했고 그녀는 자기보다 몸집이 크지 않은 그녀의 남편에게 곱다시 손찌검을 당했던 것이다. 허우대 멀쩡한 그녀가 왜소한 남편에게 쩔쩔매는 장면을 상상하며 무명 시인은 빙그레 번지는 웃음을 감출 수 없었다. 그녀는

"왜 웃니껴?

하며 눈을 흘겼다. 무명 시인은 그녀 덕분에 「도라지 까며 울다」란 시를 한 수 얻었다.

남편이 사업에 실패하자

숫기 없는 그녀가 주모가 되었다

서툰 글씨로 간판을 달았다

그녀의 이름을 따서 끝순네라 했다

맘씨 좋고 솜씨 좋고 맵시 좋아

금방 소도시의 명소가 되었다

일찍 퇴근한 날 첫손님으로 문을 열자

그녀는 도라지 까며 눈물을 짜고 있었다

울다가 부끄러워 웃고 있었다

부끄러워 말게, 끝순네

혼자 울어본 적 있는 이

그대뿐이 아니라네

세월이 흘러 아이들은 장성하고 그녀의 남편은 일찍 하늘나라로 갔다. 그녀도 할매가 되었다. 살림살이는 나아졌지만 그녀는 칼국시 장사를 놓을 수 없었다. 시대는 바뀌어 티브이에는 이른바 먹방이 대세인 시대가 되었다. 티브이 채널만 돌리면 먹는 방송이다. 셰프가 어떻고 레시피가 어떻고 맛집이 어떻고 온통 먹는 타령인 시대가 되었다.

티브이 카메라는 전국 소문난 맛집을 찾아다니며 맛집 소개를 한다. 그런 방송엔 반드시 솜씨 좋은 요리사가 소개되고 리포터는 맛의 비결이 무엇이냐고 묻곤 한다. 그러면 맛집 아줌마는 자기 집만의 비법이라며 감추다가 마지못해 소개하기도 한다. 그녀의 칼국시집도 방송을 타게 되었다. 리포터가 촐싹거리는 말투로 물었다.

"칼국수가 이렇게 맛있다니 깜짝 놀랐습니다. 비법이 무엇인지요?"

그녀가 대수롭지 않게 대답했다.

"머리가 돌이래서 그르이더."

"아니 그게 무슨 말씀이세요?"

"머리가 나빠서 할 줄 아는 게 이거밖에 없니더."

아직도 무명인 그 무명 시인도 티브이 방송을 보았다. 보다가 그녀의 한마디에 무릎을 쳤다. 지금까지 맛집 사람들이 레시피니 비법이니 하고 떠들던 모든 수다들을 한방에 잠재우는 멋진 대사라 여기며 빙그레 웃었다. 한 가지에 몰입하는 장인정신의 진수를 저렇게 표현하다니! 무명 시인은 문득 칼국수 아닌 칼국시가 먹고 싶었다. 막걸리 한 사발과 함께.

어디쯤 가고 있을까

　　　　그가 아침 산책을 하게 된 것은 정년퇴직을 한 뒤
부터다. 사실 그는 젊은 시절부터 자유롭게 살고 싶었다. 아침에 출
근하여 종일 일하다가 저녁에 퇴근하는 규격화된 생활을 그는 힘겨
워했다. 사람마다 타고난 개성이라는 것이 있을진대 그는 스스로 자
유로운 영혼을 가진 자라 여겼다.

　그렇지만 그를 둘러싼 여건이 그렇지 못했다. 그가 어린 시절을
보낸 무렵은 모두가 가난했다. 농촌 마을 가난한 선비 집안의 여러
남매의 장남으로 태어난 그는 그의 개성대로 자유롭게 살 형편이 되
지 못했다. 아직 장남이 가문을 유지하고 이어가야 한다는 전통이
남아 있었다. 경제적으로 어려운 가정을 외면할 수 없는 상황이 그
를 자유롭게 살지 못하게 했다. 정년퇴직을 한 후에야 아침에 출근
하고 저녁에 퇴근하는 생활에서 벗어날 수 있었다.

　아직 직장에 나가는 그의 아내 대신에 아침 밥상을 차려서 아침
을 먹은 후에 아내는 출근하고 그는 가벼운 산책을 하기 위해 집 가

까이 있는 버스 정류장으로 간다. 버스를 타고 몇 정거장만 지나면 등산로 입구에 도착한다. 천천히 숲길을 걸어서 산책을 한다. 무리하지 않고 천천히 걸으며 지난날을 추억하거나 자유롭게 몽상하기에 적당하다. 조그만 동산의 정상에 올라 벤치에 앉아 쉬다가 내려오면 등에 땀이 촉촉하게 밸 정도다. 다시 버스를 타고 집에 와서 샤워하고 책을 보거나 산책길에서 얻은 생각을 메모하다 보면 하루가간다. 저녁이면 가끔 친구로부터 전화가 오기도 한다. 전화가 오면나가서 술을 마시고 전화가 없으면 책상에 앉아 책을 읽거나 몽상을한다. 그가 먼저 전화를 하는 경우는 거의 없다. 그간 누리지 못한자유를 누리기도 하고 게으름을 피우며 하루하루를 지낸다. 퇴직 후지인을 만나면 늘 듣는 질문이 있다.

"요즘 뭐 하고 지내세요?"

그는 이 질문을 받을 때가 가장 난감하다. 그것도 자주 받는 질문이라서 매번 하루 일과를 설명하기도 힘드는 일이라 아주 간단한 대답 두 가지를 준비했다.

"예, 하루 세 끼 먹고 지냅니다."

그것도 자주 써서 싫증이 나면 조금 바꾸기도 한다.

"예, 앉았다 누웠다 굽혔다 젖혔다 하며 지냅니다."

이 두 가지 대답을 지루하지 않게 번갈아 가며 쓰고 있다. 그가어떻게 지내느냐고 묻는 물음에 불편함을 느끼는 까닭은 물음의 의도를 알기 때문이다. 대개 직장 생활이 삶의 전부인 양 살아온 사람들은 퇴직 후 출근할 곳이 없는 상황을 감당하기 힘들어한다. 어떤이는 전원주택을 짓고 텃밭을 가꾸기도 하고 어떤 이는 자동차를 운전해서 전국 각지로 여행을 다니기도 하고 어떤 이는 문화교실 수강생이 되어 무언가를 배우기도 한다. 묻는 사람은 그도 그런 일 가운데 한 가지를 할 것이라는 대답을 예상하고 묻는다는 것을 알고 있기 때문이다. 그는 퇴직 후 시간을 주체하지 못하는 사람과는 다른 부류의 사람이기에 그런 질문이 거북할 수밖에 없다. 그는 자유와 게으름을 얻어서 비로소 틀에 박힌 생활에서 해방된 것이다.

오늘 아침도 그는 아침상을 차리고 아내와 마주 앉아 아침 식사를 하고 아내가 출근한 뒤 산책을 나섰다. 그런데 오늘따라 발걸음이 가볍지 못했다. 여느 날 같으면 아내가 출근할 때 현관에서

"잘 다녀오세요." 하면

"갔다 올게요." 하고 서로 인사를 한다. 그런데 오늘은 인사를 해도 아내는 아무 말 없이 현관을 나서는 것이다. 뭔가 심기가 불편한 것이 분명하다. 가끔 그런 날이 있긴 했다. 아니 젊은 날에는 수도 없이 그랬다. 그러던 것이 지금은 그 횟수가 많이 뜸해진 것이 사실이다. 그와 그의 아내는 사실 너무나 다른 성격을 가졌다. 결혼 전에는 몰랐던 서로에 대한 것들이 결혼 후에 드러나기 마련이다. 그의 아내는 세속적인 욕망이 강한 사람이었고 그는 세속적인 욕망이 거의 없는 사람이었다. 아내는 그가 승진해서 높은 사람이 되기를 소망했지만 그는 언제나 직장을 그만두고 자유인이 되기를 꿈꾸는 사람이었다. 아내는 그런 그가 불안하고 마음에 들지 않아 그와 결혼한 것을 후회하며 지냈다. 사소한 일로 말다툼이 있을 때마다 이혼이라는 말을 입에 달고 살았다. 친구 남편이 승진할 때마다 그에게

돌아오는 것은 늘 같은 말이었다.

"당신은 뭐 하는 사람이야?"

그때마다 침묵으로 대답했다. 어떤 말을 해도 소용이 없다는 걸 알기 때문이었다. 그는 그런 아내와 헤어지지 않고 오늘에 이른 것에 대해 일말의 성취감을 느끼기도 했다. 그것은 오로지 무능한 시골 선비인 부친으로부터 받은 가정교육의 덕이라 생각했다. 그의 부친은 어린 그가 알아듣든지 말든지 유학의 경전을 외우며 우리말로 해석하는 일을 끊임없이 되풀이하셨다. 동무들과 다투고 들어온 날이면 공자께서 말씀하시기를 기소불욕(己所不欲)을 물시어인(勿施於人)이라, 자기가 하고자 하지 아니하는 바를 남에게 베풀지 말라고 하셨다. 매우 합당한 말씀이 아니냐. 너가 남이 싫어하는 짓을 했기에 그 아이와 다툰 것이 아니냐? 앞으로는 매사에 조심하도록 하여라, 그런 식이었다. 특히 퇴계 선생 말씀을 많이 하셨다. 집안에 제사가 들 때면 반드시 퇴계 선생 말씀을 하시곤 했다. 선생은 제사가 다가오면 보름 전부터 고기와 술을 입에 대지 않으셨다. 조상을 섬김이 그와 같이 정성스러우셨다. 가세 빈궁하여 비록 차린 제물은 부족하더라도 슬픔을 다하면 그것이 곧 조상을 섬기는 일이니라.

특히 부친은 퇴계 선생의 경(敬)에 대해 강조하셨다. 경시입도지문(敬是入道之門)이라 하셨으니 경은 곧 진리에 들어가는 문이라는 말씀이다. 매사에 나 아닌 남을 공경하고 정성을 다해야 군자에 이를 수 있느니라 하셨다. 어린 율곡이 퇴계 선생을 뵙고자 계상(溪上)을 찾았을 때 늙은 퇴계가 마당에 내려가 맞이하고, 오랜 벗처럼 시문을 주고받으며 며칠을 함께 했다. 떠날 때에는 문에 나와 전송하였느니라. 그 어른의 경을 실천함이 그와 같았느니라.

그가 살던 마을에 그 또래의 군자라는 이름의 여자아이가 있었다. 일제의 영향을 받아 여자아이 이름은 대개 끝 글자가 '자' 자가 많았다. 날이 저물어도 아이가 집으로 돌아오지 않으면 어른들은 아이를 찾으러 동네를 뒤지고 다녔다. 군자 어머니는 동산에 올라 온 동네가 들리도록 군자를 불렀다. 군자야, 군자야 하는 소리가 마을에 퍼졌다. 그의 부친은 그 소리를 매우 못마땅하게 여겨 그가 들으라고 한 말씀 설교를 하셨다.

"배우지 못한 것 같으니라고! 공맹 같은 성인을 군자라 하거늘 어디 불경스럽게 군자야, 군자야 하는고!"

어린 그에게는 그런 부친의 말이 오로지 잔소리로만 들렸다. 그리고 왜 나는 다른 아이들과 같은 평범한 부모 밑에 태어나지 않았던가 하고 고민하고 갈등했다. 그러나 차츰 자라면서 그의 몸에도 유학을 실천하는 태도가 내면화되어가고 있었다. 어른들은 그를 애어른이라 놀렸다. 같은 또래 동무들이 참외서리를 하자거나 닭서리를 하자고 하면 그는 그런 일에 가담할 수가 없었다. 남에게 피해를 주는 일을 할 수 없었기 때문이다. 그래서 그는 또래들과 잘 어울리지 못하는 아이가 되었다.

대학생이 되었을 때 그에게 호감을 느끼는 여학생이 있었다. 그시절 대개의 남자들은 유치한 마초이즘이 남자다움이라고 여길 때였다. 거친 말씨와 행동이 여성들에게 호감을 살 거라는 생각이 보편적인 시대였다. 대개 남자들이 무뢰배처럼 행동하는 가운데 그는 매우 다른 존재감을 드러냈기 때문이다. 그는 말이 없었고 얼굴에 늘 우수가 깃들어 있었다. 누구에게나 예의 바르게 대했으며 친절했다. 예의 바른 것은 어려서부터 들은 유학적 세례 때문이었다. 우수가 어려 있다는 것은 그의 자유로운 영혼이 갇혀 있기 때문이었을 것이다. 그러나 여학생들은 그가 깊은 사색에 빠져 있는 것으로 오해했다. 강의가 없는 시간에 벤치에 앉아서 연못의 물무늬를 바라보는 그에게 말을 거는 여학생이 있었다. 가난하고 어두운 내면을 가진 그에게 그 여학생은 환한 빛의 존재로 다가왔다. 아마 자기와 달리 밝은 얼굴을 가진 여학생이 그에게는 베아트리체와 같은 구원의 여성상이었을 것이다. 그 여학생이 지금의 그의 아내다.

그녀도 그를 다정다감한 남자일 거라 오해했고 그도 그녀를 봄볕같이 다사로운 여자라 오해했다. 결혼 후 그 오해는 얼마 지나지 않아 해소되고 서로의 다름이 드러나게 마련이지만 사랑에 눈이 먼 젊은 남녀는 그런 믿음이 영원하리라 믿는다. 그러나 같은 집에 살면서 서로의 비밀스러운 부분까지 확인할 수 있는 결혼 생활은 서로에 대한 신비를 모두 걷어내기에 그리 오랜 시간이 걸리지 않았다. 서로에 대한 신비가 벗겨지면 둘 사이에는 결혼 관계라는 앙상한 관계만 겨울나무 가지처럼 남게 된다. 어떤 슬기로운 이가 '결혼은 금이 간 항아리를 함께 들고 깨뜨리지 않으려 애쓰며 비틀거리며 가는 길'이라 했다. 그에게 사무치도록 다가오는 말이다.

둘 사이에 갈등이 있을 때마다 그는 부친에게서 들어서 내면화되었던 유교적 교훈이 되살아났다. 아내가 그의 무능함을 질타하고 그와 결혼한 것을 후회할 때마다 그는 맹자가 곰 발바닥 요리보다 좋아했다는 의(義)를 생각했다. 그녀가 아무리 이혼을 거론해도 그는 이혼은 안 된다고 했다. 아내가 이혼을 말할 때마다 결혼식에서 그가 특별히 주례 선생으로 모신 그의 지도교수님을 떠올렸다. 혼인 서약을 받을 때, 하늘이 두 사람을 갈라놓을 때까지 사랑하겠는가라고 물을 때 그는 비록 작은 목소리였지만 분명히 '예'라고 대답했던 것을 기억했다. 그것을 어기는 것이 불의라고 생각했다.

처음엔 그도 아내의 공격에 대해 나름 논리적으로 대응했지만 부부싸움에서 논리란 언제나 무용한 것이었다. 가령

"당신은 나에게 버릇처럼 이혼이라는 말을 하지만 나는 내가 선택한 여자와 헤어질 수 없다."라고 말하면 아내는 당장

"아이구, 공자님 나셨네."

라고 비아냥거린다. 이런 상황에서 정상적 대화는 불가능하다는 걸 그는 알고 있었다. 이런 관계를 해소하기 위해 그는 나름대로 고심하고 노력했으나 해결책은 보이지 않았다. 프로이트와 칼 융과 자크 라캉을 공부해보았지만 말짱 도루묵이었다.

몇 년을 시달린 끝에 그가 발견한 지혜는 어린 시절 부친으로부터 들은 퇴계 선생의 경(敬)이었다. 아내를 공경해야겠다는 생각을 했다. 아내도 얼마나 참을 수 없었으면 저토록 화를 내겠는가? 어떻게 공경할 것인가에 대한 방법을 모색했다. 갑자기 존댓말을 할 수도 없고 어버이 섬기듯 할 수도 없었다. 공경한다는 것은 상대를 높이거나 자기를 낮추는 일이라 생각했다. 그는 자기를 낮추는 쪽을 선택했다. 어떻게 낮출 것인가. 아내가 화가 나서 물건을 던질 때 그는 방바닥에 최대한 몸을 낮추었다. 던진 물건이 위로 날아가 벽에

부딪치고 자기는 무사했다. 아내는 화를 풀어서 좋고 자기는 다치지 않아서 좋았다. 그는 이 묘안을 마음에 깊이 새기고 매사에 대처했다. 아내가 하는 모든 요구를 긍정적으로 들어준다. 아내의 말에 토를 달지 않는다. 가정 일의 모든 결정권은 아내에게 있다. 그는 봉급을 타서 아내에게 바치고 몇 푼의 교통비와 담뱃값을 받으며 살았다. 친구들을 만나 술을 마실 때도 가장 값이 싼 선술집에서만 마셨다. 그의 술집 순례 목록에 시중드는 여자가 있는 집은 철저히 제외되었다. 쓸 돈이 없어서 그리 되었지만 그것이 그의 취향으로 굳어져버렸다. 어쩌다 다른 사람의 초대로 도우미 여자가 있는 술집에 가면 불편하기 그지없었다. 그래서 친구들은 그가 여자를 싫어한다고 생각했다. 허름한 대폿집에서 막걸리 마시는 것을 최고의 낭만으로 여기는 사람으로 알았다.

그가 실천한 경은 제법 효과가 있는 듯했다. 아내의 공격 빈도도 확연하게 줄었다. 그래서 정년퇴직이 될 때까지 그런대로 무사히 지낼 수 있었다. 그는 요즘 아침 산책 시간을 즐기는 편이다. 가끔 아내가 화를 내거나 말을 걸어도 대답도 하지 않는 날이면 산책길이 가볍지 않을 때도 있다. 마치 집 안에 온통 무거운 먹구름이 드리운 느낌일 때가 있다. 오늘 아침도 인사도 없이 출근하는 아내로 인하여 집 안에는 먹구름이 가득하고 산책길로 향하는 발걸음이 그리 가볍지만은 않았다.

버스에서 내려 등산로 입구로 들어서자 서늘한 아침 공기가 가볍게 피부에 닿으며 반갑게 맞아주었다. 산길은 좌우에 온통 나무들로 인하여 그늘이 드리워져 있었다. 싱그러운 풀 향기가 가볍게 흩날리고 나뭇잎 사이로 걸러진 햇살이 여린 나뭇잎에 다시 부서져 내렸다. 숲속은 동화 속 나라처럼 고즈넉했다. 아, 숲속에서 요정이라도 나타날 것 같았다. 문득 그에게 젊은 날의 어떤 기억이 불쑥 소환되어 나타났다.

대학에 다닐 때였다. 친구와 함께 버스를 타고 교외에 나들이를 간 적이 있다. 돌아오는 길이었다. 차창 밖에는 녹음이 무성했고 투명한 햇살이 숲에 내려앉았다. 눈이 부시게 푸르른 날이었다. 비포장 길을 달리던 버스가 속도를 늦추었다. 정류장도 아닌 곳인데 버스가 멈추었다. 창밖을 내다보니 숲속에서 젊은 여자가 손을 들고 버스로 다가왔다. 하얀 원피스를 입은 여자는 손을 든 채 얼굴에 아무 표정도 없이 버스로 다가왔다. 버스 문이 열리고 여자가 버스에 탔다. 그 시절 시골 버스는 어디서나 손만 들면 승객을 태웠다. 버스는 만원이어서 통로에도 승객이 빽빽하게 서 있었다. 여자는 통로의 승객을 헤치고 그와 그의 친구가 앉은 자리까지 왔다. 여자는 통로 쪽에 앉은 그의 친구 어깨를 가볍게 두드리더니 일어나라고 했다. 친구는 얼떨결에 일어나고 친구의 자리에 그녀가 앉았다. 그와 그녀가 나란히 앉게 되었다.

"이제 가지 마, 알았지?"

여자가 그에게 한 말이다. 그는 당황했지만 이내 그녀의 정신이 온전치 않음을 알았다. 그는 태연하게 말했다.

"알았어. 다시는 가지 않을게."

얼마 지나자 안내양 아가씨가 차비를 받으러 왔다. 그녀는 차비

달라는 차장의 재촉에도 아무 반응이 없었다. 그는 지갑을 열어 그녀의 차비를 냈다.

"당신은 돈도 많네. 자기 나 버리면 안 돼?"

"응, 알았어."

승객들의 눈총을 의식하며 그는 되도록 자연스럽게 그녀와 말을 주고받았다. 그녀는 보기 드문 미모를 지녔으며 옷차림도 세련되었다. 다만 눈동자에 초점이 없었다. 그녀와 나눈 대화를 통해 그녀가 남자에게 버림받은 것이라 추측했다. 그리고 자기를 그 남자로 여기고 있음이 분명했다. 소심한 그는 덜컥 겁이 났다. 그녀가 계속 따라올 것만 같았다. 그는 친구에게 눈짓을 하고 내려야 할 정류장보다 한 정류장 먼저 내리기로 했다. 그는 그녀에게 말했다.

"꼼짝 말고 여기 앉아 있어. 저 앞쪽에 갔다 올게."

"응. 빨리 갔다 와."

그녀는 다소곳이 앉아 있었다. 그는 얼른 앞쪽으로 가서 정류장을 기다렸다. 차가 서자 얼른 차에서 내려 뒤도 돌아보지 않고 걸었다. 승객들의 따가운 눈이 등에 꽂히는 것 같았다. 골목으로 스몄다. 버스는 떠나고 그녀는 따라오지 않았다. 친구가 그녀와 아는 사이냐고 물었다. 그만큼 그의 연기는 자연스러웠다. 버스가 떠나고 오랫동안 그녀를 생각했다. 어디쯤 가고 있을까. 무사할까. 그 후로도 오랫동안 상처받은 어린 영혼이란 생각이 여운처럼 지워지지 않았다.

산책길에 느닷없이 수십 년 전의 일이 떠오르는지 모를 일이었다. 야트막한 정상에 올랐다가 다시 내려오는 길이었다. 시청에서 등산객들에게 쉬라고 설치해둔 벤치를 지날 때였다.

"아저씨!"

맑고 밝은 여자의 목소리가 등 뒤에서 들렸다. 모두 등산복 차림인 이 산길에 유독 하얀 원피스를 입은 여자가 그를 불렀다. 나뭇잎 사이로 내린 햇빛이 그녀의 흰 옷에 꽃가루처럼 부서졌다. 정말 요정이 나타난 걸까. 그는 스스로 할아버지라 여기지만 아저씨란 호칭이 듣기 싫지는 않았다. 그녀는 환하게 웃으며 말간 눈을 들어 그와 시선을 맞추었다.

"누구더라?"

"아저씨, 같이 가요."

그러면서 그녀는 그와 보폭을 맞추었다. 그는 그녀가 누구인지 더 이상 묻지 않았다. 무심코 그녀와 함께 걸었다. 아직 조금은 싱그러움이 남아 있는 그와 그녀의 동행은 그다지 어색한 모양새는 아니었다. 그는 그녀의 밝음으로 하여 오히려 발걸음이 가벼웠다. 산에서 내려와 버스에 올랐다. 그녀도 따라 올랐다. 그녀가 그의 곁에 앉았다. 그들은 나란히 앉았다. 그는 뭔가에 홀린 듯 몽롱했다. 곁에 앉은 이 여자가 수십 년 전 그 여자의 환생인지, 숲속의 요정인지 알 수가 없었다. 굳이 그걸 구별할 필요를 느끼지 못했다. 그녀의 밝음과 향기와 따스함이 그에게 천천히 감염되었다. 몇 정거장을 지나고 이제 그가 내려야 할 정거장이 다가오고 있었다. 젊은 시절 그날 그녀를 떨구기 위해 내렸던 것처럼 내리려고 했지만 그의 몸은 움직여지지 않았다. 버스는 그가 내려야 할 정거장을 지나치고 있었다.

요조숙녀

　　자상하다란 말이 있다. 세상의 아내들이 가장 좋아하는 말이다. 거기에 더하여 밖에서 모범적인 사회인이고 집에서 가정적이면 최상의 남편이라 할 만하다. 그는 주위로부터 그런 말을 듣는 사람이었다. 그의 직업은 시청 공무원이다. 많지는 않지만 일정한 수입이 있어 안정된 가정을 꾸릴 수 있었다. 거기에 그의 아내는 요조숙녀였다. 우리 사회의 가장 이상적이고 전통적인 아내상이 요조숙녀이니까 그의 집은 누가 봐도 말 그대로 '단란한 가정'이었다.

　　그는 매사에 모범적인 사람이었다. 옷차림은 언제나 단정했고 윗사람이나 아랫사람에게 예의 바른 사람이었다. 업무도 깔끔하게 처리했기에 누구에게나 신뢰받는 사람이었다. 퇴근할 때는 손에 아이들 먹을거리나 아내에게 줄 선물이 들려 있었다. 그래서 직장 상사들은 부하 직원을 나무랄 때 아무개만큼만 하라고 했다. 이 도시의 아내들도 남편과 말다툼이 나면 아무개 반만 하라고 하곤 했다.

사람에게는 누구나 그만이 가진 행동 특성이 있게 마련이다. 그도 예외는 아니었다. 언제부터인가 그는 다른 사람보다 두 시간은 일찍 출근하기 시작했다. 아내는 요조숙녀이기 때문에 남편에게 된장찌개 보글보글 끓여 따뜻한 아침 밥상을 차려주고 싶었지만 그가 굳이 마다하기에 그것만은 포기해야 했다. 그러던 어느 날 시청에 다니는 남편을 둔 아내들과 만나 수다를 떨다가 요조숙녀는 자기 남편이 아침도 먹지 않고 두 시간 일찍 출근한다는 행동 특성을 발설하고 말았다. 말하고 싶진 않았지만 모두 한 마디씩 이야기하는데 자기만 입을 닫고 있기도 예의가 아닌 것 같아서 딱히 할 말도 없기에 한 말이었다. 그 뒤로도 가끔 그녀들과 만나 수다를 떨곤 했다. 그러던 어느 날 한 여자가 자기 남편에게 들었다는 말을 했다.

"자기 남편도 다른 사람과 출근 시간이 거의 같다고 하던데?"

요조숙녀는 들을 때는 무심히 들어 넘겼지만 그 말이 가끔 떠오르곤 했다. 혼자서 부엌일을 할 때나 빨래를 할 때 그녀의 말이 불쑥불쑥 떠오르곤 했다. 그녀가 무엇을 잘못 알고 한 말일까? 이 사람이 정말 시청으로 출근할까? 아무리 잊으려 해도 그 생각을 떨쳐버릴 수 없었다. 출근하는 남편의 뒤를 밟아볼까? 아니야, 그건 남편을 못 믿는다는 뜻이잖아? 요조숙녀가 어떻게 그런 행동을 할 수 있겠어. 어림없는 일이야. 그래 잊어버리자. 그녀가 무언가 잘못 말한 것일 거야. 그리고 많은 나날이 흘러갔다.

남편 출근 시키고 아이들 학교 보내고 청소며 빨래를 끝내면 오후는 비교적 한가한 편이다. 그녀는 대개 책을 읽거나 음악을 들으며 여가를 즐긴다. 아이들이 돌아오고 남편이 퇴근하기까지는 자기만의 시간을 갖는 것이 그녀의 일상이었다. 일을 끝내고 비발디의 〈사계〉를 틀어놓고 커피를 마셨다. 음악도 제대로 들리지 않고 커피의 향도 음미할 수 없었다. 그 여자의 말이 자꾸만 머릿속을 맴돌았다.

"자기 남편도 다른 사람과 출근 시간이 거의 같다고 하던데?"

그런 불안한 나날이 계속되었다. 이렇게는 살 수 없는 노릇이었다. 요조숙녀는 드디어 큰 결단을 내렸다. 남편의 뒤를 밟기로 한 것이었다. 챙 넓은 모자를 쓰고 등산할 때 쓰는 선글라스도 꼈다. 남편이 출근하는 뒤를 밟았다. 남편의 가는 길이 시청 쪽이 아니었다. 순간 그녀는 자신이 요조숙녀인 걸 잊어버렸다. 남편이 도착한 곳은 산동네 어느 집이었다. 그녀는 그 집 대문 근처에서 몸을 숨기고 기나긴 기다림의 시간을 보낸 뒤에야 남편이 다시 대문을 열고 나오는 걸 볼 수 있었다. 남편 뒤에는 앳된 여자가 수줍게 인사를 했다.

"안녕히 다녀오세요."

정신을 수습하여 그 집에 들어가서야 모든 것을 확인할 수 있었다. 남편이 젊은 여자와 딴살림을 차린 것이었다. 하늘이 무너진다는 말이 이에 가장 잘 어울리는 말일 것이다. 평소 흐트러진 모습을 보였으면 이토록 참담하지는 않았을 터인데 이는 마른하늘에 날벼락이었다. 살림을 뽀갤 수도 그녀의 머리채를 잡을 힘도 없었다. 아니 그럴 생각이 아예 없었다. 그녀는 요조숙녀였다. 요조숙녀가 시정의 잡다한 사람과 같이 품위 없는 행동을 할 수는 없었다. 그녀는 집으로 돌아와 몸져누웠다. 몸을 움직일 수 없었다.

밥도 하지 않았다. 빨래도 청소도 하지 않았다. 그냥 죽은 듯이 누워 있었다. 남편 스스로 집안일을 했다. 남편이 어디가 아픈가 물었다. 대답도 하기 싫었다. 며칠이 지난 뒤 남편의 간절한 물음에 요조숙녀는 그녀가 본 것을 말했다. 남편은 화들짝 놀라더니 갑자기 행동을 바꾸어 벼룩처럼 꿇어앉았다.

"내가 잘못했네."

그리고 눈물을 뚝뚝 흘리며 빌었다. 남편은 참으로 뉘우치고 있었다. 밥도 청소도 스스로 하며 아내를 정성으로 돌봤다. 퇴근할 때는 꽃을 한 아름 안고 들어와 요조숙녀를 달랬다. 아내는 오히려 남편에게 미안해질 지경이었다. 그리하여 남편은 가정으로 돌아오고 가정엔 다시 평화가 찾아왔다. 출근도 전처럼 빨리 하지 않았다. 폭풍이 지난 바다가 더 잔잔한 것처럼 다시 평화로운 일상이 회복되었다. 요조숙녀도 다시 요조숙녀의 품행을 회복하였다. 마음에 남은 상처는 온전히 치유되지 않았지만 요조숙녀의 근본을 버릴 수는 없었다. 그 집에 풍파가 지나갔다는 것을 아는 사람은 두 사람 외에는 아무도 없었다. 아내도 남편도 자랑할 처지가 못 되었기에 겉으로는 그 집에 아무런 일이 일어나지 않은 것과 같았다. 찻잔이 잠시 흔들렸을 뿐이다.

그런 평화는 그리 오래가지 못했다. 몇 년이 지난 어느 날 건장한 남자가 집으로 찾아왔다. 남편은 그를 자기의 방으로 데리고 들어가 긴 이야기를 나누었다. 차를 끓여 가져다 주었다. 아무래도 분위기가 이상해서 요조숙녀는 두 사람의 이야기를 엿듣게 되었다. 남자는 남편 단골 술집 여자의 서방이었다. 남편이 술집 여자와 정분이 나서 둘이 제주에 다녀왔다는 것이다. 서방은 남편에게 거액을 요구했다. 요구를 들어주지 않으면 콩밥을 먹이고 공직에서 물러나게 하겠다는 것이다. 남편은 꿇어앉아서 빌고 있었다. 그걸 본 요조숙녀는 다시 가슴이 무너져 내렸다.

남편은 지금까지 모은 재산을 돈으로 바꾸어 그 남자에게 바치고 콩밥을 먹는 것과 공직에서 쫓겨나는 일은 면했다. 그러나 요조숙녀는 다시 병이 났다. 남편은 아내에게도 다시 벼룩처럼 꿇어앉아 빌었다. 다시는 그런 일이 없을 것이라고 맹세했다. 그리고 마치 아무 일도 없었다는 듯 남편의 일상은 회복되었다. 퇴근하면서 아내에게 선물 공세를 하고 외식을 하자고도 하고 영화를 보자고도 했다. 아내는 마지못해 남편을 따랐다. 속으로는 괘씸한 남편이지만 내색을 할 수가 없었다. 그녀는 자타가 공인하는 요조숙녀이기 때문이었다. 다시 겉으로 평온한 나날이 이어졌다.

그 평화도 오래가지 못했다. 출장 가서 자고 오는 일이 잦아졌다. 의심이 가지만 출장 여부를 남편의 직장에 확인할 수가 없었다. 꾀를 내었다. 출장이라고 하는 날 민원인인 것처럼 남편의 직장에 전화를 걸어 남편을 찾았다. 전화를 받은 직원이 남편을 바꿔주겠다는 것이다. 출장이 아닌 것이 확실해졌다. 출장에서 돌아왔다는 남편의 옷과 소지품을 검사했다. 여자의 흔적이 발견되었다. 와이셔츠에 립스틱 자국도 있었다. 남편은 다시 꿇어앉아 빌었다. 그리고 앞으로는 절대 그런 일이 없을 거라 맹세했다.

요조숙녀는 이 기막힌 사연을 누구에게도 말할 수 없었다. 요조숙녀의 집안은 이른바 뼈대 있는 집안이었다. 어릴 때부터 어른들로부터 여자의 도리에 대해 귀에 못이 박히도록 들었다. 여필종부니 삼종지도니 출가외인이니 하는 이야기다. 여자는 한 번 출가하면 시가 사람이니 죽어도 그 집 귀신이 되라 함이다. 그녀 또한 그것을 옳게 여기고 여자의 도리를 다하려 했다. 출가한 여인으로서 도리를 다하지 못하면 친정 가문에 누가 되고 친정 부모님께 불효라 굳게 믿었다. 속으로는 죽을 것 같았지만 내색할 수도 누구에게 하소연할 수가 없었다. 그것이 여자의 길이라 여겼다.

남편은 모범적인 사람이고 자상한 편이었다. 누구에게나 한 가지 흉은 있는 법이다. 그 한 가지 흉이라는 것이 다른 여자를 탐내는 것이었다. 세상에 열 계집 싫어하는 사내는 없다지 않는가. 한 번만 참으면 이 모든 것이 지나갈 것이다. 나는 요조숙녀이니까 참아야 한다. 남편은 일이 불거질 때마다 뉘우치고 다시는 그러지 않겠다고 맹세하곤 했다. 그 맹세가 작심삼일이니 통탄할 노릇이었다. 그 뒤로도 남편의 외도는 끝없이 되풀이되었다. 속은 숯덩이가 되었지만 잘못을 인정하고 다시는 그런 일이 없을 거라 맹세하면 용서하기를 되풀이하는 동안 세월이 흘러 남편도 요조숙녀도 할배 할매가 되었다.

겉으로 보기에 가장 행복한 가정인 이 집에 이런 아픔이 있었던 것을 아는 이는 이들 부부뿐이었다. 사연 없는 집이 없고 구석구석 아픔이 있다는 말은 이 집을 두고 이르는 말일 것이다. 남편은 정년퇴직을 하고 요조숙녀도 할머니가 되었다. 출근을 하지 않으니 부부는 복노인처럼 여행을 다니거나 출가한 자식 집을 전전하며 편안한 노후를 맞았다. 어느덧 남편의 나이도 70이 되었다. 요조숙녀와 남편이 잠자리를 같이하지 않은 지도 오래되었다. 아내는 생각했다. 평생 남편의 바람기에 시달리며 살았다. 이제 그럴 염려가 없으니 지금이 가장 편하고 평화로운 때라고.

어느 의사가 말하기를 남자는 늙으면 여성호르몬이 증가하고 여자가 늙으면 남성호르몬이 증가한다고 했다. 옳은 말인 것 같았다. 남편은 색시처럼 얌전해지고 자기는 목소리도 남성에 가까워지고 행동도 남성이 되어가는 느낌이다.

남편은 매사에 고분고분하고 더 자상해졌다. 혼인한 이후 남편 바람피울 염려 없는 가장 편안한 나날을 누렸다. 그런데 그게 끝이 아니었다. 남편이 여행을 간다며 다녀온 다음이었다. 남편 옷을 수습하다가 주머니에서 이상한 물건을 발견하였다. 파르스름한 알약이었다. 요조숙녀도 어디서 들은 바가 있었기에 그 약을 들고 약국에 가서 약사에게 무슨 약인가 물었다. 의사는 빙그레 웃으며 친절하게 대답했다.

"비아그라입니다."

요조숙녀는 분기가 탱천했다. 수많은 나날을 참으며 살아왔는데, 이제 겨우 잠잠해지는가 싶었는데, 이 인간이 죽을 때까지 제 버릇 개 주지 못하는구나! 된장찌개 뚝배기가 끓는 저녁 식탁에 마주 앉았다. 요조숙녀로서 살아온 인고의 나날을 끝장낼 결심을 했다. 요조숙녀는 비아그라를 꺼내 들고 남편에게 물었다.

"이게 뭐이꺼?"

남편은 잠시 안색이 변하더니 평정을 되찾고 또박또박 말했다.

"감기약이야."

남편의 모범적인 말투가 부아를 더 돋우었다.

"감기약 좋아하네. 요새는 감기에 비아그라 처먹나?"

순간 남편은 바닥에 꿇어앉는 게 아닌가? 많이 보아온 동작이다. 다시는 보고 싶지 않은 동작이다. 이 인간이 죽을 때까지 제 버릇 버리지 못했구나. 벼룩처럼 꿇어앉은 꼬락서니가 요조숙녀의 분기에 기름을 부었다. 요조숙녀로 살아온 날들이 주마등처럼 스쳤다. 순간 요조숙녀는 모든 걸 끝장낼 마음을 굳혔다. 바글바글 끓고 있는 된장 뚝배기를 집어 들고 남성호르몬이 넘치는 목소리로 외쳤다.

"에이 시부럴, 개자슥아!"

그녀의 손에서 비행하던 된장 뚝배기는 남편의 얼굴에 국물을 뿌리고 창문을 깨고 날아가 발코니 구석에서 최후를 맞이했다. 요조숙녀로 살아온 평생이 발코니에서 처참하게 부서지는 순간이었다.

제4부

더할 나위 없이 보잘것없는

더할 나위 없이 보잘것없는

군부독재 시절이었다. 그때 땡전 뉴스라는 것이 있었다. 모든 언론이 정권에 장악되어 검열을 받은 뒤에야 보도를 할 수 있었다. 라디오나 텔레비전 뉴스 시간에는 시각을 알리는 땡! 땡! 땡! 하는 신호음 다음에는 '전도깐 대통령은'이라는 뉴스가 시작된다. 모든 뉴스의 첫 꼭지는 대통령의 동정을 알리는 뉴스가 차지했다. 땡 하면 전도깐이라고 우리는 이를 땡전 뉴스라 불렀다. 나는 땡전 뉴스가 시작되고 그의 까진 머리가 텔레비전에 나타날 때마다 '쥐뿔도 아닌 게 톡톡 튀어나오고 지랄이야'라는 독백을 하곤 했다. 그리고 나도 모르게 지껄인 '쥐뿔'이란 말에 대해 생각했다.

술자리에서 술을 마실 때도 조금 술에 취하면 나도 모르게 '쥐뿔도 모르면서 말이야' 하기도 하고 '쥐뿔도 없으면서 말이야' 하기도 하고 '쥐뿔도 아닌 게 말이야' 하면서 말끝마다 쥐뿔이란 말을 습관처럼 붙이곤 했다. 술 시중을 드는 도우미가 '쥐뿔'이 뭐냐고 물었다. 명색이 글쟁이인데 모른다고 하기도 민망했다. 그 물음에 답하기 위해 재빨리 머리를 굴려 궤변을 늘어놓았다. 나름대로 쥐뿔이란 말에 거창한 의미가 있는 것처럼 장황한 설을 풀어 설명을 해주었다. 그 즉흥적인 대답이 제법 그럴듯했다. 그 대답을 메모해두었다가 시대를 풍자하는 시를 한 편 얻었다.

여자와 나는 카페에 앉아

음악을 듣고 있었다

나는 말끝마다, 쥐뿔도 모르면서

쥐뿔도 아닌 게, 좋긴 뭐 쥐뿔이 좋아, 이랬다

쥐뿔이 뭐예요?

우리가 쥐를 잡아서 머리를 만져 봐도

쥐뿔은 없어

쥐뿔은 말만 있고 실체는 없어

쥐뿔은 투명해

쥐뿔은 빈 집이야

쥐뿔은 빈 잔이야

쥐뿔은 아름다워

나는 쥐뿔을 사랑해

여자가 말했다, 그렇담

나도 쥐뿔이 될래요

흑인 올훼의 주제 음악이

우리의 이야기 사이로 지난다

순간 여자의 표정이

쥐뿔 같다는 느낌이다

우리들의 쥐뿔론은 깊어가는데

어디선가 티브이 상자 속에서는

쥐뿔도 아닌 것들이

톡톡 튀어나온다

— 졸시 「쥐뿔」 전문

변방에서 발간되는 문예동인지에 이 시가 실렸다. 이 시를 읽은 변방의 친구들로부터 재미있다는 말이 들리기 시작했다. 자주 만나는 친구들은 이름 대신에 아예 쥐뿔이라고 부르기도 했다. 쥐뿔이 나의 별명이 된 것이다. 내 친구 가운데 그림 그리는 친구는 별명이 광견(狂犬) 또는 미친개다. 미술 교사 시절 성격이 괴팍하다고 학생들이 붙여준 별명이다. 한동안 말을 줄여서 하는 것이 유행처럼 번진 시절이 있었다. 그래서 미친개는 개가 되고 쥐뿔은 쥐가 되었다. 서로 만나면

"어이, 개!"

"어이, 쥐!"

이게 우리들의 인사였다. 술이라도 한잔 마시면 아예 의성어로 불렀다. 내가 멍멍! 하고 부르면 그는 찍찍! 하고 대답했다. 차츰 나이가 들면서 친구들은 나를 쥐뿔 선생이라 불렀다. 나이가 더 들면서 후배들이 부르기에 민망하다며 서각(鼠角) 형, 또는 서각 선생이라 부르는 사람이 늘어났다. 나는 스스로 민주적 인간이라고 자부한다. 그래서 여러 사람이 부르면 그걸 따르는 것이 순리라 여겼다. 변방에서는 본명보다 서각이 더 익숙한 이름이 되었다.

환갑이 가까워져올 무렵 나도 아호가 있어야겠다는 생각을 했다. 서각, 발음도 좋고 또 친구들이 붙여준 것이니까 작위적이지 않아서 좋았다. 그래서 나는 서각을 나의 아호로 삼기로 했다. 그리고 나름대로 나의 아호에 대한 의미를 부여하기 시작했다.

옛사람들의 이름 짓기에 대해 생각해보았다. 우리나라 사람들의 이름 짓기는 대개 반어적인 경우가 많았다. 귀한 집 아이일수록 아명을 천하게 지었다. 개똥이, 돼지, 강아지 등이 그렇다. 어떤 이름은 거의 욕설에 가깝다. 이름을 천하게 지을수록 실제로는 건강하고 귀하게 되리라는 기대를 담았다. 옛 선비들의 아호에도 학식이 풍부하고 지위가 높을수록 어리석을 우(愚), 어리석을 치(痴) 자가 들어가는 경우가 많았다. 다분히 옛사람들의 호는 반어적이었다. 적어도 우리의 전통에 따르면 보잘것없는 호일수록 좋은 호라는 깨달음을 얻었다.

이름도 낮게 지을수록 좋다. 자녀의 이름을 지을 때 부모의 소망을 담아 좋게 지으면 곤란한 경우가 생길 수 있다. 가령 건강하고 용감하게 되라고 장군이라는 이름을 지었다고 하자. 그 아이가 부모의 소망대로 잘 자라주면 문제가 없겠지만, 나이가 들수록 몸이 왜소한 아이라면 친구들이 장군아 하고 부를 때 듣는 아이 심정이 어떠하겠는가. 그 아이가 여아라면 부모의 뜻대로 이쁜이라고 지었다고 하자. 자랄수록 부모의 뜻을 배반하고 특이한 용모가 되었다면 친구들이 이쁜아 하고 부를 때 듣는 이쁜이의 심정이 어떠하겠는가. 낮게 그리고 보잘것없는 이름을 지었던 옛사람들의 이름 짓기는 이렇게 슬기로웠다. 오스트레일리아 원주민 부족은 나이가 들면서 그의 특성에 알맞은 이름으로 이름을 바꾼다고 한다. 매우 슬기로운 부족이다. 가령 아이 때 이름이 '토끼를 잡은 아이'였다면 어른이 되어 '곰을 잡은 사람'으로 그 이름을 바꾼다는 것이다.

낮고 보잘것없는 것으로는 쥐뿔이 으뜸이라는 생각이다. 쥐뿔은 말만 있고 실체가 아예 없으니 이보다 더 보잘것없는 이름은 세상에 없을 것이다. 나는 70년대 신춘문예에 당선한 적이 있다. 그때는 나름대로 화려하게 문단에 등단하였지만 이후로 이렇다 할 작품도 쓰지 못하고 변방에서 잊혀진 존재가 되어갔다. 작품은 비록 신통치 못할지라도 이름이라도 폼 나게 지어야겠다는 생각으로 아예 필명을 권서각으로 바꾸기로 했다. 사실 환갑이 되어 필명을 바꾼다는 것은 모험이다. 그러나 나는 무명에 가까웠으므로 필명을 바꾸어도 별 무리가 없으리라 여겼다. 무명 시인인 것이 오히려 다행이라는 생각이 들었다.

환갑의 나이가 되었다. 평균 수명이 늘어나서 환갑잔치를 하는 사람이 거의 없었다. 아버지 환갑잔치를 해드리던 생각이 났다. 시골 아버지가 사시는 집에서 아버지 환갑잔치를 했다. 아들이 선생씩이나 한다고 소를 한 마리 잡고 돼지도 잡고 마을 농악대도 동원되는 그야말로 옛날식 잔치였다. 그때 아버지는 갓을 쓰시고 병풍을 뒤에 두르고 앉아 절을 받으셨다.

내가 환갑이 되었을 때 아무리 생각해도 그때 아버지만큼 늙지 않은 것 같았다. 그럼에도 불구하고 환갑은 환갑이었으므로 나는 스스로 환갑 행사를 하기로 했다. 나는 나름대로 환갑까지 산 자신이 대견하고 내 이웃과 친구들이 고마웠다.

무섬마을에 공간을 빌리고 간단한 음식을 마련하여 지인들을 초대했다. 이날을 기념해서 나의 산문집『그르이 우에니껴?』를 찾아온 지인들께 드리기로 했다. 자연 출판기념회를 겸하게 된 셈이다. 이 책의 필명을 아예 권서각으로 했다. 무대 뒤에는 '서각이 육갑하네'라는 펼침 막을 달고 친구들이 우정으로 그림을 전시하고 음악을 연주했다. 일일이 초대하지 않고 SNS에 올리기만 했는데 생각보다 많은 사람들이 와주어서 놀랐다. 음악 하는 친구 정운이 수고가 많았다.

이로써 서각은 나의 아호이자 필명으로 공식화된 것이다. 서각이 무슨 뜻이냐고 물으면 대답할 말도 다음과 같이 정리했다.

쥐뿔도 없는 놈이다(不有鼠角漢)

쥐뿔도 모르는 놈이다(不知鼠角漢)

쥐뿔도 아닌 놈이다(非是鼠角漢)

환갑 이후에 발표되는 모든 나의 글에는 권서각이라는 이름을 썼다. 그르이 우에니껴? 권서각 지음, 이렇게 새겨진 표지를 보니 보기에도 좋았다. 이렇게 하고 나니 나는 아무런 권위도 없는, 쥐뿔도 모르는 글쟁이가 되었다. 쥐뿔도 모르는 놈이 무슨 말을 하지 못하며 무슨 글은 쓰지 못하랴.「권서각의 시와 함께」라는 신문 연재 코너도 쓰고 문예지에「권서각과 함께하는 현대시 산책」이라는 꼭지도 쓰게 되었다. 지역신문에「권서각의 프리즘」이라는 기명 칼럼도 썼다. 지난날에는 환갑이 되도록 시집 두 권밖에 내지 못한 과작이었다. 나의 글을 세상에 내놓는다는 것에 대한 책임감이 무거웠기 때문이다. 이름을 바꾼 이후 발표에 주저함이 없어졌다. 쥐뿔도 아닌 사람이니까 두려워할 것도 부끄러워할 것도 없었다. 나의 문학 여정에서 작품 창작은 비록 미약하나 이름만은 창대하게 지었으니 그게 어디인가.

서각이라는 이름을 좋아하는 사람들이 늘어나기 시작했다. 서울 대기업에 다니다가 젊은 나이에 잘린 친구가 있었다. 이 일 저 일 하다가 모두 여의치 않아 답답할 때면 이 변방으로 내려와 나와 술자리를 자주 하는 친구다. 나의 서각이라는 이름을 듣고 자기도 호가 있어야겠다며 개도 뿔이 없으니 '견각'이라 하면 어떻겠는고 했다. 착하기만 하고 돈벌이는 신통찮은 친구였다. 문득 지난 시절 감방에 들락거리던 친구들이 즐겨 쓰던 말이 생각났다. 돈이 많은 수인을 범털, 돈이 없는 수인을 개털이라 부르던 시절이 있었다.

"자네는 돈이 없으니 개털이잖나. 견모(犬毛)로 하게."

친구도 매우 흡족해했다.

대학에서 한문학 교수를 하는 친구가 있었다. 멀리 있어서 나와 자주 만나지는 못하는 편이다. 이 친구에게는 혼술을 하는 습관이 있다. 그것도 한 번 마시면 사흘 계속 마신다. 마시고 술에 취하면 심야건 낮이건 가리지 않고 나에게 전화를 걸어 긴 통화를 한다. 전화 통화를 하면서 나와 함께 있다고 여기는 모양이다. 심야에 잠을 깨워 남의 잠을 설치게 하는 이 친구에게 나는 별명을 지어준 적이 있다. 벽초의 우리말의 보고라 하는 『임꺽정』에 나오는 '지랄쟁이'라는 말을 그의 별명으로 붙여주었다. 어느 날 이 친구가 자기 호를 구각(狗角)이라 하면 어떻겠느냐고 물었다. 견(犬)은 안내견, 반려견 등에 쓰이니 귀한 존재이므로 감히 견을 쓸 수 없고 구(狗)는 황구처럼 잡아먹어도 되는 개이니 자기는 구각이 더 좋다고 했다. 그리하여 그 친구는 구각이 되었다.

어느 날 내가 사는 변방에 서각, 견모, 구각이 함께 모인 적이 있다. 견모와 구각은 서로 모르는 사이여서 처음 만나는 자리였다. 그럼에도 불구하고 우리는 서로의 아호를 불러가며 화기애애한 시간을 보낸 적이 있다. 후로 견모와 구각은 저희들끼리도 안부를 묻는 사이가 되었다. 나는 이 친구들을 서각 문중이라 부르기로 했다.

이 고장 철탄산 아래 미타사에 경우(鏡牛) 대사가 주지로 계신다. 우리나라에 처음으로 생긴 불교대학을 1회로 졸업하신 분이다. 세수가 80보다 90에 가까운 분이지만 서각과 망년지교를 맺고 지내신다. 불경의 해박하심이 가히 대사라 부름이 옳을 것이다. 대사께서 서각의 아호를 매양 칭찬하시더니 하루는 미타사로 불렀다. 곡차를 준비하시고 조우하는 자리에서 잘 표구된 액자를 하나 주시었다. 서각이라는 이름에 대해 노래를 지으시고 표구까지 해서 하사하시는 것이었다. 그 노래에 진서로 하였으되 아래와 같았다.

誰識三千尺鼠角　角長萬里衝天驚
當前獅虎失心動　有眼石人豈玉衡

쥐뿔이 삼천 자인 줄 누가 알리오
능히 구만 리 하늘을 찔러 놀라게 하네
그 앞에 사자 호랑이도 벌벌 떨도다
혜안이 없는 자 어찌 쥐뿔을 볼 수 있으리오

남쪽에 사는 시인이 있다. 대학에서 후학을 가르치며 좋은 시를 써서 이름이 높은 시인이다. 젊은 시절 나의 당선작을 텍스트로 시작 공부를 한 일이 있다 하여 후에 만나게 되어 나를 '행님'이라 부른다. 그는 좋은 시를 많이 쓴 시인이어서 그에게 행님이라 불릴 때마다 심기가 그리 편하지 못했다. 이름을 바꾼 뒤로는 매양 만날 때마다 '쥐뿔 행님'이라 불렀다. 쥐뿔이라는 이름을 은근히 부러워하는 기미가 엿보였다.

어느 가을 평사리 문학 행사에 간 적이 있다. 내 곁에 슬그머니 앉더니 느닷없이 말했다.

"행님, 나도 호를 지었심다."

"뭔데?"

"약똥입니다."

그는 늘 서각을 능가하는 호를 생각했다고 했다. 그러던 어느 날 아내와 같이 멸치 똥을 바르다가 문득 좋은 호가 떠올랐다는 것이다. 자기 호를 멸치 똥이라고 하기로 했다는 것이다. 그래서 멸치 약(鰯)에 똥이라는 한자를 쓰기로 했다는 것이다. 한 가지 동(同) 아래 마음 심(心)을 한 글자가 똥 자라는 것이다.

"그런 글자가 어디 있어?"

"두꺼운 옥편에 있심더. 그 자 찾는데 고생했심더."

"약똥이라, 참으로 보잘것없구나. 좋구나, 약똥 선생."

몇 년이 지났다. 심야에 그에게서 전화가 왔다. 약똥이었다.

"호를 바꾸기로 했습니다."

"왜? 약똥이 싫은가?"

"이번엔 서각 행님을 능가하지 싶습니다."

"뭐라고 지었는데?"

우리 속담에 '벼룩도 낯짝이 있다'는 말이 있는데 정말 벼룩의 낯짝은 어떤 것일까 생각하다가 조사해보기로 했다고 한다. 그는 동물도감에 벼룩에 대한 자세한 기록을 보게 되었다는 것이다. 벼룩의 낯짝은 거의 없다는 것이다. 벼룩 낯짝의 크기가 0.01mm이니 없는 것과 같다고 했다. 그래서 벼룩 록(蟣) 얼굴 면(面)을 써서 록면이라 하기로 했다는 것이다. 나는 이렇게 말하는 수밖에 달리 할 말이 없었다.

"내가 졌다. 록면 선생. 그대의 호가 너무나 보잘것없구나."

록면은 자신의 호에 대한 자부심을 피력했다. 염상섭의 호가 횡보라 하는데 늘 술을 마셔서 걸음이 바르지 않고 갈 지(之) 자와 같다고 하여 횡보(橫步)라 했다고 한다. 록면은 한국 문단에 3대 아호로 횡보, 서각, 록면을 꼽을 수 있지 않겠느냐며 낄낄 웃었다.

지난해 민주평화통일 자문회의 변방시 협의회장이라는 긴 이름의 직함을 갖게 되었다. 통일운동 차원에서 봉사하기로 했다. 통일아카 데미라는 연속 강좌를 개설하고 저명한 통일전문가를 강사로 초빙했다. 강사로 초빙한 북한학 전문가 교수 한 분과 뒤풀이 자리에서 통성명을 했다. 이 저명한 교수님은 내가 쥐뿔이라고 하자 자기도 호가 있어야겠다며 즉석에서 스스로 아호를 지었다. 자기는 소견이 좁아 밴댕이 소갈딱지 같으니 줄여서 밴소라 하기로 했다는 것이다. 며칠이 지난 뒤 그분의 저서가 택배로 도착했다. 책에는 '서각 선생께 밴소 드림'이라는 자필 서명이 되어 있었다. 생각하건대 그 책은 내가 읽은 북한 알기 책 가운데 감히 최고의 텍스트라 할 만했다.

여기까지 쓴 지 며칠 지난 뒤였다. 먼 남쪽에서 록면의 목소리가 전화기 너머로 들렸다. 호를 다시 바꾸기로 했다는 것이다. 다시 조사해보니 록(蟲)은 벼룩이 아니라 빈대라는 것이다. 그래서 빈대의 간을 뜻하는 록간(蟲肝)으로 하기로 했다는 것이다. 교수는 학생의 등록금을 받아서 섭생을 도모하니 빈대의 간을 빼먹고 사는 것과 다름이 없으니 록간이 적합하다는 것이다. 나는 그의 수고를 덜어주기 위해 벼룩 조(蚤)에 얼굴 안(顏)을 써서 조안이라 하라고 권해보았다. 영어로는 John이니 글로벌 시대에 합당하지 않느냐고 했다. 그러나 그는 단호했다.

"안 할랍니다. 그냥 록간으로 하겠심다."

나는 그가 다시 호를 바꿀 것 같은 예감을 지울 수 없다. 그는 오늘도 더할 나위 없이 보잘것없는, 쥐뿔을 능가하는 것을 찾아 언어의 바다를 헤맬 것이다.

더할 나위 없이 보잘것없는

해봉약전

문학청년 시절에 이웃 고을에 '글밭'이라는 문학 동인이 있음을 풍문으로 들었다. 그 고을에 있는 변방교육대학에 입학하면서 그 말로만 듣던 글밭 동인들을 만날 수 있었다. 나는 학생이었지만 학교 친구들보다는 학교 밖 문학청년들을 자주 만나는 편이었다. 그때 글밭은 잠시 해체되어 변방문인협회와 통합된 상태였다. 그 문학 선배 가운데 한 사람이 해봉 형이었다. 해봉은 산골 초등학교에서 교사 생활을 하고 있었다. 나는 변방문인협회가 주관하는 백일장에서 장원을 한 적이 있는데 일반부 장원은 문인협회 회원으로 영입했기에 나는 학생 신분으로 변방문인협회 회원이 되었다.

해봉 형과 나는 문협 회원이라는 공통분모로 인연을 맺게 되었다. 대부분의 회원들이 연장자였으므로 나는 선배 말이라면 그대로 따를 수밖에 없었다. 내가 술과 담배를 배우게 된 것도 문학 선배들로부터였다. 그때 나는 글을 잘 쓸 수 있다면 양잿물이라도 먹을 자세가 되어 있었다.

"글을 쓰려면 술과 담배는 할 줄 알아야지."

선배들의 이 말을 금과옥조로 여기고 술과 담배에 도전했다. 나의 할아버지와 아버지는 술을 마시지 못하신다. 아버지는 상가에 가셨다가 친구가 권하는 바람에 막걸리 한 잔을 마시고 집으로 오시는 길에 몸을 제대로 가누지 못하신 적이 있다. 서양 문물이 들어오고 세상이 근대화되었음에도 아버지는 외출하실 때 갓과 두루마기를 반드시 갖추셨다. 술 한잔 드시고 두루마기를 휘날리며 논둑길을 걸어오시던 아버지의 모습이 오랫동안 마을 사람들의 입에 회자되기도 했다. 할아버지와 아버지 두 분 모두 담배는 잘하셨다. 할아버지는 장죽으로 담배를 태우셨고 아버지는 권련을 태우셨다. 윗대의 유전자를 이어받았는지 담배는 쉽게 배웠지만 술은 정말 어렵게 배웠다. 30대 중반이 되어서야 술을 마신 다음 토하지 않게 되었다. 그 무렵 대통령은 '하면 된다'는 구호를 강조했는데 아마 대통령의 말을 굳게 믿고 실천했던 것 같다.

해봉 형과도 문학이라는 인연으로 자주 만나게 되었다. 해봉 형이 근무하는 산골 초등학교 분교에 문우들과 함께 방문한 적이 있다. 교사 한 명, 잡무를 하는 용인 한 명이 전부인 학교였다. 형은 학교 사택에 살고 있었다. 사택에서 밤을 새워 술을 마시며 개똥철학을 논했다. 설을 풀면서 술을 마시다가 취하면 나는 몰래 밖에 나와 개울에 먹은 것을 토하고 다시 들어와서 마셨다. 형이 근무하던 학교 옆에는 고요한 저수지가 있었다. 숲속에 고즈넉하던 작은 학교가 그림처럼 내 추억의 창고에 남아 있다.

이런 곳이라면 초등학교 교사가 되어 살아도 좋을 거라는 생각을 했건만 해봉 형은 그렇지 않은 모양이었다. 형은 그 무렵 수필에 빠져 있었다. 잔잔하게 흐르는 문장이면서도 여백과 여운이 있는 수필의 내력에 빠진 것이다. 박연구라는 수필가가 쓴 『바보네 가게』라는 수필집이 낙양의 지가를 올리고 있었다. 셈이 흐린 구멍가게 주인이 있었는데 그는 종종 거스름돈을 더 많이 내어주곤 했다. 사람들은 똑똑한 주인이 있는 이웃 가게보다 바보 같은 주인이 있는 이 가게를 더 좋아해서 손님이 문전성시를 이루었다는 이야기다.

형이 드디어 학교에 사표를 내고 바보네 가게의 주인공을 본받아 구멍가게를 차렸다. 간판도 '바보네 가게'라고 달았다. 나는 그때 변방교대를 졸업해야 했지만 0.5학점을 따지 못해 졸업을 하지 못했다. 학생도 아니요 졸업생도 아닌 애매한 처지였다. 올 데도 갈 데도 없는 유랑인이 되어 떠돌고 있었다. 변방시에서 알게 된 문학청년들과 어울려 다니며 시간을 죽이고 있었다. 가장 만만한 곳이 바보네 가게였다. 우리는 시도 때도 없이 바보네 가게를 찾았다. 가게 구석에 앉아 소주병을 갖다 놓고 마셨다. 쥐포며 과자며 손에 잡히는 대로 안주 삼아 술판을 벌이면 주인인 해봉 형도 끼어들어 가게는 이내 술집으로 변신하곤 했다. 물론 우리 주머니에 돈이 있을 리가 없었다. 가게 분위기가 그러하니 손님이 찾을 리도 없었다. 몇 달 지나지 않아 바보네 가게가 망했다. 바보네 가게는 형의 이력서에 구멍가게 주인 역임이라는 한 줄을 보태고 추억 속으로 사라졌다.

남들 2년 만에 졸업하는 교육대학을 3년 만에 겨우 졸업했다. 졸업 무렵 어느 학교에 근무할 것이냐는 희망 근무 지역을 적는 조사를 했다. 근무지는 성적순으로 결정된다. 나는 거의 꼴찌로 졸업했기 때문에 희망할 곳이 없었다. 하처가(何處可)라는 난이 있었다. 어느 곳이든 좋다는 뜻이다. 나는 그 하처가에 동그라미를 치고 변방교대의 문을 나섰다. 참으로 긴 방황의 나날이었다.

1년 뒤에 나는 교육청의 부름을 받았다. 발령이 났다는 것이다. 교육청에 가보니 내가 가야 할 학교는 내 고향과 가까운 곳이지만 한 번도 가보지 못한 곳이었다. 벽지는 벽지인데 벽지 점수도 없는 두메산골이었다. 물론 고향 집에서 통근도 할 수 없는 곳이었기에 그곳에서 하숙을 했다. 2년이 지나면 내신을 내어 이동할 수 있었지만 굳이 다른 교사와 경쟁하며 내신을 낼 필요를 느끼지 못했다. 내가 가장 싫어하는 것 가운데 하나가 남과 경쟁하는 것이다.

하숙집에서 잠을 자고 있는데 누가 문을 두드렸다. 손에 붕대를 감은 해봉 형이 나타났다. 옷에도 얼룩이 있었다.

"형이 어인 일이오?"

"내가 오늘 변방제일교회를 쳐부수고 오는 길이다."

변방제일교회라면 변방시 인근에서 가장 크고 오래된 교회다.

"……?"

"교회에서 늘 사랑을 외치는 놈들이 하룻밤 자자니까 목사라는 자가 안 된다고 그러잖아. 그래서 내가 교회 유리창을 다 부수고 왔다."

"잘 했수."

나의 방황은 끝났지만 해봉 형의 방황이 시작되는 지점이었다. 나의 시골 하숙에서 며칠 함께 묵은 형은 간다는 말도 없이 떠났다.

이미 결혼해서 아들딸이 있는 형이 방황이라니 형의 앞날이 걱정스러웠다.

그 후에 형의 소식은 풍문으로 들을 수 있었다. 특수교사 자격시험을 쳐서 특수교사가 되어 농아학교에서 아이들을 가르친다는 것이다. 저간에 그의 불행한 가족사가 기술된 자전적인 산문집을 보내와서 읽게 되었다. 글을 통해서 형이 방황하는 이유를 조금은 유추해볼 수 있었다. 그 뒤로 형의 소식은 들을 수가 없었다.

많은 세월이 지난 어느 날 학교에서 시달리다가 퇴근해서 거실 소파에 지친 몸을 기대고 티브이를 켰다. 채널을 이리저리 돌리다가 불교방송이 화면에 떴다. 화면 가득 비친 고승의 얼굴은 해봉이었다. 해봉 형이 해봉 스님이 되어 티브이에 나온 것이다. 원래 형은 젊은 시절에도 앞머리가 벗겨졌었다. 속으로 차라리 나머지도 깎아버리면 좋겠다는 생각을 했는데 정말 깎으니 인물이 한결 훤했다. 시원한 머리에 온화한 얼굴이 완전히 고승이었다. 다도와 선에 대해 말씀하시는데 보기에 좋았다. 아아, 해봉 형이 해봉 선사가 되었구나.

들리는 소문에 의하면 농아학교를 그만둔 형은 머리를 깎고 불교에 귀의해서 계를 받았다 한다. 형이 속한 종파는 대처가 허용되는 종파이기에 형처럼 처자가 있어도 가능하다는 것이다. 승려가 된 형은 서울 근교에 조그만 암자를 마련하고 형수를 공양주 삼아 주지가 되었다고 한다. 승려가 되었지만 그의 행적은 속이나 다를 바가 없었다. 신도를 관리하고 절을 관리하는 일은 버려두고 공부하는 일과 때로 곡차 마시는 일에 매진한다는 소문이었다.

수십 년 만에 형을 만나게 되었다. 승복을 차려입은 형이 변방시에 찾아오신 것이다. 형은 형이 쓴 책을 한 보따리 가져왔다. 주로 한국 현대불교사에 관한 내용이었는데 그 양이 실로 방대하였다. 그 많은 자료를 어떻게 수집했는지 그저 놀라울 따름이었다. 민족문제연구소에서 발간한『친일인명사전』에 친일 승려편을 형이 집필했다는 것이다. 일제강점기 불교에 대해 형만큼 해박한 승려가 없었기 때문이리라.

그는 복색만 승려지 말투나 행동은 젊은 시절의 그와 다를 바가 거의 없었다. 달라진 점이 있다면 행색이 승려요 언행이 보다 자유롭고 호방해진 것이리라. 나는 형에게서 천의무봉(天衣無縫)을 읽었다. 그와 대화하다가 그의 말에 사족을 달아 공감을 표할 때마다 그는 이렇게 말하곤 했다.

"이느마, 이게 머 쪼매 아네."

자기 이외에는 모두 하찮은 중생으로 보인다는 뜻이리라.

곡차가 얼큰하게 오르면 노래를 한다.

"광막한 광야를 달리는 인생아~"

다뉴브강의 잔물결에 가사를 붙여 윤심덕이 불렀다는 〈사의 친미〉다. 입을 크게 열어 목청껏 부르는 그의 노래는 가사는 맞지만 음정은 거의 염불에 가까웠다. 웃을 때는 큰 입을 열어 이와 잇몸이 거의 다 드러날 정도로 호방하게 웃었다. 나는 그 모습을 스마트폰에 갈무리해두었다가 가끔 꺼내 보며 혼자 빙그레 웃곤 한다. 그 얼굴만으로도 힐링이 되기 때문이다.

며칠을 함께 보내다가 홀연히 지취를 감춘 해봉 선사는 몇 년이 지나도 전화 한 통 없었다. 그러던 어느 날 운전을 하며 가는데 전화가 왔다. 해봉 선사의 목소리였다.

"몇 달 후에 자네를 만나러 가야겠다."

"갑자기 무슨 바람이 불었나이까?"

"자네가 머를 쪼매 아니까 자네한테만 이야기하는데……."

"무슨 얘기요?"

"다른 놈은 얘기해도 알아듣지도 못할 거 같고……."

"무슨 얘긴지 해보시오."

얘기인즉 이런 것이었다. 성경과 불경, 그리고 유발 하라리의 『호모 사피엔스』까지 다 읽어보았는데 모두가 조금씩 부족하다는 것이다. 그래서 지금까지 세계사에 없었던 인류 문명사를 집필하고 있는데 아직 끝을 보지 못했다는 것이다. 당장 내려가서 자네를 만나고 싶지만 집필이 바빠서 내려가지 못한다고 했다. 책이 나오면 그때 내려가서 곡차 한잔하자는 것이다. 지금 집필하는 책은 지금까지 어느 누구도 쓰지 못했던 인류 역사에서 전무후무한 명저가 될 거라는 것이다.

"형, 형은 충분히 쓸 거요. 내 기다릴게. 그때 우리 곡차 한잔 나눕시다."

"역시, 이느마가 머를 쪼매 아네. 하하하!"

전화기 너머에서 입을 크게 벌리고 웃는 그의 모습이 눈에 선했다. 세월이 지나면 그의 책은 출간될 것이다. 그러나 그의 책이 전무후무한 명저가 될지 아닐지는 아무도 알지 못한다. 그게 중요한 것이 아니라 그가 그의 저서에 대해 얼마나 만족하느냐가 중요한 일일 것이다. 몇 달 뒤에 그는 이 변방에 나타날 것이다.

"형, 그때 우리 곡차 나누면서 사의 찬미 부릅시다."

"하하하, 불러야지."

둥글고 환한 그의 표정이 눈에 선하다. 얼마 뒤에는 그의 〈사의 찬미〉를 들을 수 있을 것이다. 그때도 그 노래의 음정은 전과 다르지 않을 것이다.

이 글을 여기까지 썼을 때 또 느닷없이 스마트폰 신호가 왔다. 해봉 형이었다. 안부도 없이 거두절미하고 대뜸 질문부터 들어왔다.

"어이, 서각, 아무것도 모르는 놈을 쥐뿔이라 한다는데 개조또 모르는 놈을 뭐라 하면 되지?"

"그거야 형 맘대로 하면 되니더."

"하하하, 그러면 되겠네."

그러고는 자신의 근황을 이야기했다. 지금 책 세 권을 써서 세계를 석권하려 하는데 원고가 거의 완성되었다는 것이다. 지난여름 무더위 속에서 전력으로 집필한 결과 방대한 원고가 완성되었는데 다시 읽어보니 너무 장황하여 다시 정리하는 중이라 했다. 준비한 세 권의 책이 출판되면 인도로 갈 생각이라 했다.

"형, 그런데 사의 찬미는 언제 듣지?"

"그게 중요한 게 아이다."

형의 어조가 사뭇 진지해졌다. 앞으로의 세계는 팍스 아메리카 시대는 가고 디지털 글로벌 시대가 올 것인데 자기가 디지털 프레지던트가 되어야겠다는 것이다. 문명의 중심이 인도로 바뀌기 때문에 인도에 가야 디지털 프레지던트가 될 것이라 했다. 나무관세음보살.

프레지던트가 되어도 좋겠지만 곡차 한잔 사이에 두고 〈사의 찬미〉

를 듣고 싶은 마음이 더욱 간절했다.

침묵의 소리

적음 스님이 우리 고장에 나타난 것은 수십 년 전이다. 어느 절에서 온 것이 아니라 인사동에서 왔다는 것이 여느 스님과 다른 점이었다. 잠시 나타났다가 사라지곤 했으므로 소문으로만 그런 스님이 있구나 여겼기에 그는 나의 관심 밖에 있었다. 그가 썼다는 『저문 날의 목판화』라는 산문집을 몇 쪽 일별한 적은 있다. 일별했다고 하는 것은 그가 나의 관심 밖에 있었기 때문이며 들리는 풍문이 그리 유쾌한 것은 아니었기 때문이다.

그가 쓴 책의 표지는 저물녘 산사로 걸어가는 스님의 뒷모습이 흑백으로 처리되어 운치가 있었다. 당시 스님들의 글이 대중의 관심을 끌던 때여서 적음의 책도 여성들의 관심 대상이었다. 백화점에서 저자 사인회를 했다는 소문이 있기도 했다. 스님이 절에서 수행은 하지 않고 세속에서, 그것도 대도시도 아닌 이런 변방에서 저자 사인회를 한다는 것으로 미루어 어떤 땡초가 또 혹세무민하고 있군, 하는 느낌이었다.

많은 세월이 흘렀다. 강호 뻐꾸기들이 자주 모이는, 정운이가 하는 '문'이라는 라이브 카페에서 가끔 만난 적이 있다. 그때는 승복이 아닌 평상복 차림이었다. 막걸리를 마시는 자리에서 만나기는 했지만 우리가 나눈 대화는 거의 기억나지 않는다. 그의 말은 논리적이거나 서사가 뚜렷한 말이 아니라 대화랄 것도 없었다. 그는 별것 아닌 말이나 행동에도 큰 소리로 푸하핫 웃음을 터트리는 버릇이 있었다. 어떤 때는 스스로 말해놓고 스스로 푸하핫 하기도 했다. 한마디로 리듬이 맞지 않는, 만나고 싶지 않은 인간이었다. 그럼에도 불구하고 어쩔 수 없이 자주 만나게 되는 인연이 있기도 하다. 사람이란 반갑든 반갑지 않든 만남이 잦아지면 가까워지게 마련이다. 언제부터인지 그와 나는 친구가 되어 있었다.

"저 가스나, 이쁘네. 미스코리아다. 미코, 푸하핫."

그는 긴 문장으로 말하는 법이 거의 없다. 느낌을 나타내는 감탄사나 단문 형식으로 말한다. 말을 한다기보다 그냥 즉흥적 느낌을 나타낸다고 함이 옳을 것이다. 당시에 이미 미스코리아를 줄여서 미코라 했으니 요즘 유행하는 줄임말의 창시자라 해도 별로 무리가 없을 것이다. 자기의 법명 적음을 설명할 때는 제법 긴 문장이 되기도 한다.

"고요할 적(寂) 소리 음(音)이다. 영어로 하면 Sound of silence다. 푸하하핫!"

그 즈음 적음이 내가 한때 문학소녀로 알았던 금희와 함께 산다는 풍문이 들렸다. 금희는 비록 가방끈은 길지 않았지만 재능 있는 작가 지망생이었다. 어떤 여성잡지에 수기를 써서 당선된 적이 있는 풍부한 감성을 지닌 여자였다. 이후로 객지를 떠돌다가 이 변방 백화점에서 양품점을 하고 있었다. 그러던 중에 적음과 금희에 대한 풍문이 들리니 그리 유쾌한 일은 아니었다. 적음이 승적이 있는지 없는지 모르지만 중의 행색을 했기 때문이었을 것이다.

얼마 뒤에 금희와 적음이 헤어졌다는 풍문이 돌았다. 금희가 백화점에서 일을 해서 몇 푼 모은 것을 적음이 모두 써버리기 때문이었다고 했다. 헤어진 뒤로도 적음은 스토커처럼 금희를 찾았고 금희는 그를 피하는 것이 생활의 일부가 되었다고 했다. 금희가 도망가면 귀신같이 찾아오고 다시 도망가면 찾는 일이 반복되었다고 했다. 몇 년의 세월이 지나고 금희가 몹쓸 병을 얻어 서울 병원에 입원했다는 소식이 들렸다. 어느 날 금희와 친하게 지내던 안젤라에게서 전화가 왔다. 금희가 죽었다는 것이다. 우리는 금희를 보내는 화장장으로 차를 몰았다. 안젤라에게 물었다.

"적음도 아는가?"

"금희가 알리지 말라고 했어요."

차 안에서 안젤라에게 들은 이야기는 온통 적음에 대한 험담뿐이었다. 금희가 자기의 죽음을 적음에게만은 알리지 말라고 했다는 것이다. 다만 변방에서 가깝게 지내던 몇몇 문우들과 함께 영전에 막걸리 한 잔 부어달라는 게 그녀의 유언이라 했다.

금희는 생전에 걸어 다니는 종합병원이었다고 했다. 적음과 함께 살 때도 돈만 달라고 할 줄 알았지 병원에 한 번 같이 간 적이 없다고 했다. 아픈 것에는 아랑곳하지 않고 술상을 차리라고 하고 밤새

술만 마셨다고 했다. 서울 병원에 입원해서 생사를 다툴 때도 병실에 친구들을 몰고 와서 술판을 벌였다는 것이다. 과연 적음다운 일이다 싶었다. 고단했던 생을 끝낸 금희의 몸이 불 속으로 들어가기 전에 우리는 그녀의 영전에 막걸리 잔을 부어 올리고 함께 마심으로써 그녀와 영원한 작별을 했다. 화장장 곁 공터는 볕에 뜨겁게 달아 있었다. 우리는 신산했던 그녀의 생애를 생각하며 하늘 가 뭉게구름을 망연히 바라보고 있었다. 매미가 따갑게 울었다.

그 무렵 적음은 이 변방 시골 마을에 비어 있는 농가 한 채를 빌려 독거하고 있었다. 농가 기둥에는 일소굴(一笑窟)이라는 현판을 달았다. 방 안에는 조그만 불상을 모셨다. 말하자면 일소굴은 그의 절이었다. 적음이 신도 겸 주지인 셈이다. 일소굴에 근거를 두고 살면서 가끔 지인에게 전화를 걸어 만나서 술 마시다가 다시 돌아가는 것이 그의 생활 패턴이었다. 말하자면 일소굴에 거하는 것은 수행이었고 지인을 만나는 일은 탁발이었다.

내가 근무하는 직장으로 전화가 왔다. 만나자는 것이다. 곡차 탁발을 하려는 것이 분명했다. 퇴근 후에 약속 장소에 가니 이미 술상을 받아놓고 기다리고 있었다.

"왜 인제 왔어?"

그는 느긋하게 기다리지 못한다. 만나봐야 술 마시는 것이 일인데 무슨 큰일이라도 있는 것 같다. 약속 시간에 조금만 늦어도 전화를 다시 거는 것이 버릇이다. 조금 기다리다 다시 전화를 건다. 그가 거는 전화벨 소리에는 조급증이 묻어 있다. 이러한 그의 성미와 같은 리듬이 그의 걸음걸이다. 발걸음의 폭이 좁다 보니 자연 급하다. 쪼작쪼작 걷는다는 느낌이다. 말하자면 그의 조급함과 걸음의 리듬은 거의 일치한다고 할 수 있다.

값싼 여행 상품이 나와서 뻐꾸기 몇과 함께 중국 여행을 같이 간 적이 있다. 적음은 해외여행이 처음이라 했다. 줄을 서서 출국 절차를 밟는데 적음 앞 사람이 가톨릭 신부님이었다. 신부님은 직업란에 '신부님'이라고 적었다. 공항 직원이 그냥 신부라고 적으면 되는데 왜 '신부님'이라고 적느냐고 했다. 적음은 그걸 들은 터라 직업란에 님을 빼고 '스'라고 적었다. 직원이 무슨 뜻이냐고 물었다.

"신부님이 신부라고 적으니 스님은 '스'라고 적어야지요."

어이없어하던 공항 직원이 '승려'라고 고쳐주었다. 적음의 순진함이 이와 같았다.

내가 자리에 앉자마자 적음이 한숨을 쉬며 말했다.

"내 마누라가 죽었다."

어디에서 누구에게 금희의 죽음 소식을 들은 것 같았다. 이미 화장장에 갔다 온 내게 굉장한 소식을 전하듯 하는 것도, 얼마간 함께 산 여자를 마누라라고 부르는 것도 그다운 불협화음이라 여겼다. 몇 잔의 술을 마시더니 울음 섞인 목소리로 말했다.

"니는 마누라도 있잖나, 나는 이제 마누라가 없다!"

마치 엄마 잃은 아이 같다. 스님이라는 사람이 마누라라는 말을 아무런 망설임도 없이 하는 것은 적음밖에는 아무도 없을 것이다. 몇 잔의 술을 함께 나눔으로써 마음에도 없는 위로의 말을 한 다음 그를 보냈다. 만났다 헤어질 때 적음이 반드시 하는 의례가 있다.

"차비 도!"

대중교통이 끊어진 시각에 일소굴까지 가자면 택시를 타야 했기에 택시비를 달라는 것이다. 친구들은 처음에는 차비를 주었지만 대부분 가난한 뻐꾸기를 자처하는 친구들이기에 주지 못할 때도 있다. 그러면 적음은 양말목에 숨겨두었던 비상금을 꺼내어 택시를 타고 간다. 우리는 적음의 양말에 비상금이 있는 것을 안다. 나는 적음에게 만 원짜리 한 장을 주었다.

"이거로는 모자라."

"만 원밖에 없어. 만 원어치만 타고 나머지는 걸어서 가."

"알았어."

나머지는 걸어가라고 말했지만 그가 걸어가지 않을 것도 안다. 그렇게 말해놓고도 왠지 그가 택시에서 내려서 예의 그 쪼작쪼작하는 걸음으로 걸어가는 모습이 떠올라 애잔하기도 했다.

강호 뻐꾸기들이 술추렴 자리에 모일 때 적음은 초청 순위 1번이다. 둘이 만나는 건 달갑지 않지만 여럿이 모일 때 그가 있어야 없으면 어딘가 허전한 것이 우리들 공통의 정서였다. 개별적으로 적음에 연락해서 만나는 뻐꾸기는 드물다. 대화도 거의 통하지 않고 뭔가 리듬이 맞지 않아 불편하기 때문이다. 그래도 적음은 뻐꾸기들의 이름과 전화번호를 낡은 수첩에 적어놓고 전화를 하곤 한다. 그가 전화를 거는 대상은 술값과 차비를 청하기 쉬운 만만한 이름이다. 나는 그 만만한 친구 중에 하나였음을 나중에야 알게 되었다. 변방의 용어로 호구로 뽑힌 것이다. 그래도 뽑혔다는 게 어디인가.

자주 만나면서 그의 입에서 간간이 나오는 말을 통해 그의 이력을 유추해볼 수 있었다.

나는 그에게 주로 질문을 하는 편이다. 때로는 질문을 하지 않아도 스스로 말을 할 때가 있다. 서로가 아무 할 말이 없을 때다. 그냥 그의 내민 아랫입술을 망연히 바라볼 뿐이다.

"내 입이 왜 이런지 아나?"

그의 입 모양은 특이하다. 아랫입술이 유난히 두껍고 앞으로 나와 있다. 옆에서 보면 그 내민 정도가 보통이 아니다.

"왜 그런데?"

"이가 빠져 그렇다."

그러면서 이를 드러내 보여주었다. 아랫니는 그대로 있는데 윗니가 거의 없다. 윗입술이 뒤로 밀리니 아랫입술이 나올 수밖에 없다. 승복은 입지 않았지만 머리는 중의 머리다. 거기에다 아랫입술을 내민 상태로 가만히 있으면 근엄한 고승의 풍모가 드러나기도 한다. 내가 그와 만난 자리에 심하게 기침을 하니까 적음이 말했다.

"나는 평생 감기도 걸리지 않았고 병이 없다."

"대단하네."

"내가 어릴 때 염병을 앓았다. 그 뒤로는 잔병을 모른다."

그는 남도의 어느 시골 마을에서 태어나 조실부모했기에 나이도 정확히 몇 살인지 알지 못한다고 했다. 문단의 나의 선배들과 대학 동기이니 나보다 한두 살 위일 것으로 짐작된다. 양친이 돌아가시고 누나와 둘만 남았는데 누나는 친척 집에 맡겨지고 적음은 절에 맡겨져 동자승이 되었다. 어느 날 신열이 몹시 나는 병에 걸렸다. 그때는 염병이라 하고 요즘은 장티푸스라고 하는 무서운 병이다. 치료약이 없을 때라 열이 내리기를 기다리는 수밖에 없었다. 전염이 되기 때문에 인적이 없는 곳에 버려두었다가 다행히 죽지 않으면 다시 거두어들이는 것이 유일한 치료법이라 했다.

그를 거두어들인 은사 스님이 적음을 인적 없는 곳 느티나무 아래 격리시켰는데 다행히 죽지 않아서 다시 절로 돌아왔다. 적음의 소식을 들은 유일한 혈육인 누나가 절에 와서 뼈만 남은 동생을 보고 슬피 울었다. 병원에 한 번 데려가지 않은 은사 스님에게 원망의 말을 쏟으며 울었다. 적음은 지금 감기가 걸리지 않고 잔병이 없는 것이 염병을 앓았기 때문이라 생각한다. 감기보다 무서운 염병도 이겨냈기에 웬만한 병은 얼씬도 못 한다는 것이다.

대학에 가기 전까지 적음은 참다운 스님의 길을 걸었다고 했다. 경전도 열심히 익히고 참선도 성실히 수행했다. 초등학교도 들기 전에 동자승이 되었으니 다른 세계를 알지 못해서인지도 모른다. 그의 총명함과 성실함을 보고 절에서 대학에 보내주었다. 승복을 입은 대학생이 되었다. 대학은 절과는 너무나 다른 세계였다. 옷만 먹물 옷을 입었지 생활은 여느 대학생과 다를 바가 없었다. 졸업한 후에 그는 절로 들어가지 않은 듯하다. 이른바 땡초가 되어버린 것이다. 영혼이 자유로운 자가 절집의 엄한 계율에 얽매이기 어려웠을 것이다.

나와 같이 나랏말씀을 가르쳐 섭생을 도모하는 면작 선생이 함께 일소굴을 방문하자고 했다. 만나면 피곤하게 하는 그를 만나주는 사람이 거의 없으니 그의 외로움을 배려하기 위함일 터였을 것이다. 마을에 이르러 그의 거처를 물어 찾아갔다. 듣던 대로 기둥에 일소굴(一笑窟)이라는 당호가 붙어 있었다. 몇 번 불러도 기척이 없었다. 한참 뒤에 그가 문을 밀고 불쾌한 얼굴을 내밀었다.

우리가 가지고 간 술과 안주로 마루에 주안상을 보았다.

"뭐 했어?"

"개코도, 누나가 추석 차례상 보라고 장보기를 해왔어."

"그럼 차례를 올려야지."

"개코도, 헛일이야. 장보기 다시 해야 돼."

"왜?"

요즘 들어 그는 '개코도'라는 발어사를 자주 사용한다. 멀리 있는 누나가 한가위에 차례 지내라고 장보기를 해서 두고 가셨다. 적음은 그걸 안줏거리로 모두 없애버렸다고 했다. 오는 이도 가는 이도 없는 일소굴에서 전화를 걸어도 받는 이도 없으니 포와 고기를 모두 술안주로 하고 과일은 디저트로 소비한 모양이다. 조상에게 바칠 제물을 먹어치웠으니 스스로 조상이 된 것이다.

아침에 적음에게서 전화가 왔다. 퇴근하고 만나기로 했다. 적음은 약속 시간보다 미리 와서 그 조급함으로 전화질을 하기 시작했다. 약속 장소에 나가니 왜 빨리 오지 않느냐고 화를 냈다. 늘 하는 버릇이다.

"무슨 일이야?"

"내가 텔레비전에 나온다."

"뭐 잘못한 거 있어?"

"에스 비 씨에서 날 찍어 갔다."

"에스 비 에스겠지?"

"개코도, 에스 비 에스인지, 뭐 죽는 줄 알았다."

특이하게 사는 사람을 소개하는 프로그램인 것 같았다. 하긴 그렇게 사는 인간도 흔하지 않으니 텔레비전에 나올 만도 하다. 날은 추운데 이렇게 하라 저렇게 하라고 해서 죽을 뻔했다는 것이다. 그러니까 내가 자기를 위로해줘야 한다는 것이다. 그날도 대화 같지 않은 대화를 나누다가 택시비 만 원을 주고 만 원어치만 타고 가고 나머지는 걸어가라는 대사를 마무리로 우리는 헤어졌다. 물론 일소굴까지 택시를 타고 갔겠지만 그의 쪼작쪼작 걷는 모습이 잠시 떠올랐다 사라졌다.

매우 오랜만에 만나자는 전화가 왔다. 200자 원고지에 육필로 쓴 원고를 한 보따리 가지고 와서 내게 내밀었다.

"내가 책을 한 권 썼다. 발문 좀 써라."

일소굴에서 쓴 산문집 원고였다. 그의 글에 대해 별로 신뢰는 없었지만 나는 거절을 하지 못하는 성격이어서 일단 원고를 받았다. 지금까지 발문을 써달라는 부탁을 거절하지 못한 것이 나의 맹점이기도 하다. 별로 내키지 않는 글을 읽는 것도 힘겹고 그런 글에 대한 발문을 쓰기는 더 힘겹다. 그러나 거절하지 못하는 성미로 태어났기에 누군가의 책에 첫 발문을 쓰고 말았다. 이미 한번 써준 이력이 있기에 부탁을 거절하면 부탁한 이는 매우 섭섭해할 것이다. 누구는 써주고 누구는 써주지 않는 것도 공평하지 못한 처사라 여겼다. 그 대신 주례사와 같이 찬양은 하지 않기로 했다. 있는 그대로의 생각을 객관적으로 쓰기로 했다. 쓰기는 쓰되 과장된 찬사는 하지 않는 것이 나의 발문 쓰기의 기준이었다.

집으로 돌아와 내키지 않았지만 원고를 펴서 읽기 시작했다. 반흘림체의 만년필 글씨는 달필이라 할 수 있는 편안한 필체였다. 편안한 글씨체를 따라 읽으며 내 마음도 따라서 편안해지는 것을 느낄 수 있었다. 지금까지 적음에 대해 갖고 있던 나의 선입견이 흔들리는 것을 스스로 감지했다. 내가 알아온 적음은 어린아이의 투정과 같은 행동을 하는, 그리하여 주위 사람들을 불편하게 하는 사람이었다. 그 글에는 투정은 나타나 있지 않고 아이와 같은 마음만이 녹아 있었다. 나는 그의 글과 유사한 문체로 그의 글에 대한 해설을 쓸 수 있었다. 며칠 뒤 원고와 발문을 돌려주었다. 출판을 해주기로 한 출판사에 보낸다는 것이었다. 이 책이 나오면 대박이 날 것이라며 푸하핫 웃었다.

그 뒤로 적음에게서는 연락이 없었다. 나는 누구에게 미리 만나자는 전화를 하지 않는 것이 습관화되었다. 그리하여 가까운 친구들로부터 매정하다는 핀잔을 듣기도 한다. 그런 내가 적음에게 미리 전화를 할 리가 없었다. 그를 잊고 있었다는 편이 옳을 것이다. 그러던 어느 날 적음의 입적 소식을 듣게 되었다. 그것도 입적한 지 여러 날이 지난 다음이다. 그의 장례도 알지 못한 채 그는 가버렸다.

후배 스님이 소식이 궁금하여 일소굴에 들러보니 자는 듯이 누워 있더라고 했다. 검시 결과 일주일 전에 이미 죽은 걸로 밝혀졌다고 했다. 요즘의 용어로는 고독사라 하지만 난 와선해탈(臥禪解脫)이란 말이 더 적합하다는 생각이다. 적음이 고요히 누워서 열반에 든 것이다. 그의 가족들이 주검을 거두어 가서 우리 뻐꾸기들은 장례에도 참여할 수 없었다.

우리는 그를 그냥 보내기 아쉬워 정운이가 하는 '하루'라는 카페에 모였다. 인사동 친구들과 우리 변방의 뻐꾸기들이 한 자리에 모여 그의 영정에 술잔을 올렸다. 강호 뻐꾸기 가운데 유일한 글쟁이란 이유로 나는 조사를 지어 그의 천진무구했던 이승에서의 삶을 회고했다. 그리고 아무 일도 없었던 것처럼, 마치 그가 우리 곁에 있는 것처럼 먹고 마시고 낄낄댔다. 그의 원고는 끝내 책이 되지 못하고 어느 출판사 서랍에 '침묵의 소리'로 잠들어 있을 것이다.

아무도 할배를 말릴 수 없다

가끔 오르는 집 근처 야산이 있다. 등산도 아니고 산책도 아닌 그 중간쯤 되는, 운동 삼아 걷기에 맞춤한 길이다. 산을 한 바퀴 돌아서 집에 오면 한 시간쯤 걸린다. 요즘 유행가 조로 말하면 산책하기 딱 좋은 산길이다. 집 가까이 이런 산이 있어주어서 고맙다. 콘크리트로 지어진 사각형 아파트에 갇혀 살다가 가끔 천천히 오르며 내리며 볼 것도 보고, 들을 것도 들으며 바람도 쐰다.

아파트에 살면 날씨와 계절을 잊기 쉽다. 공중에 매달린 콘크리트 상자에 갇혀서 사니까 밖에 비가 오는지 눈이 오는지 혹은 추운지 더운지 알지 못한다. 다행히 산에 오를 수 있어 꽃이 피고 잎이 피는 것을 보고 계절의 바뀜을 알 수 있다. 사람도 원래 자연의 한 부분이다. 그러나 아파트는 사람을 자연으로부터 갈라놓는다. 그러니까 산은 내게 있어서 자연과 반자연을 소통하게 하는 통로인 셈이다.

언제인가부터 이 야산에 손바닥만 한 산밭이 하나둘 생기기 시작했다. 주로 나이 드신 분들이 소일거리로 평평한 곳을 일구어 만든 밭뙈기들이다. 이렇게 생긴 밭은 대개 기대 이상으로 작물들이 탐스럽게 자란다. 농사를 짓는 사람들이 하는 말이 있다. '작물은 주인의 발자국 소리를 듣고 자란다.'가 그것이다. 이 말이 진실이라는 것을 내가 보는 산밭들이 증명해주고 있다. 산밭을 일구는 사람들은 거의 매일 밭에 온다. 풀 한 포기 없이 깨끗하게 가꾸어진 밭에서 고구마, 땅콩, 고추, 들깨, 참깨, 배추, 무, 상추 등이 자라는 것을 보는 것도 좋은 볼거리 가운데 하나다.

자라는 작물들을 보면서 그 밭을 가꾸는 사람의 정성을 생각하기도 한다. 자신의 몸 하나 지탱하기에도 힘겨워 보이는 노인이 유모차에 물을 실어 나르고 거름을 실어 나르고 흙에 몸을 가까이하고 작물을 가꾸는 모습은 성스럽기까지 하다. 그들의 정성이 저 손바닥만 한 밭에서 씨앗에 싹을 틔우게 하고 잎과 줄기가 자라게 하고 꽃을 피우게 하고 탐스러운 열매를 맺게 한다. 그 과정이 성스러움이 아니고 무엇이겠는가.

밭에서 일하는 사람들과 등산을 하는 사람들은 대개 서로 모른 척하기가 쉽다. 산에 오르는 목적이 다르기 때문이다. 차림새가 다르듯이 서로 다른 사람인 것이다. 그래도 밭에 가는 길이나 산책길이 구분되어 있지 않기 때문에 얼굴을 마주하거나 같은 지점에서 쉴 경우가 있다.

그래서 알게 되어 서로 인사를 하고 지내는 노인이 있다. 허리 굽은 왜소한 노인이었다. 자신의 몸도 힘겹게 추스르는 노인이 어떻게 푸름이 가득한 밭을 가꾸어내는지 경이로울 따름이었다. 그가 일구어내는 밭을 통해서 그의 성실한 내면을 읽을 수 있었다. 그를 대하는 태도가 나도 모르게 공손해졌다. 나도 중늙이는 되니까 노인에 마음이 끌렸는지도 모른다.

4월 16일 시민연대에서 주관하는 세월호 참사 1주기 추모제에 다녀왔다. 거리에서 하는 밤 행사였다. 추모시를 낭송해달라는 부탁을 기꺼이 수락했다. 전에 미군 장갑차에 희생된 미선이 효순이 추모제에도 추모시를 낭송했다. 노무현 대통령이 돌아가셨을 때도 시민들이 차린 분향소에서 추모시를 낭송한 적이 있다. 시를 쓰는 시민의 한 사람으로서의 최소한의 임무라 여겼기 때문이다. 세월호 참사는 단순한 교통사고가 아니다. 그들의 희생이 우리 사회의 책임이라는 생각이다.

작년 오늘 수학여행 간다고 집 나서더니
아직까지 돌아오지 않는구나
우리는 아직도 기다리고 있다
잊지 않고 있다
다시 개나리가 피고
우리들 가슴에도 노란 개나리 지지 않고 있다

어떤 이들은 지겹다고 한다
세월호 이야기 그만하자고 한다
세월호 이제 그만 잊어버리라고 말한다
정권은 '세월호 진상조사특위'를 무력화시키려고 하고
한사코 한사코 덮으려고 한다

잊으라고 한다

그들에게 묻는다
당신의 아이가 수학여행 떠나서
1년이 지나도 돌아오지 않는다면
왜 돌아오지 않는지 영문도 모른다면
당신은 잊을 수 있는가?

왜 세월호가 가라앉았는지
왜 가만히 있으라고 했는지
왜 가라앉는 배를 보고도 구조하지 않았는지
왜 304명의 소중한 생명이 영문도 모르는 채
왜 차가운 물속에 가라앉아야 했는지
왜 그들은 잊으라고 하는지
왜 한사코 덮으려고 하는지
우리는 아직 아무것도 알지 못한다

304명이 아직 돌아오지 못하는 것은
운전자 한 사람이 잘못한 단순 교통사고가 아니다
우리 모두의 잘못이다
우리 사회 전체의 잘못이다
무엇이 어디서부터 어떻게 잘못되었는지
우리는 아무것도 알지 못한다

이제는 알아야 한다

그리하여 다시는

수학여행 가서 돌아오지 못하는 일이 일어나지 않는 세상,

이 땅의 누구도 영문도 모르고 죽어야 하는 일이

일어나지 않는 세상을

우리가 만들어야 한다

울지 마라,

왜 너희들이 돌아오지 못하는지 밝혀지는 그날까지

다시는 이런 일이 일어나지 않는 세상이 되는 그날까지

우리는 잊지 않겠다

우리는 잊지 않겠다

울지 마라, 우리가 잊지 않겠다

— 졸시 「울지 마라, 우리가 잊지 않겠다」

    세월호 참사는 우리 사회가 안고 있는 문제점이 복합적으로 쌓여서 나타난 사건이라는 것이 나의 생각이다. 우리 사회에 산밭을 일구는 노인 같은 분들만 있으면 이런 비참한 사건 따위는 절대로 일어나지 않았을 거라 생각했다.

    며칠 전이었다. 산을 오르다가 밭둑에 앉아서 쉬고 있는 노인을 만났다. 그는 나를 보자 다짜고짜 한숨을 섞어 말을 했다. 그간 정이 들어 미덥기 때문에 속내를 털어놓는 것이었다.

    "속상해 못 살시더."

    그가 가꾼 밭에서 푸른 싹들이 봄의 기운을 머금고 있었다.

    "머가 그키 속이 상하이꺼?"

어제 갑자기 밭 임자라는 사람이 나타났다는 것이다. 자기가 이 땅을 사서 측량해보니 노인이 가꾸는 밭뙈기도 자기가 산 땅에 포함되어 있더라는 것이다. 이제 자기의 땅이니까 당장 농사를 걷어치우라는 것이었다. 노인은 이렇게 자라고 있는 것들을, 자식 같은 것들을 어찌할 수 없으니 거둘 때까지만 참아달라고 애원을 했단다. 당장 그 땅에 무엇을 할 것도 아니면서 그는 막무가내로 당장 농사를 그만두라고 했다는 것이다. 그리고 그 노인은 분노에 차서 말했다.

"세상에 이런 법이 어데 있니껴? 그놈은 노무현이보다 더 나쁜 놈이래요."

나는 콘크리트보다 더 견고한 그 무엇에 머리를 한 대 맞은 것 같았다. 노인의 작물 기르는 정성이 너무나 경건해서 잠시 이 지역의 정치적 성향이 수구꼴통이라는 것을 잊고 있었기에 더 통증이 심했다. 못 말리는 할배다.

2016년 11월.

대통령이 최아무개라는 여인과 함께 국정을 농단한 사실이 세상에 알려졌다. 박그네 대통령이 당선된 지난 대선은 사실 국가기관인 국정원이 댓글부대를 동원하여 여론조작을 치른 부정선거였다. 권력과 법은 부정선거를 덮고 말았다. 이를 밝히려던 검찰총장의 사생활을 들추어 숨겨둔 자식이 있다는 폭로로 물러나게 하고, 국정원장을 선거법 위반으로 기소하려던 검사는 좌천되었다.

아예 대통령의 능력과는 거리가 먼 독재자의 딸이 다시 대통령이 된 것이다. 현대사에 대해 웬만한 상식이라도 가진 이들은 그녀가 대통령이라는 사실을 인정하지 않았다. 그러던 차에 그녀의 민낯이 드러난 것이다. 우리 국민은 대통령 하나를 뽑았는데 뚜껑을 여니 실질적인 대통령 권력을 행사한 것은 최아무개 여인이었다. 시민들은 슈퍼에서 상품 한 개를 샀는데 원하지 않는 상품이 하나 더 들어 있었다고 풍자했다. 이른바 1+1이라는 상품이다. 외국 신문 만평에 대통령 머릿속에 최아무개가 들어 있는 그림이 실렸다. 청와대에서 비아그라를 산 것이 밝혀지자 파란 집에 파란 약이란 조롱이 외신을 타고 세계에 펴졌다. 대한민국은 세계적 조롱거리가 되었다.

이에 그해 11월에서 12월까지 서울 광화문에는 토요일 밤마다 촛불을 든 시민들이 모이기 시작했다. 제6차 촛불 집회에는 252만이라는 촛불이 밝혀졌다. 정치적 성향을 초월한 촛불 문화제가 계속되었다. 이곳 변방시 시민들도 버스를 전세 내어 촛불집회에 촛불 수효를 보태기도 했다. 외신은 평화적 촛불혁명을 경의를 담아 보도했다. 기미년 3·1혁명 이후 가장 장엄한 민중혁명이었다. 촛불혁명이 끝난 후 한 출판사는 촛불 혁명이란 시 모음집을 펴낸다고 시 한 편을 써달라고 했다. 변방시의 촛불집회에서 낭독한 시를 보내기로 했다. 고려 시대 경기체가를 패러디한 시다.

기미년 3월 1일 정오
삼천만 우리 겨레 하나 되어
대한독립 만세 부르는
경 긔 어떠합니까?

275

을유년 8월 15일
집집마다 숨겨두었던 태극기 들고 나와
거리마다 만세 부르는 흰옷 입은 사람들
경 그 어떠합니까?

1960년 4월 19일
총칼을 두려워하지 않고 거리에 나와
독재정권 물러가라 외치는 꽃다운 학생들의 함성, 행렬
경 그 어떠합니까?

친일에 뿌리박은 독재정권, 군사정권
그 부도덕한 권력에 온몸으로 맞서던
1987년 6월, 1980년 5월 18일
임을 위한 행진곡 부르며 끌려가던 피 묻은 세월
경 그 얼마나 고락에 겨운 나날이었습니까?

그래도 부도덕의 주류는 흐름을 멈추지 않고
정의롭게 사는 이들, 땀 흘려 일하는 이들을
개, 돼지라 부르며, 종북이라 부르는
경 그 얼마나 족같습니까?

꽃다운 우리 아이들 304명
차가운 물속에 가라앉는 순간에도
눈 하나 깜짝하지 않던 부도덕한 권력의
그 민낯이 온 세상에 드러났습니다, 아으

경 긔 얼마나 끔찍합니까?

2016년 11월 첫눈 오는 날
광화문을 밝힌 180만 촛불의 장엄함이여
지역마다 켜진 촛불 52만, 합하여 232만
임 시인과 소설가 경자 누님과
잠시 뒷골목에 스며들어 술 마시는, 변방에서 올라온
위 날조차 몇 분입니까?

— 졸시 「광화문 별곡」

촛불 민심에 밀린 국회에서는 압도적인 표 차이로 대통령 탄핵안이 가결되었다. 이때 대통령에 대한 지지율은 4%였다. 광화문 거리에는 하야송이 울려 퍼지고 휴대폰 배터리도 4% 남으면 하산해야 한다고 했다. 대통령의 직무가 정지되었다. 촛불혁명의 승리였다. 그래도 대통령의 즉각 퇴진을 요구하며 촛불 문화제는 이어졌다. 서울에 가기 어려운 지역에서는 지역별로 촛불 모임을 이어갔다. 변방시에서 지역 촛불 문화제를 할 때면 반드시 할배 한 사람쯤은 나타나기 마련이다. 행사장 주위를 왔다 갔다 하며 소리를 지른다.

"뭐 하는 짓이여? 대통령이 뭘 잘못을 했어?"

이 와중에서도 대통령 탄핵을 반대하는 모임이 나타나기 시작했다. 박사모라든가 어버이연합이라든가 엄마부대라는 이름의 단체가 주도하는 집회였다. 이른바 맞불 집회라 했다. 많게는 몇만 명이 모이기도 한다. 그들은 촛불은 들지 않는다. 대개 낮에 모여서 태극기를 흔들며 소리를 지르다가 돌아간다. 모임이 끝나고 참가자들에게 5만 원이 든 봉투를 나누어주는 광경이 목격되기도 했다. 그들은 대부분 내 또래의 할배들이었다.

내 친구들은 대부분 아직도 박그네가 탄핵되어 망연자실하다. 단체 채팅방에는 내 친구들이 올린 괴문서가 난무한다. 김재동, 문제인 등이 종북이라는 내용, 우리가 곧 월남처럼 적화통일된다는 내용, 광화문에 모인 사람들은 모두 북의 지령을 받은 간첩이라는 내용 등이다. 1년에 한 번씩 열리는 초등학교 동기회와 고등학교 동기회가 같은 날 열리기로 되어 있었다. 나는 옛 친구들 만나는 설렘으로 동기들 모임에 적극 참가하는 편이다. 이번에는 조금 달랐다. 99%가 수구꼴통인 동기회에 갈 엄두가 나지 않았다. 나는 그날 동기회에는 서울 회의에 간다는 사유를 말하고 광화문 촛불집회에 합류했다.

광화문 촛불 혁명의 현장은 참으로 감동 그 자체였다. 어느 국회의원의 '촛불은 바람 불면 꺼진다.'는 발언이 있자 바람에 꺼지지 않는 엘이디 촛불이 등장했다. 그날 첫눈이 내리고 진눈깨비가 내렸기에 난 엘이디 촛불을 마련했다. 전단지, 스티커 등은 개인이 수천만 원을 들여 제작해서 시민들에게 나누어준다. 촛불집회의 무대 시설, 음향기기 등 경비는 시민들의 성금으로 마련했다 한다. 가장 규모가 큰 촛불집회 때는 경비가 1억 9천이 들었다고 했다. 학생들은 안내판을 들고 화장실을 안내하기도 하고 쓰레기 봉지를 들고 쓰레기를 모으기도 했다. 어묵 등 음식물을 제공하는 이들도 있었다. 온 국민이 하나가 된 장엄함에 감동하지 않을 수 없었다. 외신은 이 감동적

평화 시위를 세계에 알렸다. 나는 기미년 3·1혁명을 떠올리며 우리 민족의 위대함에 형언할 수 없는 자부심을 느꼈다.

동기회에 가지 않고 광화문 촛불집회에 다녀온 얼마 후에 길에서 초등학교 동기를 만났다. 이미 그들은 내가 광화문에 간 사실을 알고 있었다. 인사가 끝난 뒤 친구가 물었다.

"자네도 5만 원 받았는가?"

나는 할 말을 찾을 수 없었다. 촛불집회도 5만 원씩 받고 간다는 가짜뉴스를 믿어서일 것이다. 산밭을 가꾸던 할배나 광화문에 가는 할배나 보수 주류권력으로부터 아무런 정치적 혜택을 받은 사실이 없다. 오히려 지금까지의 보수 주류정권은 재벌에 후하고 서민에 박한 정책을 펴왔다. 서울에 후하고 변방에 박했다. 그럼에도 불구하고 할배들은 이명박근혜를 지지한다. 밤새 설명해도 할배들은 내 말을 듣지 않을 것이다. 참으로 못 말리는 대한민국 할배들이다. 아무도 이런 할배들을 말릴 수 없다.

장사의 기술

어느 모임이나 모임에 나가면 빠지지 않고 듣게 되는 이야기가 해외여행 가자는 것이다. 다달이 얼마씩 염출을 해두었다가 함께 해외여행을 하자는 이야기다. 어디가 좋겠느냐는 안건이 나오면 누구는 거기 갔다 와서 안 된다고 하고 누구는 거기 못 가봤다며 설왕설래한다. 세계여행 이야기가 나오면 자기가 가본 곳을 장황하게 열거하는 친구도 있게 마련이다. 가이드를 따라 초등학생처럼 따라 다녔으면서도 자기가 마치 침략군의 선봉이 되어 얼마나 많은 나라를 정복했는지 자랑하는 장수와 같다.

우리의 해외여행에는 얼마간의 거품이 있다. 여행의 목적은 일상으로부터 벗어나 시간적으로 공간적으로 자유롭기 위함일 것이다. 혹은 평소에 관심이 있는 나라에 가서 그곳의 문화를 체험하기 위해서일 것이다. 우리나라 사람들의 여행은 이와 달리 얼마나 많은 지역을 다녀왔는지 그 목록을 나열하기 위함이라는 혐의가 짙다.

본의 아니게 이 변방시에서 나름대로 지위를 가지고 있는 변호사, 의사 등으로 구성된 위원회에 발을 들이게 되었다. 이 모임은 회의할 때마다 얼마의 수당이 나오는 여느 계모임과는 다른 성격의 모임이었다. 수당이 쌓여서 어차피 소비할 시점이 되자 해외여행에 관한 논의가 시작되었다. 나는 일찌감치 뒤로 물러나 대세에 따르기로 했다. 논의의 쟁점은 해외로 갈 것인가, 국내여행을 할 것인가로 시작되었다. 의사, 변호사는 시간이 돈인 사람들이라 국내를 주장했고 사업하는 사람들은 해외를 주장했다. 이도 저도 아닌 나는 가만히 있을 수밖에 없었다.

많은 논의가 이루어진 끝에 드디어 결론이 났다는 소식이 들어왔다. 1박 2일의 대마도 여행으로 결정이 났다는 것이다. 대마도는 부산항에서 50킬로미터가량 거리에 있었기에 해외는 해외지만 제주도보다 가까운 곳이다. 참으로 절묘한 결정이라는 생각이다. 해외여행은 분명하지만 시간적, 공간적으로 국내와 다름없는 곳이었다. 마침 시간도 있고 대마도는 가보지 않은 곳이라 동행하기로 했다.

부산 국제부두에는 대마도행 배가 두 척 대기하고 있었다. 하나는 '니나'였고 하나는 '성희'였다. 두 여성 모두 나에게는 매우 익숙해서 반가운 이름이다. 니나는 여성 재즈 가수 니나 시모네를, 성희는 나의 졸시 「몸 성히 잘 있거라」의 성희를 떠올리게 하는 이름이었다.

이윽고 배에 올랐다. 우리가 오른 배는 니나였다. 얼마의 시간이 흐르자 배가 흔들리기 시작했다. 다른 일행들의 눈치를 보니 모두 잠잠하다. 일행 가운데 가장 할배라서일까 나는 급기야 속이 울렁거

장사의 기술

281

리기 시작했다. 이대로 있으면 구강에서 분수가 뿜어져 나올 것만 같았다. 나는 일행 가운데 가장 먼저 입을 막고 일어서서 화장실 쪽을 향했다. 배가 흔들려 쓰러지려다가 의자를 잡고 가까스로 버티며 화장실 문 앞에 도달했다. 승무원으로부터 비닐 봉투를 건네받아 한 손에 들고 화장실 문을 열었다. 다른 칸에서는 이미 도착한 다른 승객의 토하는 소리가 들렸다. 나는 변기를 끌어안고 변기에 입을 가까이하며 하소연하듯 구토를 시도했다.

구토는 시원하게 나오지 않고 구역질 소리만 내다가 화장실을 나왔다. 나와서 다시 구토 증세가 시작되면 화장실로 들어갔다. 그러기를 몇 번 반복하면서 가까스로 목적지에 도착했다. 여행이라는 자유로움은 간 곳이 없고 땅을 밟고 싶은 마음만 간절했다. 니나라는 이름에 심한 배신감을 느끼며 대마도에 도착했다. 땅에 내리자 다소 속도 가라앉았다. 도착하자마자 바람을 조금 쐬고 여객 터미널 근처 식당에서 벤또로 점심 요기를 했다. 밥이 목에 넘어가지를 않았다.

대마도는 왜구의 추억을 제외하면 그런대로 평화로운 섬이었다. 전망대에서 바라본 섬의 풍광은 매우 아름다웠다. 마을은 바닷물이 밀려와 베네치아나 중국의 소주와 같은 물의 도시라는 느낌이다. 일인 일실의 호텔이라는 것도 일본다움의 체험이었다. 인구 3만가량의 작은 섬이지만 관광을 주업으로 살아가고 있었다. 관광객의 대부분은 한국 사람이었다.

미우다 해수욕장 주차장에는 간단한 먹을거리와 차를 파는 두 대의 푸드트럭이 있었다. 하나는 일본 사람의 트럭이고 다른 하나는 한국말을 하는 여자의 트럭이었다. 마침 온천욕을 마친 다음이라 목이 마른 우리 일행은 가까이 있는 트럭으로 다가갔다. 그러자 맞은편에 있는 트럭의 여자가 한국말로 자기에게로 오라고 했다. 우리의 발길은 그녀의 트럭으로 향했다. 그녀는 트럭에서 우리 일행에게 거의 연설에 가까운 한국어를 구사했다.

왜 한국 사람이 한국 사람의 트럭을 이용하지 않고 일본 사람의 트럭으로 가느냐고 나무랐다.

"일본이 과거에 우리에게 어떻게 했는지 알지 않습니까? 우리 조상들은 일제강점기에 왜놈들에게 얼마나 고통을 받았습니까? 그래도 아직 자기네 잘못을 인정하지 않고 반성도 하지 않습니다. 일본 사람 때문에 얼마나 많은 우리의 독립투사들이 죽어갔습니까? 그런데 우리가 일본 사람의 물건을 팔아주어야겠습니까?"

우리는 얼떨결에 그녀의 트럭에서 다방 커피라는 걸 한 잔씩 사서 마셨다. 그러면서 뭔가 그녀의 태도가 불편하게 느껴졌다. 그 불편함의 이유는 가이드의 말을 듣고서야 풀렸다.

"저 여자가 여기서 한국 사람 망신은 다 시켜요. 말은 저렇게 하면서 자기는 대마도 남자의 첩으로 살고 있어요. 그 덕에 푸드트럭 허가도 받았고요."

대마도 남자와 산다는 것이 문제가 아니라 일본인을 적대시함으로써 자기의 이득을 챙기는 그녀의 상술이었다. 한국인이 보편적으로 가지고 있는 반일감정을 이용해서 자기의 이득을 챙기는 장사의 기술이 매우 불순하다는 느낌이었다. 갑자기 욕이 목구멍으로 나오려는 것을 가까스로 밀어 넣었다.

우리 한반도에도 대한민국 정부수립 이후 어떤 대상을 증오하고 적대시함으로써 권력을 누리는 정치세력이 있다. 그들은 반공을 가장 높은 가치로 설정하고 자기의 권력에 비판적인 세력을 북측과 같은 색깔이라고 몰아붙여서 정치적 이득을 취한다. 그들이 즐겨 쓰는 어휘는 종북, 좌파, 빨갱이 등이다. 그들이 붉게 색깔을 칠하면 비판 세력은 무력화되고 그들의 권력은 더욱 강해진다. 미우다 해수욕장의 푸드트럭 장사를 하는 여자의 얼굴에서 우리의 부도덕한 정치 세력의 얼굴이 겹쳐서 보여서 대마도 여행은 마냥 편하지만은 못했다.

1박 2일의 여행을 마치고 돌아오는 배를 타기 위해 부두에 왔다. 우리 일행은 멀미의 기억 때문에 이번에는 미리 멀미약을 사서 한 병씩 마셨다. 검색을 마치고 배로 향하는데 다시 니나라는 이름의 배가 보였다. 이번에는 니나가 아니기를 바라며 탑승로를 따라 걸었다. 불운하게도 우리를 기다리는 배는 바로 그 니나였다. 오늘도 파도가 심하다는 것이었다. 우리는 제발 멀미를 하지 않기를 간절히 빌며 자리에 앉아 안전벨트를 단단히 맸다.

부산항에 도착하면 맛있는 회를 먹기로 했다. 배가 움직이자 앞자리에 앉은 두 남자가 술에 취해 말다툼을 하고 있었다. 고요한 선실에 들리는 것은 두 사람의 다투는 소리뿐이었다. 두 사람의 다툼은 아무리 기다려도 그치지 않았다. 배도 심하게 요동치고 파도 위를 오르내렸다. 그러나 두 사람의 다툼은 파도와 무관하게 계속되었다. 그렇지 않아도 속이 울렁거리는데 두 사람의 말소리가 울렁거림을 더 심하게 하는 것 같았다. 모든 승객들이 그들의 다투는 소리를 인내하는 눈치였다. 몇몇 사람이 승무원을 불러 두 사람을 제지할 것을 요청했다. 그들은 승무원의 지시에도 막무가내였다. 나는 욕하고 싶은 욕구가 멀미와 비례해서 속에서 치밀었다. 나는 무슨 욕을 할까 생각하다가 얼마 전에 본 드라마의 대사가 생각났다. 나는 목청을 가다듬어 드라마의 대사를 낭랑하게 읊었다.

"시끄러워! 아갈머리를 확 찢어놓을라!"

선실의 많은 사람이 웃음을 터뜨렸다. 아마 그 드라마를 본 사람이 많았던 것 같았다. 조금은 속이 가라앉는 듯했지만 잠시뿐이었다. 웃음이 잦아들고도 그들은 아랑곳하지 않고 입을 벌려 다투었다. 나는 드디어 속이 완전히 뒤집혔다. 입을 틀어막고 비닐 봉투를 들고 화장실로 향했다. 배에 탄 시간의 거의 반 동안 화장실에서 변기를 끌어안고 있었다. 드디어 니나는 부산항에 도착했다. 내가 가장 심한 멀미를 했지만 다른 일행도 무사하지는 못했다. 회를 먹기로 한 우리의 계획은 여지없이 무산되었다. 니글거리는 상태에서 회생각은 멀리 달아나고 얼큰한 것만이 생각났다. 우리는 한참 기다리다가 만장일치로 얼큰한 복어매운탕을 먹기로 했다.

공공장소에서 시끄러운 사람을 공격함으로써 나의 멀미를 가라앉히려는 나의 전략은 실패로 끝났다. 타자를 적대시하고 공격함으로써 자기의 이득을 취하려는 장사의 기술도 결코 성공하지 못하리라는 예감이다.

대장장이 성자

순흥에서 소백산 쪽으로 10여 리 떨어진 곳에 배점리라는 마을이 있다. 소백산 기슭이라 크지 않은 마을이지만 사철 맑은 물이 흘러 산수가 수려하고 인심이 순후한 곳이다. 이 마을에 배순이라는 사람의 대장간이 있었다. 배점(裵店)이라는 마을 이름은 배순의 대장간이 있던 곳에서 유래한다. 배순은 비록 신분은 쇠를 두드려 농기구를 만드는 대장장이지만 어려서부터 글 읽기를 좋아하였다. 틈틈이 서책을 가까이하여 읽고 쓰는 데 어려움이 없었다. 그러나 그의 학문에 대한 목마름은 끝이 없었다.

마침 퇴계 선생께서 풍기군수로 부임해 오셨다. 퇴계 선생은 정기적으로 소수서원에 오셔서 유생들에게 학문을 강하셨다. 소수서원은 소백산에서 발원하여 배점리를 지나 흐르는 죽계수 가에 자리 잡은 우리나라 최초의 사액서원이다. 소수서원의 처음 이름은 백운동서원이었다. 풍기군수 주세붕이 주자의 백록동서원을 본받아 세웠다.

고려 시대에 이 땅에 처음으로 주자학(성리학)을 들여온 분이 순흥 출신 안향 선생이다. 소수서원은 안향 선생을 모시기 위해 세운 서원이다. 서원은 성현을 제사하고 후학을 가르치는 곳이다. 제사의 기능과 교육의 기능을 수행한다. 서원을 세운 이는 주세붕이지만 사액서원이 되게 한 분은 퇴계 선생이다.

사액서원(賜額書院)은 왕이 현판을 내려준 서원이라는 뜻이다. 사액서원이 되면 단순히 현판만 내려오는 것이 아니라 나라에서 서원을 운영할 전답과 노비를 내려준다. 지역의 선비들이 공부할 수 있는 보다 나은 여건이 마련되는 것이다. 퇴계 선생의 교육에 대한 열정을 가늠해볼 수 있는 일이다.

배순은 퇴계 선생이 서원에 오신다는 말을 들으면 며칠 전부터 가슴이 설레었다. 신분이 미천하니 서원의 학생이 될 수는 없는 노릇이었다. 그러나 순의 발걸음은 자기도 모르게 서원을 향했다. 유생들은 강학당 안에서 선생의 강학을 들을 수 있지만 순은 다만 문밖 댓돌 아래 쭈그리고 앉아 창호지 너머에서 들리는 선생의 음성에 귀를 기울이고 나뭇가지로 마당에 글자를 쓰며 공부할 따름이었다. 이런 일이 잦아지자 선생도 알게 되었다. 하루는 선생이 배순을 불러 강학한 내용을 물어보았다. 순의 대답은 어느 유생보다 훌륭했다. 그날 이후로 순은 강학당 안에 들어 다른 유생과 함께 공부하게 되었다. 다른 유생들의 눈치가 달갑지 않았지만 순은 오로지 학문에 열중할 따름이었다.

퇴계 선생은 풍기군수로 벼슬을 마감하고 고향인 도산으로 물러가 도산의 자연을 텍스트 삼아 도에 이르는 길에 매진하셨다. 퇴계 선생이 돌아가시자 순은 무쇠로 퇴계 선생의 형상을 만들어 모시고 삼년상 내내 아침저녁으로 상식을 올렸다. 퇴계의 제자들이 퇴계 사후에 제자의 명단을 기록한 '도산급문제현록(退溪及門諸賢錄)'에 배순의 이름이 올랐다. 대장장이의 신분으로 퇴계의 학통을 이은 제자가 된 것이다. 그의 학문이 어떠했는가를 미루어 짐작할 따름이다.

소수서원을 감돌아 흐르는 죽계수 가의 바위에는 공경 경(敬) 자가 새겨져 있다. 성리학에서는 경을 도에 이르는 문(入道之門)이라 했다. 경을 통해야만 도에 이를 수 있다는 뜻이다. 배순은 이 경을 가장 성실히 실천한 분이다.

부모님 살아 계실 때는 아침저녁으로 문안을 드렸고 돌아가신 다음에는 정성으로 제사를 모셨다. 제사에 쓸 곡식은 깨끗한 땅을 따로 마련하여 그곳에서 추수한 곡식으로만 제사를 모셨다. 그 곡식을 재배하고 추수하는 손길이 어찌나 정성스러웠는지 마을 사람들이 저절로 그를 우러르게 되었다.

조선조 유생들이 유학을 공부하는 목적은 과거에 급제하여 벼슬에 나가거나 학문을 성취하여 도달한 학문의 경지를 저술로써 남기기 위함이다. 배순은 벼슬을 하지도 저술을 남기지도 않았다. 다만 몸으로 유학을 실천하였을 뿐이다. 전에도 후에도 들어본 일이 없는 대장장이 선비가 된 것이다.

선조대왕이 승하하매 배순은 삼년 상복을 입었다. 초하루 보름이면 국망봉에 올라 북쪽을 향해 절을 올렸다. 배점에서 국망봉에 오르는 길은 등산화를 신고도 오르는 데 세 시간은 족히 걸린다. 초하루 보름 북향배례를 3년 동안 하였으니 그의 충의 실행이 어떠했는가를 가히 미루어 알 수 있다.

배순의 대장간에서는 농촌 사람들이 일상으로 쓰는 농기구와 갖가지 도구를 만들었다. 낫, 칼, 도끼, 삽, 보습, 쇠스랑, 괭이, 호미 등 쇠붙이로 만드는 모든 것이었다. 값도 절대 비싸지 않게 받았고 무엇보다도 물건이 단단하고 쓰기에 좋았다. 농사짓는 사람들의 마음을 헤아려 불편함이 없도록 정성을 다했기 때문이다.

농민들이 물건을 쓰다가 잘못되면 언제든지 다시 고쳐서 불편함이 없도록 해주었다. 판매에서 에이에스까지 어느 것 하나 소홀함이 없었다. 몸으로 유학을 실천하는 배순의 행실은 그를 아는 모든 사람들로 하여금 스스로 우러르게 하였다. 말과 글로 유학을 이룬 것이 아니라 몸으로 유학을 실천하신 유례가 없는 분이라 할 수 있다.

누구나 태어나면 가야 하는 것이 자연의 이치다. 대장장이 선비 배순도 자연의 질서를 벗어날 수는 없는 일이었다. 그의 세수 78에 세상을 떠나게 되었다. 그가 떠나던 날은 맑은 날이었음에도 하늘에서 갑자기 비가 내리고 마당에는 까마귀 떼가 몰려들었다. 마을 사람들은 하늘이 그의 충과 효와 경에 감동한 바라 했다. 이후로 마을 사람들은 해마다 정월 보름이면 배순의 제사를 지낸다. 대장장이로 태어난 그가 선비가 되고 성자가 되고 마을의 수호신이 된 것이다. 정월보름에 지내는 마을 사람들의 제사는 지금도 이어지고 있다. 그는 천한 몸으로 태어나 온몸으로 도를 실천하여 성자가 된 것이다.

1615년 광해군 7년에 나라에서 정려(旌閭)하였다. 단곡 곽진이라는 선비는 정려비문에 하였으되 '참된 충과 효를 온전히 행한 선비는 오로지 배순뿐이니 이 유허를 지나는 사람들은 어찌 경건해하지 않으리오(純忠純孝惟純耳過此遺墟孰不虔)'라고 했다. 지금도 폐교가 된 배점초등학교 담장 옆에는 그의 정려비각이 서 있다.

몇 년 전 배씨 종친회에서 배순의 묘를 찾아 다시 조성하려 하니 비문을 써달라는 부탁을 받았다. 글줄이나 쓴다는 소문을 들은 모양이다. 정려비문을 다시 조사하고 자료를 찾아 외람되게도 그의 비문을 썼다. 같은 지역에 사는 사람의 도리라 여겼다. 다만 배순의 높은 성품에 누가 되지 않기를 바랄 뿐이다. 후손들의 뜻을 존중하여 한자와 한글을 혼용하였다. 비문은 다음과 같다.

公의 名은 純이요 興海人이다. 順興에 移居하여 鐵을 다루어 生涯를 도우다가 이곳에서 卒하였다. 孝誠이 至極하여 父母 계실 때는 至誠으로 奉養하고 死後에는 淨한 땅에서 따로 秋收한 穀食으로 祭祀하였다. 스승 退溪先生이 卒함에 三年服을 입었으며 鐵像을 만들어 모시고 祭祀하였다. 宣祖大王國喪에도 三年服을 입었으며 매달 초하루 보름에 뒷산에 올라 宮闕을 向해 哭하며 祭祀하였다. 이러하듯 公은 남다른 稟性과 篤實함으로 儒道를 實踐하여 千秋에 빛나는 德行을 이루었다. 나라에서 公의 忠孝를 기려 1615년(光海七年)에 旌閭하였다. 膝下에 四男一女를 두었으며, 享年七十八歲에 卒하심에 맑은 날 큰비가 내리고 뜰에 까마귀 떼가 모이니 이는 公의 忠孝에 하늘이 感動한 바였다. 丹谷은 旌閭碑文에 참된 孝와 참된 忠은 오로지 裵純뿐이라 하였다. 어찌 길이 본받지 않으리오.

그럼에도 불구하고

2016년 국정농단 사태가 일어났을 때 이 변방에서도 이건 아니다, 라는 생각을 가진 사람들이 한둘이 아니었다. 변방시는 오랜 세월, 특정 정당이 말뚝을 공천해도 당선된다는 이른바 수구의 본거지다. 변방 사람들 가운데 좌빨이라고 백안시당하던 사람들이 우리도 촛불을 들자면서 버스를 전세 내고 참가자를 모집했다. 버스 두 대가량의 사람들이 모였다. 내 옆자리에 앉은 이가 형이었다.

"형은 왜 가는 거야?"

"이게 나라냐!"

"대한민국이 어때서?"

"나도 많이 참았다. 그래도 이건 아니다."

"뭐가 아니야?"

그는 분기가 탱천해 있었다. 아무런 정치적 검증도 되지 않는 사람을 전직 대통령의 딸이라고 대통령으로 뽑는 나라, 국민의 세금으로 운영되는 국가정보원이 댓글부대를 동원해서 선거에 개입하는 나라, 대통령이라는 사람이 자기 친구와 함께 국정을 농단하는 나라가 나라인가?

내가 그에게 촛불 문화제엔 왜 가느냐고 질문한 것은 그와 다툰 적이 있었기 때문이다. 그는 늘 손익 계산에 관심이 많다. 장사를 해서 돈이 남느냐 남지 않느냐가 그의 관심사였기 때문이다. 남의 일에도 손익을 따지는 것이 거의 습관화되었다. 그와 만나는 장소 근처에 있는 유료주차장의 차의 대수를 세어본다. 어떤 이가 시내 가운데 유료주차장을 만들었는데 손익이 어떻게 될까에 관심이 많아서다. 차가 몇 대 서 있지 않으면 손해가 날까 봐 늘 노심초사다.

그와 자주 점심을 먹는 추어탕집이 있다. 그 집은 줄을 서야 겨우 추어탕 한 그릇을 먹을 수 있는 대박집이다. 그 맞은편에도 주차장이 넓은 음식점이 있다. 그런데도 그 집은 주차장이 텅 비고 파리를 날린다.

"저 집 주인은 애간장이 다 타겠다."

그가 늘 하는 대사다. 그는 손익 계산이 체질화된 사람이다. 습관이 그러하니 실은 그토록 애가 타지도 않을 거란 걸 나는 알고 있다. 나와 죽이 맞으면서도 맞지 않은 부분이 그의 손익 계산 습관이다. 무언가 성과를 내야 직성이 풀리는 것이 그의 성미다.

언제부터인가 그는 까만 베레모를 쓰고 다녔다. 한때 그는 체 게바라 광팬이었다. 게바라 모자를 쓰고 다니면서 하는 이야기는 늘 장사의 논리이니까 나는 그게 못마땅했다. 그래서 그에게 일갈한 적이 있다.

"그 따위 이야기하려면 그 게바라 모자 당장 벗어!"

그 후로 한동안 뜨악했다. 그러다가 촛불 문화제로 가는 버스에서 그를 만났기에 왜 가느냐고 물은 것이다. 변방 사람들은 미우나 고우나 변방이라는 테두리에서 함께 살아가야 하는 처지이니 조그만 다툼은 일상의 일이라 원수질 일은 거의 없다. 나는 광화문에 도착하자마자 서울 글쟁이 패와 어울려 골목에 숨어들어 술자리에서 시간을 보냈다. 밤이 깊어 다시 돌아오는 버스에 탔을 때 그는 목이 쇠어 있었다.

"목이 쇠었네?"

"소리 좀 질렀다."

"뭐라고?"

"이게 나라냐! 라고"

그는 버스를 타고 오면서 살아온 이야기 보따리를 풀어놓았다. 해방공간에 태어난 그는 어린 시절 제법 부유한 가정에서 자랐다. 할아버지는 일제 때 몇백 석 지주로 살았다. 한 마지기의 소작료가 한 석이었으니 백 석이라면 백 마지기의 토지가 있었다는 이야기다. 그는 할아버지가 일제 때 지주로 살았다면 친일파였을 거라 했다. 그의 부친은 조부가 물려준 농토가 있었기에 평생을 한량으로 살았다.

부친은 늘 지역의 유지로 사신 분이었다. 할아버지로부터 물려받은 재산과 처세의 기술까지 덤으로 물려받으셨다. 일제 때 잠사조합 직원, 산판 사업 등으로 늘 돈이 궁하지 않았다. 해방공간에도 트럭을 몇 대 구입하여 남쪽의 구리를 싣고 북으로 가서 팔고 북의 명태를 싣고 남으로 와서 팔았다. 그때 남에는 없는 사분(화장품)을 몰래 감추어 가지고 와서 팔아 많은 이문을 남겼다. 그것도 사실은 불법이었다. 그 불법이 통할 수 있었던 것은 통관 담당자에게 돈질을 했기 때문이었다. 그가 생각하기에 부친은 돈질의 귀재였다. 돈질해서 안 되는 일이 거의 없었다.

부친은 늘 꽃길만 걸으시며 사셨지만 부친에게도 어려움이 있었다. 한국전쟁 당시 그의 친척이 남로당 도당위원장을 하신 분이 계셨다. 그의 부친은 친척의 천거로 군청 내무서 직원이 되었다. 전쟁이 끝나고 부역자의 딱지를 달고 피신해 다니기도 했다. 경찰에 붙잡히지 않으려고 온갖 고생을 하며 숨어 다니다가 돈질을 해서 부역자 신분에서 벗어날 수 있었다.

부친은 그 후에 부산에서 세관 공무원을 했다. 세관은 통관하기에 여간 까다로운 곳이 아니다. 수출입을 하는 업자들은 쉽게 통관하기 위해 세관원에게 돈질을 한다. 그의 부친도 돈을 마다할 분이 아니다. 덕에 그가 부산의 초등학교에 다닐 무렵 그는 선생님의 귀여움을 독차지하고 다녔다. 학교에 기부금을 넉넉하게 내고 그의 담임에게도 후한 대접을 한 까닭이었다. 그것도 그리 오래가지는 못했다. 부친이 너무 과하게 뇌물을 받은 사실이 밝혀져 세관에서 쫓겨나는 신세가 되었다.

그 일로 그의 부친은 고향인 이곳 변방시로 돌아오게 되었다. 변방시에서도 성냥공장 등의 사업을 하며 유지로 사셨다. 그의 부친이 돈을 흔하게 쓰는 것까지는 그에게도 해로울 것이 없었다. 다른 아이들보다 늘 깨끗한 옷을 입고 고급 학용품을 쓸 수 있었으니 그것만은 고마운 일이었다. 그러나 그에게 가장 힘겨운 것은 아버지의 여자들을 보는 일이었다. 어머니는 전형적인 요조숙녀로 한복에 비녀를 찌른 모습이었지만 부친이 만나는 여자들은 대부분 머리를 볶고 양장을 한 신여성들이었다. 부친도 그를 귀여워해서 외출할 때 가끔 그를 데리고 나갔다. 그때마다 부친의 여자들을 만나게 되는데 그게 여간 괴로운 일이 아니었다.

그가 얼굴을 본 적이 있는 부친의 여자가 10여 명은 된다. 짐작하건대 그가 만나지 못한 여자까지 합하면 줄잡아 30여 명은 되지 않을까 한다. 중학교 때였다. 그가 학교 다니는 길가의 가겟집에서 한 아이가 태어났다. 그 아이가 아버지의 아들이라는 소문이 돌았다. 부친에게 묻지 못하고 모친에게 물으니 사실이라고 했다. 생각지도 못한 동생이 생겨버린 것이다. 후에 부친은 드러내놓고 그 집에 드나들며 두 집 살림을 시작했다. 그는 심한 충격에 빠졌다. 정신이 아득하고 어찌할 바를 알지 못했다. 그는 학교길에 그 집 앞을 지나며 무슨 의식을 치르듯이 침을 뱉었다. 그리해야만 그 집을 지날 수 있었다.

이 일이 부친에게 알려지게 되었다. 부친이 그를 불러 앉히고 준엄하게 사실인가 물었다. 그는 당당하게 그렇다고 대답했다. 부친은 그를 호되게 나무랐다. 그는 속으로 이토록 부도덕한 일을 한 분이 이렇게 당당할 수 있다는 사실에 어이가 없었다. 돈질과 계집질밖에 모르는 부도덕한 분이라는 생각이 들었다. 그리고 그런 부친의 자식인 자신이 한스러웠다. 부친에게 처음으로 대놓고 대들었다.

"아부지가 제게 해준 게 뭐가 있니껴?"

부친은 매우 당황하시는 같았다. 그러나 부친의 위엄은 흔들리지는 않았다.

"이놈아, 먹여주고 공부시켜준 게 누구냐?"

"그게 다입니까?"

"이놈아, 그것도 니 복이다."

그 후로 부친과의 사이는 그저 가족이라는 관계 이외에 아무것도 남지 않게 되었다. 그 무렵 부친의 사업도 사양길로 접어들고 가세도 기울기 시작했다. 그의 형은 대학을 졸업했지만 그는 대학에 갈 형편도 되지 못했다. 변방 고등학교를 졸업하자 어린 시절 그가 자란 부산으로 갔다. 다행히 그는 영어에 남보다 재질이 있어 지인의 소개로 부산 세관에 통관사로 일하게 되었다. 무역과 관련된 영어로 된 통관서류를 작성하고 검토하는 일을 했다. 그 일은 그에게 맞는 일이었다. 일의 재미도 있었지만 부친으로부터 벗어나 독립을 했다는 점이 좋았다.

그 무렵 대한민국 국민이라면 누구나 가야 하는 군대를 가게 되었다. 통신병이 되어 통신학교 교육을 마친 뒤 전방 근무를 하게 되었다. 모스 부호도 모르는 상관이 와서 갑질을 했다. 부친의 갑질에 질린 그에게 군에서까지 상관의 갑질을 당한다는 것은 참을 수 없는 일이었다. 상관은 일본식 통신교육을 받아 지금 쓰이는 모스 부호를 알지 못했다. 상관이 아는 부호는 돈스돈스인 데 비해 그가 아는 부호는 띠따띠따였다. 그는 상관이 알지 못하는 띠따띠따로 욕을 했다. 너는 개자식이라는 뜻이다. 상관은 그의 욕을 알아들을 수 없었다.

모름지기 군대라면 나라를 지키는 일을 가장 중요한 임무로 삼아야 함에도 불구하고 그가 근무하는 군대는 그렇지 않았다. 병사들에게 지급되는 보급품은 장교나 하사관들이 다 챙기고 병사들은 굶주림에 허덕이고 헐벗었다. 가령 닭고기가 보급되면 닭 몸통은 어디 갔는지 찾을 길 없고 닭대가리와 닭발만 식판에 수북했다. 이게 군대냐, 라는 말이 늘 입에서 맴돌았다. 언제 제대하나 하고 날짜만 세고 있을 때 베트남에 갈 사람은 지원하라는 것이었다. 그는 자기가 있는 이 공간으로부터 벗어나고 싶은 생각에 덜컥 지원하고 말았다.

부산항에서 군함을 타고 도착하여 그가 배치된 호이안의 부대는 전투부대가 아닌 보급부대였다. 베트남전에 참전했다고 하면 사람들은 베트콩을 소탕한 전투부대원인 줄 알지만 그는 전투에 한 번도 참가하지 못했다. 그래서 다른 참전 친구들이 무용담을 이야기할 때 그는 유구무언이었다. 그가 베트남에서 본 것은 장교가 미군이 보급해준 군수품을 시장에 내다 파는 일과 사병들도 보급품을 빼돌려 파는 일이었다. 그는 차라리 전투에 참가하고 싶었지만 그러지 못했다. 미군이 패전하고 베트남에서 철수하였다. 그도 귀국했다. 그는 손가락 하나 다치지 않았다.

다시 세관에 복직하여 근무했다. 매일 반복되는 일이 지겨워질 무렵 '무역통신'이라는 신문에서 사원 모집 광고를 보게 되었다. 서울에 있는 중견기업이었다. 그는 이력서를 내어 서울로부터 오라는 연락을 받고 올라갔다. 그 회사는 모두 대졸 사원이었지만 무역 실무에 능한 사람이 없었다. 서류를 잘못 작성하여 수천만 원의 손실을 입게 된 상황이었다. 이 문제를 그가 해결하자 그는 회사에서 특별대우를 받게 되었고 그 아래에 명문대 졸업생들을 다수 거느리게 되었다. 변방 고졸자로서는 이례적 성공을 한 것이다. 그가 가장 잘나가던 빛나던 시절이었다. 그가 승승장구하게 된 데에는 그의 능력도 능력이려니와 부친으로부터 물려받은 돈질에 힘입은 바도 적다할 수 없다. 그는 언제 어디에 돈질을 해야 통관이 쉽게 이루어지는지를 너무도 잘 알았다. 충무로에서 둘째 가라면 서러울 넥타이부대가 된 것이다. 그가 손익 계산이 체질이 된 것도 무역회사에 다니던시절 습관이 몸에 밴 까닭일 것이다.

그는 몇 년 되지 않아 부장이 되었다. 마침 혼인 적령기라 주위의권에 의해 선을 보게 되었다. 그도 남자라서 여자가 싫지는 않았다.처음 여자와 맞선을 보았을 때 그는 아찔한 황홀감을 느꼈다. 변방출신의 그의 앞에 앉은 여성은 너무나 세련된 서울 아가씨였다. 다음을 기약하고 다시 만나게 되었다. 차를 마시고 고궁을 거닐고 밤이 깊으면 술자리도 함께했다. 여자도 그가 싫지 않은 눈치였다. 몇번의 만남이 이어지고 서로의 속마음을 털어놓을 정도까지 진도가나갔다. 여자는 그의 입에서 프러포즈 대사가 나오기를 기대하는 눈치였다. 경상도 남자의 대표적인 프러포즈의 대사는 '내 아를 낳아도'다. 그 말이 생각나자 왠지 그는 얼음처럼 굳어졌다. 이 여자 저여자를 만나고 배다른 아이를 낳으며 가정을 쑥대밭으로 만드신 부친 생각이 번개처럼 머리를 강타했다. 내 아를 낳아도라고 해야 하는데 그의 입에 맴도는 말은

'내 아를 낳지 마'였다.

만남이 지속되면서 결혼이야기가 나올 즈음이면 자신의 몸이 싸

늘해지는 것을 어쩔 수 없었다. 그의 맞선 진도는 거기에서 멈추었다. 그 뒤로도 수십 번은 선을 더 보았다. 그의 여자와의 만남은 늘 같은 패턴이었다. 설렘으로 만나서 진도가 나가다가 결혼이라는 어휘가 오가야 할 즈음에는 느닷없이 '내 아를 낳지 마'라는 대사가 떠오르고 온몸이 싸늘해지는 것이었다. 일이 이렇게 되자 그는 선을 본다는 자체가 여성에게 미안한 일이라고 생각했다. 그는 그의 인생 사전에서 결혼이라는 단어를 완전히 지워버렸다. 그 후로 여자를 만나는 일을 금했으며 그는 지금도 총각이다. 나는 그와 친해지면서 그에게 인디언식의 이름을 붙여주었다.

'장가 못 간 이씨'

그는 굳이 '장가 안 간 이씨'라고 불러달라고 했지만 바쁠 때는 줄여서 그냥 '장가 이씨'라고 했다. 훗날 강호 뻐꾸기 모임에서 만난 정신과 의사 승기는 장가 이씨를 전형적인 오이디푸스 콤플렉스로 진단하고 가끔

"형은 나이가 몇 살인데 아직도 아버지를 극복하지 못해?"
라고 나무라지만 그는 아직도 장가 못 간 이씨로 살고 있다.

장가 못 간 이씨는 회사에 다니면서도 모든 일이 공허했다. 양복을 입고 출근해서 성과를 내기 위해 돈질을 하고 월급을 받고 승진을 하고…… 이게 사는 건가라는 생각에 더욱 공허해졌다.

그즈음 사장의 친척이라는 자가 낙하산을 타고 전무가 되어 내려왔다. 일에 대해서는 아무것도 모르는 자가 자리를 차고앉아서 갑질을 하기 시작했다. 울고 싶은데 뺨 때려준다는 말이 이 경우에 맞는 말이라 여겼다. 그는 미련 없이 사표를 던졌다. 그리고 그의 고향인

변방시로 귀향했다. 사장은 며칠 쉬다가 다시 오라고 그의 사표를
수리하지 않고 기다리겠다고 했지만 장가 못 간 이씨는 단호하게 변
방행 기차에 몸을 실었다.

그 무렵 부친은 돌아가시고 요조숙녀로 사신 모친만이 고향 집을
지키고 계셨다. 어머니도 아들의 귀향을 은근히 반겼다. 그는 장가
도 가지 않고 엄마와 살면서 '엄마와 사는 사람들의 모임'의 준말인
'엄사모'의 회원에 자동으로 합류하게 되었다.

그는 무언가 성과를 내야 직성이 풀리는 사람이라서 그냥 있지를
못했다. 공터에 돼지를 기를 축사를 짓고 돼지새끼를 사서 기르기
시작했다. 아기돼지 구입비용과 사룟값을 계산하고 성돈이 되었을
때 값을 계산하니 월급쟁이 못지않은 수입이 예상되었다. 그러나 그
것은 다만 계산에 지나지 않았다. 돼지를 길러 팔 시기가 되면 돼지
값은 예상을 빗나가서 한참 내려가기 일쑤였다. 손익계산을 하면 남
는 것이 거의 없었다. 그는 시골 사람들이 왜 이농을 하는지, 왜 가
난하게 사는지 몸으로 느낄 수 있었다. 수박이나 고추나 쌀이나 모
두 사정은 비슷했다. 흉년이 들어 소득이 없는 것이 아니라 생산비
에 비해 턱없이 낮은 농축산물 가격이 문제였다. 처음에 그가 사는
마을 사람들이 시내에 나갈 때 왜 택시를 타지 않고 몇 시간을 기다
려 버스를 타는지 알지 못했다. 마을 사람들은 500원이면 탈 수 있
는 택시를 타지 않고 길가 정류장에서 하염없이 버스를 기다렸다.
시골 사람들은 잠시도 쉬지 않고 일하지만 손에 들어오는 수입은 너
무나 박했다. 그는 마음이 아팠다.

그때 마침 뜻있는 젊은이들이 기독교농민회와 가톨릭농민회를 조직하여 활동하기 시작했다. 이 두 단체가 합쳐서 농민회로 통합되었다. 청년들은 도회에서 왔고 잡학다식한 그를 변방시 초대 농민회 회장에 추대하였다. 방학이면 농촌봉사활동을 온 학생들과 함께 일손 돕기도 하고 농산물 제값 받기 운동의 일환으로 고추를 싣고 대도시에 가서 소비자들과 직거래를 하기도 했다.

나름대로 열심히 농민운동을 했지만 농촌 사람들의 살림은 나아지지 않았다. 고춧값이 폭락해서 생산비도 건지지 못하게 되자 농민회 회원들은 고추를 싣고 여의도로 가서 고추 포대를 쌓아놓고 불을 지르기도 했다. 농촌에도 농업협동조합이라는 것이 있지만 농협은 농민들에게 아무런 도움이 되지 않았다. 우리 농협은 농민을 위한 농협이 아니라 농협 직원을 위한 농협에 지나지 않았다. 그들은 농민들에게 농약이나 농자재를 팔아 이득을 챙기고 은행 사업을 통해 이득만 챙겼지 농민들의 소득과는 거의 무관했다.

그는 장가를 못 간 대신 책을 가까이한다. 이것저것 잡히는 대로 읽기를 좋아하여 사람들은 그를 잡학다식하다고 한다. 농민회를 하면서 만난 책이 체 게바라 평전이다. 남아메리카의 혁명을 위해, 인민을 위해 자신의 모든 것을 바쳐 싸웠던 혁명가의 삶에 매료되어 그와 관련된 모든 책을 구입했다. 그와 관련된 영화를 보고 음악도 모두 수집했다. 그의 머리 위에는 어느새 체 게바라의 상징인 검은 베레모가 얹혀 있었다.

그는 농민회 회장으로서 보다 살기 좋은 농촌을 만들려고 그의 모든 열정을 바쳤다. 정치인들은 늘 농사가 천하의 근본이라고 말하면서 농민을 위한 정책을 한 번도 보여준 적이 없다. 일 년 동안 땀 흘려 농사를 지어도 가을 되어 손에 쥐는 손은 늘 생산비에도 미치지 못하는 것이 농촌의 현실이었다. 모두 도회로 막노동이라도 하려고 떠났고 그래도 농촌을 지켜야겠는 사람들이 농촌에 남았다.

고춧값이 떨어져서 망연자실할 때 그는 농민회 회원들과 함께 고추를 트럭에 싣고 대도시 아파트에 가서 팔기도 했다. 마침 지역방송에서 소개해주어서 방송을 들은 시민들이 몰려와 순식간에 제값을 받고 판 보람 있는 일을 한 적도 있다. 농민이 억울한 일을 당했을 때 관공서를 방문하여 민원을 해결해주기도 했다. 그럼에도 불구하고 농민들은 선거철만 되면 농민을 위한 정책은 하나도 없는 정당 후보자에게 덜컥 투표하고 마는 것이었다. 정말 농민을 위해 일하는 쪽은 외면하고 농민을 이용만 하는 사람에 투표하는 걸 보면서 그는 깊이 고민하지 않을 수 없었다.

"이게 뭐야?"

그는 이 의문을 풀기 위해 우리 근현대사 공부를 다시 시작했다.

그가 농민운동을 하면서 주변으로부터 가장 많이 들은 말이 종북 또는 종북좌파라는 말이었다. 종북좌파라는 말은 휴전선 북쪽의 노동당 정권을 따르는 반국가 세력이라는 말이다. 그는 북쪽과 아무런 관련도 없는데 왜 사람들은 좌파니 종북이니 하는 말을 할까. 그 의문은 근대사 공부를 하면서 조금씩 풀리기 시작했다. 1945년 일본 식민지에서 해방은 되었지만 북에는 소련군, 남에는 미군이 진주하였다. 남에 진주한 미군은 조선총독부 건물에 계양된 일장기를 내리고 미국의 성조기를 게양했다. 사실상 점령군으로 들어온 것이다. 미군 사령관 맥아더 포고령 2호는 일제 때 관공서나 공공기관에 근무하던 사람은 그대로 그 직을 유지한다는 것이었다.

해방공간의 각양각색의 정치 세력들 가운데는 남북이 통일된 정부를 수립하자는 뜻있는 지도자들이 있었다. 여운형, 김구가 그 대표적 인물이었다. 그러나 미국은 남한만의 단독정부 수립을 원하는 이승만을 도와 1948년 남한 단독정부를 수립했다. 초대 대통령이 된 이승만은 제헌국회에서 친일파를 청산하기 위해 만든 반민특위를 해산하고 친일파를 한 사람도 처벌하지 않았다. 저간에 민족의 독립과 통일국가 수립을 위해 노력했던 여운형이나 김구는 암살당하고 친일파는 그 세력을 온전히 유지하는 꼴이 되었다. 그 뒤로 아직까지 친일은 청산되지 않고 친일 청산을 요구하는 사람들은 외려 좌파라는 이름으로 핍박받는 게 우리의 현실이었다.

대한민국 정부수립 이후 지금까지 우리 사회의 주류는 이승만에서 비롯된 친일 세력이었다. 친일파들은 북의 공산정권을 적대시하며 주류 권력에 저항하는 사람들을 무조건 종북좌파라 매도하며 핍박하였다. 주류권력은 그들의 권력 유지에 방해가 되는 세력은 무조건 종북 딱지를 붙이거나 종북의 증거가 없으면 간첩단 사건을 조작해서 언론에 대서특필하기도 했다.

우리 근현대사의 주류는 이렇게 반공 이데올로기에 의지해서 그들의 권력을 유지해온 부도덕한 세력이라는 것이 그의 결론이었다. 그들은 국민 모두가 잘 사는 나라가 아니라 그들의 기득권이 공고한 나라를 원했다. 그래서 농민의 삶 따위는 안중에도 없었던 것이다.

그는 그들을 부도덕한 주류라고 불렀다.

장가 못 간 이씨의 결론은 단순했다. 부도덕한 주류를 선거에 의해서 심판하자는 것이었다. 그래서 그는 선거 때마다 그나마 도덕적인, 그리고 농민을 위한 정책을 공약한 정당 후보를 뽑아줄 것을 농민들에게 호소했다.

그럼에도 불구하고, 헐!

변방의 농민들은 그의 바람과는 달리 그가 소멸되기를 바라는 부도덕한 주류에게 표를 주는 것이었다. 수십 년 농민회 활동에 젊음을 바쳤지만 그럼에도 불구하고 변방의 민심은 달라지지 않았다. 그는 농민회 회장직을 후배에게 물려주고 뒤로 물러났다.

장가 이씨는 어디에 한 번 빠지면 심취하는 경향이 있다. 그러나 그게 그리 오래가지는 못한다. 그가 가장 오래 빠진 것이 농민회 활동이었다. 농민회 이후에는 독서에 많은 시간을 보냈다. 그래서 주위로부터 잡학다식이라는 칭호를 얻게 되었다. 한동안 포르투갈 음악인 파두에 빠져 파두 음원을 닥치는 대로 수집하기도 했다. 그 쓸쓸함의 정서가 장가 못 간 이씨와 일맥상통했기 때문이다. 그러는 사이 그의 어머니도 가시고 장가 못 간 이씨의 나이도 70이 넘었다. 어머니와 오래 함께 살기 위해 지은 언덕 위의 하얀 집에 장가 못 간 이씨만 남게 되었다. 그의 변방 생활 동안 세상은 많은 변화가 있었지만 변하지 않은 것은 아무리 일해도 펴지지 않는 농촌의 살림살이였다.

변화가 전혀 없는 것은 아니었다. 선거를 통해서는 아무리 해도 패하지 않던 근현대사의 주류 정당을 민주주의를 외치던 만년 야당이 이긴 것이다. 그 다음 선거에서는 정의가 강물처럼 흐르게 하겠다던 이가 대통령에 당선되었다. 주류는 그를 대통령으로 인정하지 않고 막말로 모욕하고 탄핵했다. 대통령은 아무런 일도 하지 못했다. 기득권과 사법 권력의 벽을 넘지 못하고 부엉이 바위에 몸을 던져 스스로 서거했다. 다시 정권을 잡은 주류는, 정권을 잃은 10년을 잃어버린 10년이라 하며 국정을 농단했다. 9년 후 스스로 서거한 대통령의 친구가 촛불혁명으로 다시 대통령이 되었다. 뭔가 희망이 보이는 듯했다.

정의로운 나라를 만들기 위해 사법개혁을 하기로 한 대통령이 정의롭다고 여긴 인물을 검찰총장에 임명했다. 그가 검찰총장이 된 것은 지난 촛불 정국에서 그가 한 대사 때문이었다. 선거에 개입한 정부 기관을 수사하다가 좌천되었을 때 한 유명한 대사가 있다.

"저는 사람에 충성하지 않습니다."

얼마나 멋진 말인가. 많은 사람들이 그의 대사에 감동을 받았다. 대통령도 그랬을 것이다. 우리 모두는 그가 바른 검찰 수장이 되기를 바랐다. 그리고 사법개혁이 이루어지기를 소망했다. 대통령은 그에게 살아 있는 권력도 성역 없이 수사할 것을 당부했다. 그리고 대통령은 평소에 사법개혁을 주장하던 법학자를 법무부 장관에 임명했다. 그러자 우리의 기대와는 달리 검찰총장은 대통령이 임명한 법무부 장관에게 수사의 칼날을 들이대기 시작했다. 이는 대통령을 향한 칼날이기도 하다.

그는 대통령의

"성역 없이 수사하라."

는 지시를 제대로 실행하기 시작했다. 주인이 자기가 기르던 개에게 '날 물어봐'라고 했을 때 정말 주인을 무는 꼴이다. 그는 법 절차에 의한 수사라고 말하지만 2개월 동안 70여 곳의 압수수색을 하고그 결과를 언론에 흘리고 언론은 '가족사기단'이라는 용어까지 써가며 수천 건의 기사를 올렸다. 이건 누가 봐도 법무부 장관을 낙마시키기 위한 표적수사라는 검찰의 의도가 너무나 선명하게 드러나는그림이다. 사법개혁을 반대하는 야당도 하나가 되어 법무부 장관을공격하기 시작했다. 아무도 예상하지 못했던 사태가 발생한 것이다.검찰의 이러한 태도를 사람들은 인디언 기우제 수사라고 했다. 인디언들은 비가 올 때까지 기우제를 지낸다. 비가 와야 비로소 기우제를 그친다. 법무부 장관과 대통령의 죄가 밝혀질 때까지 가보자는검찰총장의 태도를 풍자하는 말들이다.

사실 우리 검찰은 어느 나라 검찰도 가지지 못한 막강한 권력을가지고 검찰권을 행사해온 것이 사실이다. 많은 민주 인사들이 검찰에 의해 간첩의 누명을 쓰고 옥고를 치렀다. 그래서 사법개혁이 대통령의 후보 시절 공약이었던 것이다. 사람에 충성하지 않는다는 말에 감동하여 임명한 검찰총장의 말을 많은 사람들이 오해했다. 대통령도 오해한 것 같다. 검찰총장의 말은 사실 이런 의미였다.

'저는 사람에 충성하지 않고 검찰 조직에 충성한다.'

이 변방시에 있는 대학에서 법무부 장관의 딸이 표창장을 받았다. 장관이 되기 전의 일이다. 법무장관 딸이 받은 표창장이 위조라고 검찰이 장관 부인을 기소했다. 그 대학의 표창장 수백 장이 수여된 것을 변방 사람들은 다 알고 있었다. 그 대학의 표창장은 위조하기보다 그냥 받기가 훨씬 쉽다는 것을 다들 알고 있다. 그럼에도 불구하고 검찰은 그 대학의 교수인 장관 부인을 표창장 위조범으로 기소한 것이다. 누가 봐도 법무부 장관을 흠집 내기 위한 검찰의 의도가 환히 보이는 일이다. 장가 이씨는 믿었던 검찰에 발등을 세게 찍힌 것이다. 아팠다. 검찰과 언론고시를 통과한 기자들과 부도덕한 주류가 하나가 되어 장관 퇴진을 요구했다.

검찰이 법무부 장관을 향해 겨눈 칼날은 국정농단과는 거리가 먼, 그야말로 이 땅에서 먹고살 만한 사람이라면 누구나 피해갈 수 없는 사안들이었다. 심지어 아들이 다니는 조지워싱턴대학 시험을 부모가 대신 쳐주었다고 했다. 대학에서도 문제 삼지 않는 오픈 테스트를 우리 검찰이 문제 삼고 있는 것이다. 마치 권력형 비리인 양 발표되고 있다. 검찰이 대통령의 권위에 정면으로 도전하는 형국이다. 그가 보기에 거대한 기득권 세력이 하나가 되어 장가 이씨가 지지했던 대통령을 공격하는 모양새다. 장가 이씨가 생각하건대, 이들이 이렇게까지 거세게 저항하는 것은 사법개혁이 문제가 아니라 지금까지 주류권력을 누리던 세력들이 민주세력에 정권을 넘겨주었다는 사실을 인정할 수 없어서 최후의 저항을 하는 것이라 여겼다.

3년 전 촛불혁명의 그날처럼 사람들이 하나둘 촛불을 들고 검찰청으로 모여들기 시작했다. 검찰의 황당함을 참을 수 없었기에 사법개혁을 외치기 위해서다. 장가 못 간 이씨는 베레모를 눌러 쓰고 다시 서울행 버스에 몸을 실었다.

부치지 못한 편지

정생 형, 이렇게 이름을 부르니 사무치는 그리움이 온몸으로 밀려옵니다. 그리고 윤동주가 자주 쓰던 부끄러움이라는 어휘도 호출됩니다. 부끄럽다는 것은 치기 어린 나의 문학청년 시절이 떠올랐기 때문입니다. 문학단체에서 처음 만났을 때 저는 문학청년의 객기만 있었지 형에 대해서 아무것도 알지 못했습니다. 그때는 형이 그냥 맘씨 좋은 동네 형인 줄만 알았습니다. 형은 천방지축인나와 우리 패거리들을 너그러이 대하셨지요. '부치지 못한 편지'라는 제목으로 글을 써달라는 잡지사 부탁을 받고 이 글을 씁니다.

돌이켜보니 5월이면 형이 가신 지 14주기가 되네요. 형은 살아서 하느님과 가장 많이 닮은 사람이셨으니 지금은 하느님 곁에 계시겠지요. 형을 처음 만난 것이 20대 초반이었는데 저도 지금은 머리가 허연 할배가 되었습니다. 문학청년 시절 육사백일장에서 장원을 했다는 이유로 대학생 신분으로 변방문학회에 막내 회원이 되었습니다. 문화회관 다방에서 모임이 있어서 기다리는데 검정 고무신에 밀

짚모자를 쓴 사람이 들어왔습니다. 다방의 깔끔한 장식과는 어울리지 않는 차림이었지요. 돌이켜보니 형은 평생 그런 모습으로 사셨습니다.

작가나 시인이라면 예술가의 풍모가 있어야 한다는 막연한 기대가 있었는데 형은 들에서 일하다가 잠시 장 보러 나온 사람 같았습니다. 현란한 말솜씨도 없고 작가다운 면이라고는 어디에서도 찾아볼 수 없는 동네 형이었습니다. 게다가 시골 교회에 종지기로 있다고 하니 실망스럽기까지 했습니다. 외양으로만 사람을 보는 덜떨어진 자가 바로 저였습니다. 살아 계실 때는 부끄러워서 이런 고백도 차마 할 수 없었습니다. 그래서 이 편지를 씁니다.

첫 동화집 『강아지 똥』의 출판기념회가 시내 큰 교회에서 열렸습니다. 우리 패거리는 낮술에 취해서 교회에 갔습니다. 문학을 한다는 것이 무슨 대단한 특권이나 있는 것처럼 기행을 일삼던 시절이었습니다. 축가를 부르는 순서에 우리 패거리 가운데 군에서 갓 제대한 친구가 자청해서 앞으로 나가 군에서 배운 노래를 불렀습니다. '입술만은 돼도 가슴만은 안 돼요.' 이런 민망스런 가사가 있는 노래였습니다. 형은 그런 우리에게 이렇다 저렇다 말 한마디 없었습니다.

안동을 떠난 뒤 오래 형을 만나지 못했습니다. 형을 다시 알게 된 것은 녹색평론에서 나온 산문집 『우리들의 하느님』을 읽고 나서였습니다. 담담하게 군더더기 없이 전개되는 문장을 읽으며 성자라는 어휘가 문득 떠올랐습니다. 가장 낮은 곳에 임하여 행하는, 이웃과 타자에 대한 깊이를 가늠할 수 없는 사랑을 느꼈습니다. 그 뒤로 「강아지 똥」 「몽실 언니」 「한티재 하늘」 등의 동화를 읽으며 나는 형이 지

구상에서 하느님을 가장 많이 닮은 사람이라 생각했습니다.

마을 사람들이 지어준 방 한 칸 부엌 한 칸 오두막에 김 서방이란 이름의 강아지와 사실 때 오두막을 찾아간 적이 있습니다. 소면 한 줌 삶아 그릇에 담고 까만 간장 한 종지 내놓고 "밥 먹시더." 하시던 일이 떠올랐기 때문이었습니다. 가까운 식당에 가서 따뜻한 밥 한 그릇 같이하고 싶었습니다. 형은 집에 먹을 게 있는데 왜 식당에 가느냐면서 그냥 집에서 먹자고 했습니다. 나는 "식당에 안 가면 식당 하는 사람은 뭐 먹고 사니껴?"라고 협박을 했고 마지못해 따라나선 형과 근처 식당에서 함께 밥을 먹은 적이 있지요.

누구에게도 화를 내지 않았습니다. 단 한 번 화를 내신 적이 있다는 이야기는 들은 적이 있습니다. 늘 취해 사는 병호 형이 오두막에 찾아가서 밤새 술을 마시고 술이 떨어지면 술도 마시지 않는 형을 보고 술 사 오라고 못살게 굴었다지요. 밤새 한숨도 못 주무신 형이 한마디 하신 것이 지인들 사이에 전설처럼 남아 있습니다. "귀신은 병호 안 잡아가고 뭐 하노?"

그때까지 나는 형이 가난한 사람인 줄 알았습니다. 형이 가난한 사람이 아니라는 것을 안 것은 갑자기 하늘로 가신 뒤였습니다. 적지 않은 인세가 들어왔지만 모두 필요한 곳에 기부하고 형은 겨우 의식주만 해결하신 것도 알게 되었습니다. 기자들의 예상에 의하면 앞으로 들어올 인세도 50억이 넘을 거라 했습니다. 제가 한국작가회의 경북지회장 일을 할 때라서 상주 노릇을 한 것은 형도 아실 것입니다. 장례식에서 유언장을 낭독할 때 각 지역에서 먼 길 마다하지 않고 오신 손님들이 모두 울었습니다.

죽거든 화장해서 빌뱅이언덕에 뿌려달라. 앞으로 나올 인세는 어린이들로 인해 생긴 것이니 아프리카와 북한의 어린이들을 위해 써달라. 만약에 죽은 뒤 다시 환생을 할 수 있다면 건강한 남자로 태어나고 싶다. 태어나서 스물다섯 살 때 스물두 살이나 스물세 살쯤 되는 아가씨와 연애를 하고 싶다.

젊은 시절에 병을 얻어 결혼하지 않고 병과 더불어 사신 것을 알았기에 우리들의 슬픔이 더 컸습니다. 형은 사시던 오두막을 없애라고 유언하셨지요. 장례식 준비로 모인 우리들은 유언대로 할지 무덤을 남길지에 대해 오랜 논의를 하다가 유언을 어기기로 했습니다. 사시던 집은 교육용으로 남겨두기로 했습니다. 다른 유언은 모두 지켰지만 형의 정신을 길이 남기기 위해 그리했으니 용서하시기 바랍니다.

장례 후에 형의 방을 정리하던 최윤환이 10억이 든 보통예금 통장을 찾았습니다. 통장을 들고 농협에 가서 왜 이자도 없는 보통예금으로 했느냐고 따지자, 농협 직원이 형이 그리 하라고 해서 그리했다고 했습니다. 이자로 돈을 늘리는 것이 죄악이라고 여긴 형의 뜻을 알고 다시 숙연해졌습니다. 예수님은 원수를 사랑하라고 했습니다. 가까이 있는 이를 사랑하고, 이웃을 사랑하고, 가장 멀리 있는 원수까지를 사랑하라는 불가사의한 사랑의 폭을 말씀하셨습니다. 형도 그러합니다. 자신보다 남을 더 사랑하셨지요. 그래서 하느님을 가장 많이 닮았습니다. 하늘나라에서는 아프지 마시고 새 옷도 사입으시고 연애도 하시기 바랍니다.